Un soldat presque exemplaire

Denis Brogniart

Un soldat presque exemplaire

récit

Flammarion

Tous les prénoms et noms
ont été modifiés pour respecter
l'anonymat de chacun.

ISBN : 978-2-0802-3805-4

À mon père.

Aux blessés de guerre,
physiques et psychiques.

Détruis-toi pour te connaître.
Construis-toi pour te surprendre,
l'important n'est pas d'être mais de devenir.

Franz Kafka

Chapitre 1

Pas un mot dans la voiture. L'ambiance est pesante. Stanislas conduit trop vite. Les arbres défilent rapidement, comme dans un jeu vidéo. Il se prend pour un pilote de course.

Marie est collée au fond de son siège. Elle se recroqueville, comme pour trouver la position idéale en cas de choc. Elle avale les kilomètres avec les yeux grands ouverts. La nuit accentue l'impression de vitesse.

À l'arrière, le bébé dort à poings fermés.

Stanislas a trop bu en ce soir de réveillon de Noël. Un dîner chez ses beaux-parents qu'il n'avait pas vus depuis des mois. C'était pas la fête, loin de là. Beaucoup de non-dits, de la défiance aussi envers ce gendre, héros de guerre mais également mari volage, souvent absent, fort en gueule.

Soit il est intarissable et monopolise la conversation, soit il s'enfonce dans un mutisme provocateur qui met mal à l'aise l'assemblée.

Stanislas se croit encore au sein de sa compagnie de combat quand il rentre de mission. Il ne débranche jamais complètement. Et il garde cette autorité naturelle qui fonctionne avec ses hommes, ses soldats, mais beaucoup moins avec ses proches.

Marie a bien vu que Stanislas et son père se sont pris la tête pour des conneries. Il aime être au centre de l'attention. Surtout, il a du mal dans les rapports humains quand il n'y a aucun lien de subordination ou de domination. En famille, il est déstabilisé, il n'a plus ses codes.

Elle sait que son mari est contrarié.

Dans la voiture, il ressasse en silence. Il espérait être accueilli comme un héros, et c'est l'inverse qui s'est produit.

« Attention, tu roules comme un malade. Il y a le petit derrière... Je t'en supplie, ralentis ! Tu vas nous mettre dans le fossé ! »

Stanislas reste sourd aux suppliques de sa femme. Ses mains sont crispées sur le volant, les passages de vitesse sont brutaux. Il laisse les pleins phares en permanence et roule au milieu de la route, comme sur un circuit, pour trouver les meilleures trajectoires. Il veut arriver au plus vite à la maison.

À aucun moment il ne desserre les mâchoires. Son visage martial traduit son courroux. Il ne cligne plus des yeux. Il est inquiétant. Comme au combat, hypervigilance, mais avec l'alcool, ça change tout. Stanislas n'est plus totalement lui-même.

Enfin, la résidence. Il est 2 heures du matin. Tout est noir. Un dernier dérapage pas totalement contrôlé sur les gravillons, et la voiture s'immobilise. Il n'a pas dit un mot. Une odeur de pneu et d'embrayage attrape les narines.

Marie prend le bébé, s'engouffre dans l'escalier pendant que Stanislas fume une clope dehors.

Elle n'aspire qu'à une chose, se coucher, et tenter de trouver le sommeil, si possible avant que Stan arrive. Il doit comme d'habitude avoir des coups de fil à passer, des messages à envoyer. Une spécialité, même à 3 heures du mat'. Son petit jardin secret, comme il dit.

De toute façon, vu son état, il n'y a rien à en tirer.

Mattéo, lui, dort déjà. Le bébé partage la chambre de ses parents. Pas le choix dans ce petit deux pièces sans charme. Il n'y a rien de personnel, un stand d'expo Ikea, fonctionnel pour des gens de passage.

Ça aurait dû être une magnifique soirée, la première nuit de Noël de leur fils. Avant les cadeaux, le lendemain matin. C'est tellement rare qu'ils soient tous les trois ensemble, comme une vraie famille. Marie en a tant rêvé de ce Noël.

Stanislas remonte presque au pas cadencé. Il est bruyant, grommelle des mots flous à destination de personne. Il est coutumier du fait quand il a un coup dans le nez. On ne sait pas s'il est contrarié ou pas complètement seul dans sa tête. Personne, dans ces moments-là, n'a le mode d'emploi.

Avec les années, Marie est devenue d'une jalousie maladive. Il faut dire que Stan n'est pas un enfant de chœur. C'est même un coureur ; pas le genre séducteur, plutôt tombeur. Son carnet de bal est copieux. Le mot « fidélité » ne fait pas partie de son vocabulaire. Un homme, quoi, un vrai !

En arrivant dans la chambre, comme si de rien n'était, il tente une approche câline, immédiatement refusée. Il n'est pas en état, et surtout Marie est à mille lieues d'avoir envie de s'offrir à lui. Il tourne les talons, penaud, en bougonnant, et s'enferme dans la salle de bains, sas de dégrisement avant de dormir. Il a laissé son portable sur la table de nuit.

Marie ne résiste pas. Elle se doute de ce qu'elle va trouver. Mais c'est plus fort qu'elle.

J'en crève de ne pas te voir... dis-moi que tu as envie de me transpercer... Aline, c'est le nom de sa correspondante. Encore une, inconnue au bataillon.

Marie n'a pas le temps de lire la réponse, pas le temps de ressentir de la colère. Il se jette sur elle pour récupérer son portable. Ses yeux habituellement d'un bleu océan deviennent noir ébène.

Il éructe, des propos confus au milieu de quelques insultes.

Marie réagit en femme blessée. Elle lui tient tête, lui fait face, à quelques centimètres, pour mieux le fixer avec dégoût. Elle se mord les lèvres pour ne pas exploser.

La situation dégénère en une fraction de seconde. Elle quitte la chambre pour épargner à Mattéo des hurlements. Ou plus exactement elle se sauve, poursuivie par ce mari devenu fou.

« Tu n'es qu'un connard, un petit mec sans valeur. Tu m'avais juré que tu changerais. » Cette phrase, celle d'une femme blessée qui rêve encore du grand amour, fait office de déclaration de guerre pour le sergent-chef Karten.

Il ne s'appartient plus. Il ne se contrôle plus. Il bascule dans son monde obscur.

Il attrape Marie comme une poupée de chiffon. Il ne maîtrise plus rien, encore moins sa force. Le colosse s'abat sur sa femme comme il l'aurait fait sur l'ennemi en temps de guerre lors d'un corps à corps.

Début d'une interminable nuit de Noël. Il la frappe, l'insulte, puis la relâche pour mieux recommencer. Il a perdu tout contrôle de lui-même. On dirait qu'il prend du plaisir à lui faire mal.

Marie se protège, essuie une pluie de coups au visage. Elle déclarera qu'il l'a torturée pendant deux heures et demie.

Elle appelle au secours. Pas de réponse.

Pourtant, ce n'est pas la première fois qu'il la cogne dans cet appartement. Lors de la dernière dispute, les voisins alertés par les cris lui avaient demandé le lendemain si elle avait besoin d'aide. Comme d'habitude, elle avait poliment décliné, encore et toujours pour protéger Stanislas. L'amour de sa vie.

Il tente de l'étrangler. Avec ses énormes paluches, il serre de plus en plus fort le cou de Marie. Marie se débat, parvient à se dégager de son emprise et à se sauver. Elle a l'impression de voir Hulk en face d'elle.

Elle se réfugie en courant dans les toilettes. Elle parvient à s'enfermer.

Stanislas expliquera à son procès qu'il était en train de l'étrangler à mort quand elle s'est miraculeusement défaite de son emprise.

Sa proie vient de lui échapper. Pourtant, il continue à vociférer : « Je vais te buter, te crever ! »

Hagard, il tergiverse quelques secondes. Éclair de lucidité ? Pas sûr. L'alcool, d'abord excitant, lui joue maintenant des tours. Il le ramollit. Une aubaine pour Marie, qui a réussi à emporter son téléphone avec elle dans les toilettes et appelle la police.

Quatre mots qui vont lui sauver la vie : « Mon mec me frappe. »

Le fonctionnaire au bout du fil reconnaît la voix de sa collègue. Marie est policière comme lui au commissariat de Cholet.

Elle raccroche sans même attendre une réponse. Pour ne pas qu'il entende, pour ne pas l'exciter davantage et le voir repartir dans une fureur qui pourrait lui être fatale. Dans ce réduit, elle est tapie comme un chien blessé. Si elle le pouvait, elle s'enfermerait dans la cuvette. Elle est transie d'effroi. Elle a peur de mourir. Sa vie défile. Elle sait qu'en un coup de pied il peut pulvériser la porte et la cueillir pour la détruire de nouveau. Elle l'imagine de l'autre côté. Torse nu, sculptural, puissant, impressionnant. Des qualificatifs qu'elle croyait protecteurs quand elle l'a rencontré.

Dans le même temps, les voisins de palier appellent eux aussi les flics. Ils n'osent pas sonner. Ils sont terrorisés, hébétés après avoir été réveillés en sursaut. Ils ont peur. Ils comprennent mais ils ne soupçonnent pas la détermination ni la violence de Stanislas.

Quelle nuit de Noël terrible pour cette femme qui croit encore au prince charmant… Il lui en faut, de l'imagination, car ce n'est pas la première fois qu'elle subit les coups de Stanislas. L'amour rend aveugle, dit le dicton. Serait-ce vrai ?

Le bébé, lui, dort du sommeil du juste. C'est miraculeux, dans un tel déchaînement de haine. Ce petit garçon, elle l'a tant désiré avec l'homme de sa vie…

Il y a une petite accalmie. De courte durée. Marie sort des toilettes, espérant pouvoir le tempérer et l'obliger à réaliser. Loin de faire allégeance, Stanislas repart dans un cycle de coups. Sa fureur est intacte. Il se met à gifler Marie, comme pour la punir. De quoi ? Seul lui le sait. Et encore. Dans son état, il ne contrôle rien, ni sa violence ni les raisons de sa colère fulgurante.

Ça dure une éternité. Marie, tel un punching-ball, encaisse les claques comme autant d'humiliations. L'angoisse l'empêche de réfléchir, de raisonner. Elle se protège derrière deux épais coussins du canapé, à côté duquel scintille le sapin et trône la crèche qui attend l'arrivée du petit Jésus.

Il semble prendre du plaisir, lui. Pour preuve ses rictus de jubilation, ce sourire mêlé à la colère.

La police n'arrive toujours pas. Les minutes s'écoulent lentement. Et d'un seul coup, instinct de survie sans doute, Marie hurle un « Au secours ! » qui transperce la nuit et la résidence.

Stanislas reste de marbre. Deux heures déjà que le sergent-chef fait la guerre à la femme de sa vie. Une guerre solitaire, sans code moral ni honneur, loin des principes militaires qui guident sa vie... Enfin, sa vie professionnelle, sa vie de soldat.

Sa grenade, ce soir, il l'a dégoupillée. Une grenade artisanale faite d'alcool, de médicaments et d'anxiolytiques, qu'il prend trop épisodiquement et qui n'ont pas l'effet escompté.

C'est bientôt fini !

Une lumière bleue déchire l'obscurité en bas de l'immeuble. Un freinage sec, des portes qui claquent. La police vient d'arriver.

Cinq hommes montent quatre à quatre l'escalier.

Imaginez leur état d'esprit. Ils viennent porter secours à leur collègue Marie. Certains savent que sa vie privée est pour parler poliment « chaotique ».

Ils ont aussi compris qu'il n'y avait pas une minute à perdre. Des voisins sont sur le palier, en pyjama, à peine sortis de leur premier sommeil. Ils veulent témoigner, dire ce qu'ils ont entendu. Ce n'est pas le moment.

Le major Dubois frappe à la porte. « Ouvrez ! Ouvrez immédiatement ou je défonce la porte ! »

La scène qui suit est surréaliste. Stanislas ouvre la porte et, aussi incroyable que ça puisse paraître, se met au garde-à-vous, en caleçon, torse nu, devant le major.

« Mes respects, major ! »

Le sergent-chef Karten – c'est son nom de guerre –, vient de reconnecter ses neurones en mode militaire.

La vision paraît grotesque, comme dans un bon vieux nanard.

Marie, elle, ne bouge plus. Elle reste prostrée, muette, sur le canapé. Son calvaire se termine, pourtant elle ne réalise pas encore. Elle aperçoit ses collègues du commissariat, ses potes de café, ses complices de rondes dans la ville. D'habitude, elle est avec eux en tenue, en intervention. Cette nuit, elle vit la situation de l'autre côté du miroir.

Un sentiment de honte la gagne. Elle voudrait disparaître, rembobiner le film, faire que tout ça n'ait jamais existé. Elle vient d'exposer sa vie privée de la pire des façons. Elle montre son mari dans ce qu'il a de plus mauvais. Voilà pourquoi, à cet instant, elle n'éprouve aucun soulagement. Elle a failli mourir sous les coups de son agresseur de mari et pourtant elle ne pense qu'aux conséquences néfastes pour elle et pour lui.

Le major et ses quatre collègues rentrent dans l'appartement, précédés par Stanislas, toujours aussi calme.

Il prend conscience peu à peu de ce qu'il vient de faire. Il s'exprime à mots couverts, comme un enfant pris en flagrant délit. Il est incompréhensible. Mais ça, les flics s'en foutent pour le moment.

Un des officiers de police prend en charge Marie. Il constate les marques de strangulation. Il la réconforte en la serrant dans ses bras. Elle s'effondre, sanglote, elle commence à parler, à revivre ce cauchemar. À cet instant, l'homme qui lui fait face n'est plus son amoureux, le père de son fils, mais un dangereux psychopathe. Elle trouve difficilement les mots, elle bégaye de peur. Frigorifiée, tremblante, elle se remémore les scènes sordides de ce retour de réveillon. Elle a soudain besoin de verbaliser.

« Monsieur, habillez-vous, nous allons vous emmener au commissariat. » Ils sont deux policiers à ne pas quitter des yeux Stanislas. Ce n'est pas un interpellé comme les autres. Il est militaire et il partage la vie de leur collègue.

L'affect rentre en compte. Ils essaient pourtant de garder leur sang-froid et une distance encore plus grande que d'habitude. Mais impossible de ne pas le juger, de ne pas le condamner pour ce qu'il vient de faire.

« Il a voulu m'étrangler. Heureusement que j'ai réussi à lui mordre la main, à lui donner un coup de pied réflexe dans le ventre, autrement je ne serais plus là pour vous en parler… Jamais je ne l'ai vu aussi dingue ! Il était rouge écarlate, les yeux injectés de sang. J'ai vraiment cru vivre mes derniers instants… » Marie ne peut plus se contenir. Ses nerfs lâchent, elle ne parle plus, elle crie, elle se libère de tout ce qu'elle vient de vivre.

« Il a voulu me tuer ! Tout ça parce qu'une nouvelle fois j'ai découvert qu'il baisait une autre nana ! J'en peux plus de cette vie de merde, j'en peux plus de souffrir pour ce mec qui me fait gerber ! Il mérite de croupir en taule. Je ne le pensais pas aussi malade. C'est fini. Il ne verra plus son fils, on va se barrer tous les deux. »

Stanislas entend tout. Il ne bronche pas, baisse la tête et enfile son blouson. Il est prêt à partir.

Dans l'embrasure de la porte, Virginie, une voisine, propose de l'aide à Marie. Pour ne pas être seule quand les policiers partiront.

La scène est étrange. À tour de rôle, les cinq policiers embrassent Marie et lui promettent de l'aider. Elle s'apaise et leur offre un demi-sourire de soulagement. Demain est un autre jour, même si elle se demande comment elle va trouver le sommeil après pareille bagarre.

Dans l'escalier, en descendant, Stanislas est bien encadré. Il n'offre aucune résistance, comme s'il prenait conscience de la gravité de ses actes.

Le major, le seul à lui avoir parlé depuis le début, l'avertit qu'ils vont être obligés de le menotter. C'est la procédure. Stanislas ne comprend pas. Il se sent humilié, d'autant que tous ses voisins sont au balcon pour assister à la scène. Néanmoins, il paraît disposé à obtempérer.

Il commence à mesurer la portée de cette nuit, et surtout les conséquences. Un sentiment de honte le submerge.

Le brigadier Jammot s'occupe de lui. Et tout en préparant les menottes, il lui dit d'un ton et d'un air narquois : « On fait le malin devant une nana, mais avec un bonhomme, il n'y a plus personne. »

Un vrai détonateur, cette phrase ; elle fait l'effet d'une bombe.

Stanislas repart dans une fureur effroyable. Il se débat, il insulte tout ce que la résidence compte comme personnes réveillées à cette heure de la nuit. Et surtout il règle le compte de ce brigadier un peu zélé. Il lui assène un énorme coup de boule, celui qui part du bas du dos et qui vous allonge les plus coriaces. Le brigadier descend d'un étage pour se retrouver face contre terre sur le plancher des vaches. Il est K-O technique.

Stanislas, lui, est redevenu totalement incontrôlable. Il entre dans une transe inquiétante. Il est inarrêtable, même par quatre agents des forces de l'ordre. Il refuse toute médiation, il menace quiconque s'approche trop près de lui.

Marie arrive à la rescousse. Peine perdue, il est aveuglé par sa rage, ne répond à personne autrement que par des coups et des insultes.

Le major sort son Taser, et son adjoint sa matraque. Pris par sa folie, Stanislas ne modifie en rien son cap belliqueux. Il veut l'affrontement. Il le cherche.

L'adjoint tente de le neutraliser en l'étranglant par-derrière avec sa matraque. Sans succès. Stanislas développe une force incroyable en temps normal. Alors imaginez dans cet état. C'est un mutant.

« Je vais tous vous flinguer, bande de bâtards ! »

Le major n'hésite plus et l'électrocute. Effet instantané. Stanislas s'écroule comme une guimauve.

Plus de son, plus d'image.

Impression étrange. Le calme revient en même temps qu'un cercle se forme autour du sergent-chef, qui peine à retrouver ses esprits.

Il ne comprend pas ce qui lui arrive. Un reset cérébral complet ! Son regard cherche à se raccrocher à quelque chose de familier. Il aperçoit Marie, décomposée, prostrée contre la porte d'entrée de la résidence. Il fait mine de vouloir lui parler. Elle détourne le regard. Le major lui demande de remonter. Ce n'est surtout pas le moment d'engager la conversation.

Il est urgent de transporter Stanislas – ou ce qu'il en reste – au commissariat. L'alcool, les médicaments, le Taser et la fatigue, voilà un cocktail détonant pour un homme en pleine descente. Il ne tient plus sur ses jambes. Deux policiers sont indispensables pour le hisser dans la camionnette. Au préalable, les menottes lui ont été passées. Sans résistance, cette fois-ci.

Il est désormais mis hors d'état de nuire.

De son côté, le brigadier Jammot récupère. Il est quitte pour une belle bosse au sommet de l'arête du nez et un mal de crâne carabiné. Dans la voiture, il se retourne pour toiser en silence Stanislas qui ne réagit pas, les yeux et le cerveau embrumés par les chocs successifs.

Remontée fébrilement dans son deux pièces sans âme, Marie, elle, s'écroule dans le canapé. Elle s'effondre dans les bras de la voisine, qui l'écoute et l'encourage à parler, comme pour exorciser cette nuit de l'horreur.

La fatigue enveloppe cette conversation décousue mais salvatrice. Marie tombe de sommeil. Elle raccompagne sa confidente et rejoint sa chambre.

Le tête-à-tête qui suit enveloppe Marie dans une sorte de bonheur irréel. Son bébé Mattéo ouvre les yeux, gigote comme si c'était le matin, et offre à sa maman un sourire aux anges qui, dans le contexte, vaut tous les cadeaux de Noël du monde.

Le silence est intense, la lumière tamisée, et Marie ne parvient pas à parler, pas même à gazouiller. Elle revit grâce à la chaleur innocente de son bébé. Les yeux dans les yeux, ils communiquent.

Il est 4 heures du matin. Marie a autant besoin de Mattéo que lui de sa maman. Elle le prend dans sa turbulette, le love contre elle et l'emporte dans son lit.

Ils se blottissent l'un contre l'autre, elle en position fœtale collée à lui qui regarde fixement le plafond, sur lequel se réfléchissent les lumières multicolores de la guirlande électrique du sapin dans le salon.

Marie s'endort épuisée, abîmée, cabossée dans sa tête et dans son corps. Elle n'a même plus l'énergie de haïr Stanislas. Pour le moment.

La voiture de police roule dans les artères désertées de Cholet. Pas âme qui vive. Comme si quelques années en arrière, le confinement avait déjà envahi notre planète.

France Info en boucle dans l'habitacle, trop fort, une actualité sans intérêt. Juste un bruit de fond pour casser l'ambiance pesante. Personne n'a envie de parler.

Stanislas émerge un peu, sans vraiment comprendre ce qui lui arrive. Sa pomme d'Adam lui fait mal, son dos aussi. Impossible de bouger avec les menottes et les deux agents qui le bloquent de chaque côté.

De quoi se souvient-il au moment où il pénètre dans le commissariat ? Difficile de le savoir.

Un couloir désert à la lumière blafarde, une méchante odeur de détergent – l'équipe de ménage est partie il n'y a pas longtemps –, Stanislas avance tel un zombie en faisant glisser ses pieds comme un danseur de break dance, la grâce et l'agilité en moins.

Sur la droite, le bureau du major, tout aussi lugubre que le couloir, mais qu'est-ce qui ne le serait pas dans ce contexte et à cette heure de la nuit. Stanislas s'affale sur le siège. Devant lui, un drapeau français punaisé au mur et un poster écorné du PSG. Ça pue une odeur de vieille clope froide mélangée à la sueur des affaires de sport du major qui trônent comme un trophée sur le portemanteau. On pourrait en douter compte tenu de la vétusté du mobilier, mais c'est un bureau de chef.

« L'interrogatoire, c'est pour demain, là, j'ai juste besoin de votre identité. »

Sans prévenir, Stanislas jaillit comme un sniper.

« Les gars, je ne vous en veux pas, de toute façon je voulais vous tuer tout à l'heure. »

Dans un autre contexte, cette saillie aurait prêté à sourire.

Mais là, les policiers préfèrent ne pas relever et accélèrent le mouvement pour le coller au plus vite dans sa cellule de garde à vue. Un réduit qui n'aura jamais aussi bien porté son nom de « cellule de dégrisement ».

Il n'y a rien à en tirer maintenant. Il est fracassé. Ils l'ont assez vu.

Dans sa turne, Stanislas reste debout, il fait les cent pas comme un fauve en cage. Pas un mot, rien, pas même un regard vers le couloir, il rumine en matant ses pieds. Il est terrifiant. Comme s'il voulait rester en éveil pour ne pas avoir à penser à ce qu'il vient de faire.

Il va rester soixante-douze heures sans dormir, ni manger, ni se reposer. Ce mec est vraiment dingue. Parfois, il s'écroule de fatigue et il se relève avec difficulté, tel un automate en manque de piles.

Le commissariat tourne au ralenti, fêtes de Noël obligent.

Pas moyen de voir le juge dans l'immédiat, seule une audition avec un lieutenant de police est programmée.

Stan reconnaît tout sans moufeter, il assume sans justification. L'alcool a bon dos. Il disculpe totalement Marie en répétant comme un robot que c'est la femme de sa vie. Il s'imagine sans doute que cela pourra lui servir de circonstance atténuante. Il fait pitié. À cet instant, les potes de Marie au commissariat préfèrent ne pas s'attarder.

« J'ai honte de moi, ce n'est pas moi. »

Stanislas a perdu de sa superbe. Les épaules rentrées, le regard fuyant, il ânonne quelques réponses ternes qui ne feront pas avancer l'affaire.

Il n'a pas eu le droit de parler à Marie. Il est seul et il comprend qu'il va prendre cher. Les policiers sont clairs avec lui. Ils n'ont pas envie de lui faire de cadeau. Les mots « prison », « casier judiciaire », « pénal » sont prononcés.

À ce moment-là, flash dans sa tête. « Et ma carrière militaire ? »

C'est plus important que l'avenir de son couple, plus important que n'importe quoi. Sans l'armée, plus de raison de vivre, plus de fierté. Le régiment, sa compagnie, son groupe, les missions à l'étranger sont ses seuls buts. Il a peur, il tremble, il imagine sa vie sans son statut de militaire… impensable.

Stanislas va maintenant pouvoir partir, rentrer dans sa garnison à Belfort. Mais avant, un adjudant de la police, un vieux de la vieille, lui demande s'il a reçu des médailles militaires.

La réponse est oui. Un oui franc et massif, comme un garde-à-vous. Stan bombe le torse. Pour la première fois depuis cette nuit de Noël, il retrouve ses réflexes, son statut et sa fierté.

Plaisir éphémère, car l'adjudant lui assène comme un uppercut : « Tes médailles sont en chocolat. »

Dans la rue, sans sommation, Stanislas aurait cogné le malotru. Là, il se tient, contraint et forcé. Mais il sait manier le verbe et lui répond : « Vous, votre job, c'est de courir après des voleurs de Carambar. »

Éternelle guéguerre entre policiers et militaires.

Et seul moment de répit dans ce contexte pesant.

Stanislas ne paie rien pour attendre, il sera jugé et puni.

Il ne repasse pas par chez lui. Il n'a pas l'autorisation de croiser Marie. Il prend le train pour Belfort sans rien ou presque : son blouson en cuir, comme une seconde peau, son passeport et sa carte bancaire. Elle ne lui sera pas d'une grande utilité. Il est à découvert comme d'habitude depuis le 1er du mois.

Le voyage est long ; la correspondance à Paris, l'occasion de boire quelques whiskys pour enfin réussir à dormir un peu. L'alcool comme somnifère et comme béquille, c'est l'histoire de sa vie. Le regard las, il observe le paysage défiler à 300 kilomètres/heure. Il n'arrive pas à se concentrer pour faire le point sur la situation.

Belfort, 3 minutes d'arrêt.

Stanislas cherche par habitude son sac au-dessus de lui puis il descend sur le quai. Un univers qui est le sien, uniquement le sien puisqu'il vit ici en célibataire géographique. Il n'est pas encore capable de l'analyser, mais désormais il est peut-être tout simplement célibataire. Marie détient les clés de son avenir. C'est ce qu'il pense.

Dans sa piaule au régiment, il se retrouve pour la première fois seul. Il panique. Il enchaîne les clopes à la fenêtre en écoutant du métal trop fort grésillant depuis une enceinte vétuste.

Imaginez le gaillard, assis sur son lit une place, comme un gamin en internat. Il a peur de la réaction de ses chefs et de ses hommes. Ça le touche plus que de savoir comment va Marie. Autocentré, attaché au regard des autres militaires, il vacille. Il noie une nouvelle fois ses doutes dans l'alcool. Seule bonne initiative depuis vingt-quatre heures, il ne sort pas de sa chambre car il sait qu'en ville le moindre accrochage dans son état pourrait dégénérer. Il se connaît. Bagarreur un jour, bagarreur toujours. Il n'a pas besoin de ça.

Au contraire, ces moments de solitude lui font prendre une sage décision.

Pour la première fois de son existence, il garde suffisamment de recul et de hauteur pour se regarder en face.

Le lendemain, sans rien dire à personne, ni à ses chefs, ni à ses parents, il se rend à l'hôpital et demande à se faire interner.

« Enfermez-moi ou je vais tuer quelqu'un. »

Est-il vraiment lucide à ce moment-là ? Pas sûr.

Il restera quinze jours dans cette chambre blanche, défoncé par les médicaments. Il parle beaucoup, essaie de dire la vérité, sa vérité, et se requinque physiquement. Avec un impératif absolu : donner suffisamment le change pour ne pas risquer une suspension de sa carrière militaire, ou pire, une révocation.

Pas de contact avec l'extérieur… de sa chambre. Cure de solitude. Il n'a pas été aussi calme et déconnecté de son quotidien depuis longtemps.

Comme dans son groupe militaire, la vie est très réglementée, et il s'y plie. Trois pauses cigarette par jour dans un fumoir encrassé et sinistre à deux pas des ascenseurs, à te dégoûter à tout jamais ! Et surtout pas une goutte d'alcool. Un supplice qu'il masque tant bien que mal aux infirmières, qu'il rêve de soudoyer pour un bon scotch ou une bouteille de Ricard. Il est tombé bien bas, le fantassin qui, quelques semaines auparavant, faisait honneur à la France au Kosovo. La descente est brutale. Il la trouve injuste.

Il s'essaye à l'écriture. Des mots tremblants sur une feuille déchirée d'un cahier d'écolier pour Marie. Des mots maladroits pas bien ordonnés qu'il est le seul à comprendre. L'écrit n'a jamais vraiment été son truc. Ça le fait flipper, la peur de la page blanche, le souvenir d'un échec scolaire qu'il cache mais qui le touche encore aujourd'hui.

Pour tenter de s'endormir, après un dîner frugal à 18 h 30, il s'évade là où il se sent revivre, sur le terrain, en Somalie, en Côte d'Ivoire ou en ex-Yougoslavie. Il échangerait son lit confortable contre un duvet dans le sable et n'importe quel menu contre une ration de combat.

Sa jambe droite encore criblée d'éclats de grenade le fait souffrir. Pourtant, il refuse d'en parler aux infirmières. Elles sont là pour soigner sa tête. On ne confond pas tout.

Le matin, une jeune femme se présente, douce et timide. « Je suis ergothérapeute. » La mine interloquée de Stanislas renseigne la soignante. Elle a l'habitude. Il ne sait pas ce qu'elle fait et pourquoi elle est là.

Elle rééduque par le travail manuel. Vous imaginez Stan, seul dans sa chambre, en train de fabriquer un cendrier en pâte à sel !

Il n'adhère pas. Et il le montre. Un soldat ne peut pas descendre aussi bas. Il pense à ses hommes, à ses militaires du rang, à leurs réactions s'ils assistaient à la scène.

Il n'est pas prêt.

L'infirmière du matin, une femme ronde et pétillante, lui apporte sa « collection » comme il dit, des médicaments de toutes les couleurs, dix au total dont il ignore les effets concrets à long terme. Lui, ce qu'il voit, c'est qu'il est HS presque toute la journée. Ses mains tremblent, ses jambes le portent sans assurance et ses tempes bourdonnent. Il a un halo dans l'œil droit. Il n'est plus lui-même, il le sait, mais il n'a pas la force de se battre contre son état. Il subit en ayant l'impression de devenir la pâle marionnette de celui qu'il était.

Deux semaines pour remonter la pente. Il se jure de ne plus revenir dans un tel établissement, pas lui, le sergent-chef qui porte beau dans son treillis moulé sur son corps d'athlète. Il se dégoûte dans son pyjama bleu ciel d'hôpital, allongé sur ce lit métallique orné de cette sonnette lui permettant d'appeler quelqu'un à tout moment. Il se sent inutile, infantilisé, et pire que tout il se sent faible.

Il traverse aussi une vraie crise existentielle. Il n'en parle à personne. Il ne bande plus, ni le matin au réveil, ni le soir. Il a bien tenté de se branler dans les toilettes. Sans succès. Les médicaments y sont pour quelque chose. Encore un coup de couteau à sa cuirasse d'homme vaillant.

Stanislas verbalise, même seul. Il a toujours su traduire ses maux par des mots. C'est l'une de ses qualités.

Forcément, ses chefs et notamment son capitaine de compagnie Dubois sont prévenus. La rumeur devient une information. Le chef Karten a failli tuer sa femme et il est interné en hôpital psychiatrique.

Une déflagration pour les militaires, chez qui Stanislas est un chef reconnu, respecté et admiré.

Violent en boîte de nuit ou dans les bars, tout le monde savait, c'était même un sport pour lui, mais avec son épouse, ça jette un froid.

Il a toujours commandé par l'exemple. Comment peut-il revenir et regarder droit dans les yeux ses soldats, qui savent qu'il a molesté sa femme ?

Son crédit est entamé, il le sent. Il sait qu'il va devoir cravacher pour retrouver dignité et respect.

Néanmoins, il ne se fait pas trop de soucis car, une fois à la caserne, il a une confiance inébranlable en lui. En passant la grande porte de la garnison, il se transforme. L'homme fragile à l'extérieur laisse sa place au sergent-chef dopé à la confiance et à l'autorité.

Enfin, ça, c'était avant.

Car, désormais, il est déclaré inapte pour partir en opération extérieure, conséquence des blessures reçues quelques mois auparavant au Kosovo.

Il est un guerrier qui est déshonoré après avoir voulu tuer sa femme…

Il reste militaire, mais il n'est plus soldat. La pire des sanctions.

Depuis un mois, il n'a eu aucune nouvelle de Marie. Pas un coup de fil, donc aucune info de son fils qu'il n'a vu que quelques jours depuis sa naissance, à laquelle il n'a pas assisté. Il était en mission à l'époque.

C'est terrible à dire, mais dans l'ordre des priorités, Marie et le petit passent bien après ses tourments militaires.

Marie ne sait donc rien de son hospitalisation, de son retour à la caserne. Et elle, elle s'inquiète pour son « homme », comme elle dit.

On ne se refait pas. Elle l'aime à en crever et, une nouvelle fois, elle est prête à lui pardonner.

Après quelques jours d'arrêt, elle reprend le boulot. Elle en a besoin. Sa mère s'occupe du petit.

Au commissariat, personne n'évoque l'agression, du moins devant elle. Mais l'atmosphère est étrange. Les regards des collègues ont changé, les attentions aussi. Tout le monde est aux petits soins. Ce qui provoque chez elle une impression bizarre, mélange de malaise et de réconfort.

Un soir, devant la télé, après une discussion houleuse avec sa mère qui n'a jamais été très psychologue, elle n'en peut plus, elle veut des nouvelles de Stanislas. Elle met sa fierté de côté, elle oublie qu'elle s'était juré de ne pas l'appeler, de ne pas faire le premier pas. Elle s'isole dans la salle de bains et appuie dans ses favoris sur « Amour ».

Elle transpire, son cœur s'emballe comme au premier jour. Le répondeur lui signifie que le chef Karten n'est pas disponible.

Encore un rendez-vous manqué. Elle ne sait pas s'il n'a pas vu son appel ou s'il a préféré ne pas répondre.

Elle comprendra vite car plusieurs jours passent sans qu'il rappelle.

Chapitre 2

« Stanislas, faites un effort, concentrez-vous, autrement vous n'arriverez à rien. »

Mme Filliol, ma prof de français en quatrième, n'avait aucune psychologie. Elle m'enfonçait, me disait tout le temps que je n'avais pas le niveau et que je devrais rapidement être « orienté ». Je le vivais très mal, j'avais l'impression d'être le rebut de la classe. Et ça durait depuis la sixième. Elle était déjà à l'époque ma prof principale.

Je détestais l'école et elle me le rendait bien. Je ne me sentais pas à l'aise, et aucune matière ne trouvait grâce à mes yeux, à part le sport. J'étais un garçon plutôt timide, réservé. Et mes copains se comptaient sur les doigts de la main. Sélectif et fidèle. Tellement loin de ce que je suis devenu… Pourtant, je ne jouais pas un rôle, je subissais, je crois, avec le recul, la sévérité et le manque de passion de ma mère.

Elle avait beau essayer de me motiver, rien n'y faisait. Non, ne lui en déplaise, je ne serais jamais médecin ou avocat comme elle en rêvait.

Je l'ai payé cher avec elle. Elle ne m'a jamais lâché, m'a toujours comparé à ma sœur aînée beaucoup plus branchée par les études. Ma réussite scolaire et sociale importait plus que mon bonheur et mon épanouissement. Cette période est marquée au fer rouge dans ma mémoire. Elle permet de comprendre la froideur des rapports que j'entretiens avec ma mère encore aujourd'hui. L'amour est vraiment enfoui. Elle n'a jamais accepté mes choix.

Elle n'a jamais compris que ma vocation était ailleurs.

Encore maintenant, nos relations sont conflictuelles, elle ne me fait pas confiance et me parle comme à un môme, ce qui a le don de me foutre en rogne. Donc neuf fois sur dix, on s'engueule, je l'insulte, je le regrette, je m'excuse et je m'en vais.

On se voit peu. On ne partage rien depuis cette époque entre l'enfance et l'adolescence.

Et mon père, dans cette histoire ? Il voyageait beaucoup à l'époque, il travaillait et laissait le contrôle à maman. C'est pas lui qui portait la culotte !

Moi, depuis tout petit, je ne rêvais que d'une chose, devenir militaire, faire la guerre, faire comme mon grand-père Piotr, mon héros.

Il n'y a jamais eu d'alternative, je n'ai jamais changé d'avis, je n'ai pas douté une seconde.

Soldat, telle est ma vocation.

Piotr est arrivé en France en 1936 depuis sa Pologne natale. Il atterrit dans la région d'Amiens, en Picardie ;

enfin, façon de parler, vu le voyage épique depuis Cracovie. Auto-stop, train, bus, re-stop depuis Paris.

On avait besoin de main-d'œuvre étrangère bon marché à l'époque. Il travaille dans une ferme à Courcelles, comme garçon vacher.

C'est là qu'il rencontre ma grand-mère, Svetlana, Ukrainienne, elle, de Donetsk.

Moins de trois ans après, papy est mobilisé dans l'Est pour défendre les intérêts de la France face aux Allemands.

Il n'appartient pas à l'une des deux divisions polonaises venues aider les Alliés en Lorraine. Il est intégré directement à l'armée française.

C'est à ce moment-là, quand il me raconte sa Seconde Guerre mondiale, qu'il devient mon héros et qu'il me transmet le virus. Et croyez-moi, rien ni personne ne pourra me l'enlever. Il est en moi.

Pendant toute mon enfance, mes grands-parents habitent au Havre, une maison modeste. Mon grand-père a terminé sa carrière comme ouvrier dans une usine fabriquant des câbles en cuivre.

Je me souviens de discussions sans fin à côté d'un vieux poêle à bois qui enfumait toute la salle à manger. Mon papy Piotr était intarissable, il avait un vrai talent de conteur. Il me transportait au front. Il aimait me montrer ses médailles, qu'il portait lors des cérémonies, où je ne le quittais pas d'une semelle. Il fallait le voir, même dans les dernières années de sa vie, à 90 ans passés, droit comme un i face au drapeau tricolore, chantant *La Marseillaise* à tue-tête. J'étais clairement son chouchou. Et j'en profitais. Je crois encore aujourd'hui que je n'ai jamais été le préféré de quelqu'un d'autre. Vous imaginez donc la saveur de cette faveur.

Il n'était pas très disert sur les combats, par pudeur, mais il se lâchait sur les rapports humains, la camaraderie et l'entraide durant cette campagne de France. Il avait très vite appris le français et s'était intégré facilement.

Vous ne pouvez pas vous imaginer comme j'ai bu ses paroles, comme j'ai construit mon rêve grâce à lui.

Il servait dans l'infanterie, il était caporal.

À travers ses mots, je voyais le film de sa vie de soldat. Je l'enviais et je forgeais ma conviction d'embrasser une carrière sous les drapeaux.

Il me parlait des marches forcées sans rien dans le ventre. Il se souvenait de ces nuits glaciales où ils grelottaient les uns collés aux autres. Il m'expliquait les silences, les regards, les accolades pour tromper la peur de mourir. Il pestait contre ses godillots si longs à enfiler comparés aux bottes modernes et pratiques des Allemands. Un élément qui donnait toujours une longueur d'avance à l'ennemi en cas d'attaque surprise.

Rapidement, il a été fait prisonnier par les Allemands à Sarrebourg. Il a quitté la guerre pour travailler de nouveau dans une ferme, les travaux forcés côté allemand. Deux ans loin de sa Normandie d'adoption, nouvelle expérience pour cet homme apatride dans les faits mais tellement français dans le cœur.

Mon grand-père fut un très grand patriote.

Il m'a donné la vocation et il l'a entretenue jusqu'à mon départ pour le service national.

Il m'a tant apporté ! Il m'a construit, il m'a fait rire à des moments où je doutais de moi, il m'a permis de prendre confiance en moi et je lui suis infiniment reconnaissant.

Il est assurément celui qui m'a le plus aimé. Et l'inverse est vrai.

Mon grand-père est l'homme de ma vie, plus que mes parents, plus que n'importe qui sur cette terre.

Et pourtant, il pouvait être dur avec moi. Je l'entends encore me dire : « J'espère être toujours de ce monde quand tu partiras à l'armée et que tu en chieras. On verra si tu tiens le coup. » Il y avait du vécu dans ce jaillissement. Il voulait me tester.

Personne n'a jamais soupçonné la force de notre amour. Piotr inspirait le respect. Il était devenu français grâce à sa bravoure.

Et même quand, à l'adolescence, avec mes parents, nous avons déménagé pour la région parisienne parce que mon père avait été muté, j'ai continué à beaucoup voir papy. C'était un besoin indispensable à mon équilibre.

Il était mon référent, mon guide spirituel, mon confident et mon ami. Et il l'est toujours par-delà les étoiles. Je lui parle, je l'interroge encore en imaginant ses réponses.

Rarement je me suis autant ennuyé qu'en BEP électrotechnique. J'ai été orienté après une quatrième ratée. Je collectionnais les renvois de bahuts. J'étais, pour parler gentiment, très turbulent. J'ai atterri là car il fallait bien faire quelque chose. Au grand désespoir de mes parents qui rêvaient de hautes études.

Cette voie ne m'intéressait pas. Dans ma tête, j'avais déjà le treillis sur le dos et je me voyais en manœuvre.

L'échec fut retentissant. Sans conséquence, car j'avais déjà préparé mes arrières. Plus rien ni personne ne pouvait m'arrêter.

À 17 ans et demi, je tente le concours de police. Là, on me dit : « Fais déjà ton service militaire. » Et on m'affecte justement à la police nationale. Mais mon rêve, ce sont les paras. Je prends alors un risque, je refuse. Et je réussis à entrer chez les paras, les mythiques bérets rouges, pour la plus grande fierté de mon grand-père.

Pas le même accueil du côté de ma mère, qui n'a jamais considéré que militaire était un métier. Autant vous dire que son avis est le dernier de mes soucis.

Me voilà appelé sous les drapeaux le 10 octobre 1991 au 9e régiment des chasseurs parachutistes de Pamiers dans l'Ariège.

Je ne suis pas encore majeur, mais j'ai cette savoureuse impression de devenir un homme. Je vis avec une réelle insouciance. Ce sont les plus belles heures de mon existence. Je l'ai choisie, cette vie. Je veux maintenant la croquer à pleines dents.

Pourtant, je ne sais pas vraiment où je mets les pieds. Je n'imagine pas encore les difficultés. Je ne pars pas en colo, j'entre chez les paras.

Le recruteur m'a prévenu, le service militaire, c'est un tremplin. Je confirme : c'est même un tremplin de haut vol.

Dès mon arrivée, pas de période d'adaptation. Même le passage chez le coiffeur est brutal ! Avec mon millimètre de cheveux blonds, on ne voit que mon crâne rose. Un choc, mais je la ferme.

J'apprends très vite ce que commander veut dire. Les sous-officiers et les petits gradés s'en donnent à cœur joie pour nous mettre dans le bain. Un vrai bizutage en mode commando pour repérer les faibles.

Jamais je ne me suis fait aussi mal de ma vie. Jamais je ne me suis tiré autant sur la gueule. Le soir, je suis une vraie serpillière comateuse, une courbature géante. C'est bien simple, j'ai mal partout.

Mais j'apprends à me connaître, à fermer ma grande bouche. Moi qui ne supportais pas la discipline, je me retrouve projeté dans un univers où l'autorité fait loi.

Je me souviens de cette nuit incroyable. Réveil en sursaut à 1 heure du matin. Dix minutes plus tard, nous sommes tous au garde-à-vous dans la cour d'honneur face au drapeau avec à nos pieds chacun un sac de 30 kilos, le poids d'un âne mort !

Le capitaine, un officier intouchable et redouté, nous ambiance tout de suite. Marche commando de nuit avec orientation et demain matin, saut en parachute, le premier. Cette fois, on y est. L'aventure commence.

Mon sergent, je l'observe, je le scrute. Je veux lui ressembler. Il commande par l'exemple. Il est avec nous. Il nous pousse dans nos retranchements. Franchement, plusieurs fois, j'ai eu les larmes aux yeux, mais jamais je n'ai pensé abandonner. Mon credo était simple : devenir comme lui.

Je n'ai plus d'épaules, mes pieds sont en sang dans ces rangers trop rigides, j'ai perdu l'usage de mes genoux tant mes jambes sont raides comme des bouts de bois. Et il reste encore 20 bornes à crapahuter. Parfois, on nous oblige même à courir. Je dois être maso, mais j'aime ça, j'adore le challenge, je jubile de constater que les petits caporaux ont remarqué ma force mentale et physique.

Je pense à papy. Je sais qu'il est fier de moi, et c'est peut-être bien le seul à ce moment-là. Il me donne de l'énergie.

Dans les rangs, le caporal Toumi – je m'en souviens comme si c'était hier – se comporte comme un salaud. Il n'hésite pas à donner des coups dans les côtes de ceux qui traînent derrière. Ses brimades me motivent encore plus. En temps normal, j'aurais eu envie de lui rentrer dedans ; là, je me tiens à carreau, je veux lui prouver que j'ai le niveau, et je sais que très vite je prendrai sa place. J'en ai la conviction.

Une ration de combat fait office de petit déjeuner pris dans l'humidité du jour qui se lève sur le tarmac de l'aérodrome de Pamiers.

Notre compagnie me plaît. Elle est représentative de la France. Toutes les couleurs, toutes les origines, toutes les religions ou presque, nous sommes à nu. Nous savons que notre salut vient de notre cohésion. Ah ! cette camaraderie si chère à mon grand-père, elle est en train de se construire. Dans l'adversité, ces mecs, je les aime déjà. Je me remémore ce Tahitien débarqué fraîchement qui roulait les r comme il buvait du whisky, avec délectation. Je l'ai choisi comme binôme. Je suis déjà costaud, mais à côté de lui, je suis un avorton. Il chausse du 49, il n'y a pas de godasses à sa taille, il peut mettre ses chaussures perso, et son pantalon de treillis, on dirait un pantacourt, avec ses 2,06 mètres sous la toise.

Nous voilà prêts pour le vol en Transall, avion de transport de troupe, et ce premier saut en parachute. On nous a bombardés d'informations théoriques, place maintenant à la pratique.

Nous sommes seuls face à notre destin. Un saut à 400 mètres d'altitude en ouverture automatique. L'ordre de passage est établi sans nous demander notre avis.

Un sous-officier accroche ma sangle à la carlingue de l'avion. Il me suffit, façon de parler, de me jeter dans le vide par la trappe arrière pour déclencher l'ouverture de mon parachute grâce à la sangle.

Je flippe, mais j'en crève de me balancer dans les airs. Je suis venu ici pour vivre des moments comme celui-ci. Alors je me jette, je fais un tour sur moi-même, je suis perdu pendant une fraction de seconde, et puis tout se calme.

Sous la voile de mon parachute, avec Pamiers à mes pieds, je suis libre. Je hurle mon bonheur d'être là. Ma vocation précoce se confirme. La fatigue de la nuit s'est évaporée.

Je me pose un peu brutalement, je n'ai pas assez tiré sur les deux poignées. Néanmoins, me voilà dépucelé.

Le retour à la caserne, toujours en marchant, est certes laborieux, mais pas autant que notre soirée de cohésion pour fêter notre saut inaugural. Je suis encore un petit jeune autant en parachute que côté alcool. Rapidement, avec la fatigue, je me retrouve sur le toit, lumière éteinte. Mes potes de dortoir me couchent.

Je me suis bien rattrapé depuis. Aujourd'hui, c'est plus souvent moi qui borde les autres, les soirs de beuverie.

Lors de mes premiers mois de classes, je réussis le stage de tireur d'élite et j'intègre le peloton d'élèves gradés pour devenir caporal. Une vraie reconnaissance de l'institution. Pour la première fois de ma vie, deux jours après avoir fêté mes 18 ans, je réussis un examen et j'obtiens une bonne note.

Ce grade, caporal, me transporte de bonheur. Je dors avec mon insigne sous mon oreiller la première nuit et je l'accroche fièrement sur mon treillis.

Il ne faut pas se leurrer : après moins d'un an de service, nous sommes encore des bleus. Mais moi, je suis piqué, je veux continuer après mes douze mois réglementaires et je signe un contrat de volontaire service long, un VSL, qui va me permettre de partir en opération extérieure. Vous vous rendez compte : après un an d'apprentissage, je vais partir en opex !

On suppose l'Afrique. J'appelle mon grand-père, qui partage ma joie. Il me dit d'entrée que si ça se passe bien, au retour, je recevrai ma première médaille. Cette attention me fait sourire. Moi, je ne pars pas pour une décoration, je veux voyager, être utile, et en premier lieu servir mon pays là où on a besoin de moi. Quand je vous dis ça, je me mets naturellement au garde-à-vous. On ne se refait pas !

L'heure est importante en ce lundi matin. Le colonel Calot, chef de corps du 9e RCP, veut nous parler après la levée des couleurs.

« Garde-à-vous. Repos. Garde-à-vous, présentez armes. Repos. »

Le ton est donné. Un garde-à-vous du colonel a une autre portée. Mes muscles sont tous bandés à l'extrême. Mon port de tête altier et mon menton dirigé vers le ciel traduisent mon respect à l'autorité, aux cinq galons de mon colonel.

« Messieurs, notre régiment a été choisi pour partir en mission en Somalie. La deuxième et la troisième compagnie vont s'envoler. » La troisième, c'est la mienne. Je jubile intérieurement, j'ai envie de crier ma joie. Mon émotion se traduit instantanément par une sudation colossale. Je suis trempé alors qu'il fait à peine 12 degrés en ce 25 octobre.

« C'est une mission humanitaire, l'opération Oryx, en soutien à la force de maintien de la paix de l'ONU. Nous allons aider les populations locales en proie à une importante famine. Nous allons protéger les convois humanitaires, et nous surveillerons la distribution de vivres. Nous ferons office aussi de force de dissuasion pour les rebelles opposés au pouvoir en place. »

Au total, ce sont quatre mille militaires français qui vont être mobilisés.

Enfin, je vais partir en Afrique de l'Est. Je vais vivre mon premier grand voyage et me retrouver dans la situation qui m'a toujours fait rêver : devenir soldat.

Mais attention, ne croyez pas que je parte la fleur au fusil. Je suis partagé entre excitation et appréhension. Pour la première fois depuis le début de mon service, le doute me gagne. Je n'en parle à personne, mais je dors mal, je fais même des cauchemars où je m'imagine pris dans une embuscade. Je me réveille en sursaut, je me dresse sur mon lit et je cherche mon arme, mon Famas, mon fusil d'assaut. Je respire mal, j'ai la gorge complètement sèche. Il est temps de me rendormir en me répétant, histoire de me décontracter, que mon fusil est bien rangé à l'armurerie.

La préparation est à la fois minutieuse et fastidieuse. Ce n'est pas un départ en vacances, le paquetage doit respecter des règles précises. On emporte tous les mêmes choses, à l'exception de nos sous-vêtements, notre nécessaire de toilette et une tenue civile.

Première étape de notre périple : Djibouti, dans la Corne de l'Afrique, une ancienne colonie française qui accueille un important contingent de militaires et de commandos français. C'est là que notre mission commence réellement.

Nous rejoignons la Somalie dans un Transall militaire. Nous sommes assis sur des sièges en toile inconfortables d'où nous ne voyons rien de l'extérieur ; les hublots sont rares et bien au-dessus de nos têtes. Et le vacarme est tel qu'on ne peut pas adresser la parole à son voisin.

Durant la grosse heure de vol, je passe par toutes les émotions, du grand bonheur d'en être au stress de ne pas être à la hauteur. À regarder mes collègues, je me rends compte que nous sommes un peu tous dans le même état d'esprit.

L'avion, pour moi, c'est déjà exceptionnel, mais là, on se situe bien au-delà. On se pose en plein désert à la tombée de la nuit, dans un énorme nuage de poussière. Un posé d'assaut sur une piste sommaire très courte. On n'en mène pas large. Les aérofreins nous projettent violemment le buste en avant.

Je dois être blanc comme un bidet.

Comme beaucoup, je ris nerveusement, pour faire genre tout va bien. En vrai, j'ai un mal de bide costaud et une furieuse envie d'un rendez-vous aux toilettes.

Pas une minute à perdre, je me jette derrière une dune et je me vide totalement. Ça va mieux ! Je revis, et je découvre un ciel étoilé comme je n'en ai jamais vu. C'est simple, j'ai l'impression qu'il y a plus d'étoiles qu'en France et surtout qu'elles sont beaucoup plus proches de nous.

Nous venons d'arriver à Baidoa, à 250 kilomètres au nord-ouest de Mogadiscio, la capitale. Nous établissons notre campement dans la zone de la piste, dans des bâtiments délabrés ouverts aux quatre vents. Je suis impatient de découvrir demain matin l'endroit.

Et je ne suis pas déçu. Au saut du lit s'offrent à moi du sable à perte de vue, des couleurs qui claquent du jaune au rouge en passant par toutes les nuances d'ocre. Et un lever de soleil magique qui vous réconcilie avec un réveil à 4 h 30 et trois heures de sommeil peu réparateur. Entre les groupes électrogènes, les camions, un hélico et un décollage de Transall, ça vaut bien une nuit au bord du périph dans un appart fenêtre simple vitrage situé dans un couloir aérien direction Orly.

Question d'habitude, nous dit notre sergent, guère plus aguerri que nous. C'est pas compliqué, on ment tous pour faire les costauds, moi le premier. Tu imagines le mec qui te dit d'entrée : « Je suis fatigué, j'ai mal dormi et je ne suis pas rassuré » ? C'est un peu comme si dans *Koh Lanta*, le premier jour, un candidat expliquait que sa femme et ses enfants lui manquent au point qu'il envisage d'abandonner avant même que les choses sérieuses commencent... Enfin, ça, à la télé, ça arrive !

En fait, je suis super fier d'être là, et je ne donnerais ma place à personne.

La compagnie s'organise vite. Pas le choix, on va déjà être déployés dans l'après-midi à un checkpoint à l'entrée de cette ville de 200 000 habitants. Nous sommes dans une zone de petites maisons en terre cuite à un carrefour très fréquenté, sur la route de Mogadiscio.

Immédiatement, je comprends que la situation est précaire, que les gens se battent pour manger. On aperçoit des types en armes qui sèment la panique. Ce sont les opposants au pouvoir en place. Ils côtoient les militaires somaliens dans un climat de tension latente. On vient d'arriver sur une poudrière.

Je suis marqué par le brouhaha permanent et la nervosité ambiante. Je saisis que nous n'arrivons pas pour distribuer du riz mais pour maintenir l'ordre, empêcher les émeutes de se déclencher.

Les jours suivants confirment mon impression initiale.

Pour la première fois de ma vie, j'ai peur, peur de mourir. J'ai essuyé plusieurs fois des tirs sporadiques, je me suis retrouvé, avec quelques compagnons, isolé au milieu d'une échauffourée que nous ne parvenions pas à contrôler. C'était d'autant plus inquiétant que nous étions mal équipés, nous ne disposions pas de gilets par balles.

Notre quotidien est sommaire. Nous bouffons de la poussière et ne mangeons que des rations de combat. Je maigris à vue d'œil. Notre seul plaisir, c'est, une fois par semaine, d'aller au marché et de marchander pour quelques dollars un cabri vivant qui termine à la broche.

Au bout de deux mois, la mort nous touche de plein fouet. Un accident. Une balle perdue tirée par un soldat français atteint notre lieutenant. On ne saura jamais ce qui s'est réellement passé.

Nous attendrons longtemps avant de connaître son sort. Je prends une douche quand j'entends retentir la sonnerie aux morts. Je me mets au garde-à-vous, nu.

Le lieutenant a été tué sur le coup. Les drapeaux sont mis en berne. Et j'avoue, à l'époque, je ne connaissais même pas la signification d'un drapeau descendu à mi-mât. La veillée aux morts, le silence, le recueillement, les prières restent des moments ancrés en moi à tout jamais.

À mi-mandat, changement de cap et de mission : nous passons sous pavillon de l'ONU. Je troque mon béret rouge de para contre le bleu ciel des Nations unies, symbole de la paix.

Nouvelle affectation aussi : nous sommes chargés de sécuriser la route entre Baidoa et Mogadiscio. Six heures de route à l'aller et même punition au retour, sur des voies défoncées à bord de nos VAB, des véhicules blindés qui dissuadent, au moins au début, les rebelles de jouer avec nous.

Nous recevons un accueil formidable dans les villages que nous traversons. Les enfants se précipitent sur nos véhicules, les femmes nous offrent des galettes de pain et quelques mangues. Effort considérable pour ces gens qui ne possèdent rien. On les rassure, on les aide. Certains ont même fabriqué des drapeaux bleu-blanc-rouge avec des étoffes de fortune qu'ils brandissent sur notre passage. Ils ont même appris un « Vive la France ! » qui fait chaud au cœur du patriote que je suis. Je me sens utile et respecté.

Tout se passe relativement bien jusqu'au jour où les autorités de l'ONU nous donnent l'ordre d'aller prêter main-forte à un bataillon marocain pris sous le feu de soldats rebelles qui veulent renverser le pouvoir somalien en place.

Notre mission militaro-humanitaire bascule en quelques minutes. Je n'en prends pas conscience tout de suite. Nous ne sommes plus une force d'interposition. On nous demande de suppléer l'armée régulière.

Une compagnie se charge de reprendre la radio nationale investie par les putschistes et nous, on se déploie dans un quartier en construction ou en ruine, on ne sait pas très bien.

On arrive par de grandes artères, puis on se perd dans un dédale de petites rues en terre battue, où le danger peut venir de partout.

Je vois la guerre en face pour la première fois. Les ordres sont arrivés si vite que nous n'avons pas eu le temps de nous préparer. Je vous rappelle que la grande majorité des soldats français sont des appelés du contingent, y compris les chefs. J'ai à peine une année d'ancienneté.

Face à nous, des rebelles du général Aidid qui veut renverser le pouvoir en place. La situation est instable. Nous ignorons tout de ces hommes en armes, parfois habillés comme les habitants du quartier. Rien n'est codifié. Ce sont des bagarres de rue, mais avec des armes qui tuent. Deux véhicules de l'armée marocaine brûlent devant nous, dégageant une épaisse fumée noire qui renforce l'impression de guérilla.

Brutalement, la situation dégénère. Ça tire de partout. Des rebelles sont postés dans les étages des bâtiments qui nous font face.

Au départ, nous ne savons pas si nous devons riposter. Des balles ennemies claquent sur le blindage de mon véhicule. Imaginez le bruit d'une petite cuillère que l'on taperait sur une table. L'impression est la même. On se protège comme on peut.

Enfin, on reçoit l'ordre de faire feu. J'entends un officier crier via les transmissions : « Légitime défense ! »

Mon sergent tire à la mitrailleuse 12.7 et moi je suis en porte arrière du blindé, casque bleu sur la tête, et j'essaie d'identifier des cibles. Je repère trois assaillants sur le toit de l'immeuble sur ma droite.

Je me protège en restant à l'intérieur, seuls ma tête et mon bras tenant le fusil-mitrailleur dépassent. Je n'ai jamais tiré sur des gens. C'est mon baptême du feu, mais je n'ai pas le temps d'avoir peur. Je pense seulement à sauver ma peau. J'ai l'impression de jouer à la guerre, tellement la situation est irréelle. J'ai un goût de métal dans la bouche. On est en pleine après-midi, il fait une chaleur de fou et paradoxalement on ne transpire pas. À ma grande surprise, mon bras ne tremble pas. J'applique les consignes enseignées lors du stage de tireur d'élite.

Je vise l'angle gauche du bâtiment. J'ai vu qu'un rebelle était posté là. Je le devine, il est couché. Je patiente. Je retiens ma respiration en attendant qu'il se redresse. Et je tire. Il s'effondre. Je l'ai touché au niveau du cou.

Je rentre dans le VAB quelques instants. Je ne pense pas aux conséquences de mon tir, je suis obnubilé par la suite. À l'intérieur, la fournaise est encore plus insupportable. L'odeur de gasoil me donne des haut-le-cœur.

Je ressors. Un collègue m'indique une nouvelle cible dans l'embrasure d'un châssis de fenêtre. Il me hurle que ce salopard vient de dessouder un Marocain. La haine me gagne et me transcende. Je fais preuve d'un calme incroyable. Je sors littéralement de mon corps, je suis en hypervigilance. Mes premières balles ne font que détruire un peu plus l'édifice. Le mec m'a repéré, il est malin, il se place dans un angle mort. Le blindé bouge de quelques mètres et m'offre un axe de tir idéal. Feu ! Touché ! L'homme blessé est déséquilibré. Il s'écrase trois étages plus bas. Deuxième victime.

La bataille durera tout l'après-midi et une partie de la nuit, tandis que des Américains s'occupent d'un quartier plus au sud.

Au milieu des tirs, une partie de la population nous encourage, expliquant que les rebelles les pillent et les affament depuis plus d'une semaine.

On aperçoit des gens qui traversent, parfois même des enfants totalement inconscients qui jouent au milieu des rues.

Un sergent dans le blindé d'à côté doit la vie sauve à un miracle. Il a reçu une balle dans le casque qui ne lui a pas touché la tête. À quelques centimètres près, il était mort. L'apprendre par la radio refroidit tout le monde. À ce moment précis, et pendant un court instant, j'ai peur.

À la nuit tombée, on redouble de vigilance. Je me souviens de ce que m'a dit deux jours plus tôt un policier somalien parlant trois mots d'anglais : « Un rebelle, ce n'est pas un militaire. Il peut très bien poser sa kalachnikov et redevenir berger. » De plus, beaucoup sont complètement défoncés au kat, cette feuille aux vertus euphorisantes qu'ils mâchent longuement.

Je suis toujours vivant. Ça suffit à mon bonheur, d'autant que nous ne dénombrons aucun blessé dans nos rangs.

Mais ce n'est pas fini. On s'occupe désormais de nettoyer une rue qui s'enfonce dans le quartier où s'est réfugié un groupe d'opposants. Ils sont rentrés dans des maisons et menacent leurs habitants. Notre blindé progresse lentement. Attention aux victimes collatérales.

Les tirs reprennent. Ils sont deux derrière une voiture. Je m'en occupe, je les « traite », comme on dit dans le jargon militaire. J'aime cette expression. À ce moment précis, j'ai la présence d'esprit de me dire « c'est eux ou moi ». Il n'y a pas d'alternative. Mon sergent me crie de faire feu. Des dizaines de cartouches sont tirées de part et d'autre.

Puis un long silence. Mes oreilles sifflent, je me calfeutre dans l'habitacle spartiate du blindé.

On sent la fin. Les tirs ennemis sont de plus en plus espacés. Les derniers irréductibles se fondent dans la population. Assaut terminé. Elle est loin, la mission humanitaire qu'on nous avait vendue.

Dans le véhicule, on se regarde : nous sommes harassés, mais surtout heureux d'être vivants et fiers d'avoir rempli la mission.

La pression retombe ; personne ne parle, on se refait tous le film dans nos têtes. La moyenne d'âge de l'équipage, à part le sergent, est de moins de 20 ans, et nous sommes tous des appelés volontaires service long. Dix gamins à peine sortis de l'adolescence.

Une méchante odeur de poudre nous rappelle l'âpreté des combats. Rien que moi, j'ai dû tirer cinq cents cartouches.

On a survécu, on n'a pas débordé et aucun civil n'a été tué, nous dit le capitaine par la radio. On le croit sur parole. De toute façon, personne ne peut vérifier.

Toute la compagnie – cent personnes – se regroupe là où tout a commencé, au niveau du grand carrefour. Je suis mort de soif. Ça fait belle lurette que ma gourde est à sec. Le lieutenant a trouvé de l'eau minérale, un bonheur incroyable. On se jette dessus puis, à 3 heures du matin, nous repartons vers notre base à Baidoa. Au moins cinq heures de route nous attendent, et dès la sortie de la capitale, des embouteillages.

Ils sont deux à se relayer au volant. Derrière, on tombe tous de fatigue. On est K-O technique, on ne réalise pas. Il sera temps demain de se retourner sur cette mission. Brinquebalé par les nids-de-poule et les freinages secs quand on se retrouve nez à nez avec un zébu, je m'endors. Je ne tiens plus ma tête qui cogne contre un montant du blindage. Mes cervicales sont douloureuses. J'ai des fourmis aux extrémités, mains et pieds. J'ai l'impression d'avoir couru un marathon alors que je ne suis pas sorti de ce VAB.

En arrivant, le réveil est rude. Le jour est déjà levé. Et en guise de petit déjeuner, on nous offre royalement une ration de survie. De toute façon, je n'ai pas faim. Seul le café parvient à passer.

On nous donne quartier libre jusqu'à 14 heures. Je fonce vers mon lit. Dormir dans ce bâtiment ouvert aux quatre vents, c'est déjà compliqué la nuit, alors le jour… Du bruit, une chaleur écrasante et, pire encore, de la poussière qui te prend la gorge et te colle aux poumons, voilà notre récompense pour nous remettre de nos émotions. Mais personne ne se plaint.

Je m'assois sur mon lit, et c'est là que les choses se compliquent. Mon collègue le plus proche est à moins de deux mètres, mais je me sens terriblement seul. Les émotions d'hier rejaillissent. Mes mains tremblent, j'ai envie de vomir, j'éprouve des difficultés à respirer et surtout, de grosses larmes coulent sur mes joues. Un soldat ne pleure pas, alors je me cache le visage dans les mains. J'ai honte de craquer. Le soldat devenu guerrier redevient un adolescent. Même si je suis toujours aussi motivé, je suis à nu, je n'ai personne à qui me confier. Alors je pense à mon grand-père, et j'imagine sa fierté quand je lui raconterai cet assaut à mon retour. J'aimerais tellement lui parler maintenant, me confier à lui ! Il n'y a que lui qui pourrait me comprendre. Mais il ne faut même pas y compter. On vit en autarcie : pas de téléphone portable, pas d'internet, éventuellement un message pour annoncer un décès ou une bonne nouvelle, comme une naissance.

Je décide alors de prendre la plume pour écrire un mot à ma mère. Pourquoi ? Parce que j'en éprouve le besoin. L'enfant qui sommeille en moi pense au réconfort maternel. Je ne lui raconte pas tout, pour ne pas l'inquiéter, et, comme je le faisais en colonie, je lui demande de m'envoyer un colis avec du saucisson. Au mieux, il arrivera dans un mois.

Allongé sur mon lit, je ne dors pas une seconde. Je revis ma première guerre minute par minute. Je me dis que je me rapproche de mes héros de *Platoon* ou *Full Metal Jacket*. Avant, je les imitais avec des adversaires fictifs dans le jardin ; là c'est pour de vrai. J'y suis, je l'ai voulu, pas question de refuser l'obstacle. Au contraire, je me ressaisis, je sens une bouffée de chaleur gagner tout mon corps, une impression agréable. Je vais mieux, je suis prêt à repartir. J'ai la confirmation que je veux devenir soldat de carrière.

Mon analyse des combats d'hier est chirurgicale. Je compte dans ma tête. Je pense avoir tué dix rebelles. Je recompte. Je pourrais décrire chacune des scènes avec tous les détails. C'est ancré à vie. Je prends conscience que, pour mon premier assaut, mes premiers tirs en opération à balle réelle, j'ai ôté la vie à dix mecs, autant que tous ceux qui forment avec moi l'équipage de mon blindé.

Sur le moment, je ne percute pas. Je réagis froidement. Je m'interdis de réfléchir pour pouvoir continuer à avancer.

Quelques jours plus tard, la situation a bien évolué. Je ne parviens plus à trouver le sommeil, je fais des cauchemars épouvantables qui se terminent toujours de la même façon : je finis égorgé. Ma concentration est sérieusement altérée, je n'ai plus d'appétit et mon comportement s'en ressent. Je suis moins sociable, plus taciturne, même si rien ne transpire dans mon travail.

Je suis touché psychologiquement mais je refuse de l'admettre et encore moins d'en parler à quiconque, a fortiori à un supérieur. Je commence à me mentir à moi-même. Ce sera l'histoire de ma vie. Je ne soupçonne pas à quel point ces premiers combats et ces rebelles tués vont peser lourd dans ma besace quand il faudra faire le bilan. Et j'ai à peine 19 ans.

Mais sur place, en apparence, pas de problème, même si je me montre plus irascible avec mes copains et un peu bagarreur.

Ce qui me rassure, c'est que des camarades sont eux presque inaptes. J'en ai surpris certains s'automutiler au niveau des doigts pour ne pas poursuivre la mission. Eux ne veulent qu'une chose, rentrer chez eux et tourner le dos définitivement à l'institution militaire.

Moi, ce n'est pas mon cas. J'ai besoin de cette adrénaline, de cette cohésion avec les autres soldats pour vivre des aventures même périlleuses.

J'ai le trouillomètre à zéro sur toute la fin de mission. On organise des patrouilles dans le désert à la recherche de caches d'armes dans des sortes de grottes. Le jour où tu es le premier à entrer, tu flippes de te retrouver confronté à un rebelle caché. Tu as beau être un combattant hors pair, quand tu es pris dans une embuscade, il n'y a pas grand-chose à faire. Tu es souvent fait comme un rat.

Au bout de cinq mois, la fin de la mission arrive comme une délivrance. Avant la dernière semaine, je n'y pensais pas. Mais là, depuis quelques jours, je suis obnubilé par le retour. Je rêve toutes les nuits à ce que seront mes journées. Je les idéalise avec un mélange de musique, de copains, de gonzesses – car je suis vraiment en manque – et de bières fraîches.

Je me pèse le dernier jour à l'infirmerie. Je n'en reviens pas, j'ai perdu 10 kilos. La balance affiche 82 kilos, mes joues sont émaciées, mes yeux beaucoup plus enfoncés dans leurs orbites, et mes muscles encore plus saillants que d'habitude – rien de meilleur pour les abdos !

La relève est arrivée. La passation de pouvoir donne lieu à un petit mot de remerciement du colonel qui dirige l'opération. Il a pour nous un discours paternaliste qui nous touche. Il parle de nous comme de jeunes devenus des hommes. Il n'a pas tort. Immédiatement je bombe encore plus le torse et j'acquiesce en opinant du chef.

Je me sens bizarre, partagé entre l'envie de rentrer et le spleen de quitter une mission si marquante. J'angoisse déjà pour l'après. J'ai vécu des événements si forts que je redoute de me retrouver en France, d'autant que mon service militaire s'achève quelques semaines après mon retour. Que faire ensuite ? Mon avenir s'inscrit en pointillé. C'est la première fois que je suis dans l'incertitude. Je voudrais m'engager définitivement dans l'armée, mais il n'existe pas de passerelle entre le service national et une carrière de militaire d'active.

Mais mes appréhensions, ce sera pour plus tard. Avant le départ, on a le droit à un pot d'adieu certes frugal mais néanmoins paradisiaque au regard de nos collations et repas depuis que nous avons posé le pied dans ce désert. Imaginez le bonheur : on nous propose des bières bien fraîches, plusieurs par personne. J'avais oublié l'impression jubilatoire de la mousse et des bulles qui t'envahissent le gosier, petits-fours locaux en prime.

Il n'en faut pas plus pour que l'euphorie nous gagne et que la connerie nous débride. Raisonnablement bien sûr, nous sommes dans une enceinte militaire. Et personne ne l'oublie. Le partage avec nos chefs, notamment le capitaine et le lieutenant, nous prouve la réussite de la mission et leur fierté de nous avoir commandés dans des situations pas faciles. Jamais je ne me suis senti aussi utile qu'en ce moment, jamais autant respecté et apprécié. Ça fait du bien. Jamais non plus je n'ai eu autant confiance en moi. Je dois m'en servir au retour, surfer sur la vague de cette mission. Les sourires entre nous, sans distinction de grade, traduisent notre bonheur d'avoir servi ensemble. Ça me rappelle un peu les fins de colo et de camps d'ados où l'on est triste de se séparer et où on se promet de s'écrire et de rester en contact.

Cinq heures du matin, nous sommes tous prêts, regroupés aux ordres du capitaine devant l'avion qui va nous ramener vers Djibouti, puis Paris.

Énorme nostalgie. Et là, moi et tous les autres, nous pleurons comme des mômes. Nous saluons une dernière fois le drapeau français, remercions les Somaliens qui travaillaient sur la base avec nous. Et sans nous retourner – c'est trop dur –, nous montons à bord du Transall.

Fin de mission, retour à la maison, au sens propre comme au sens figuré. Je repars vivre, provisoirement j'espère, chez papa maman.

Chapitre 3

Il est désemparé lorsqu'il franchit une dernière fois les grilles de la caserne du 9e RCP. Les paras, c'est fini, le service militaire aussi.

Le caporal-chef Karten redevient un civil qui emporte avec lui ses souvenirs de dix-huit mois d'armée. La rupture est brutale.

Il espérait un peu plus de reconnaissance pour service rendu. Il rêvait d'une remise de médaille officielle, en grande pompe, pour pouvoir inviter son grand-père et commencer sa collection. Rien de tout ça. Il a reçu dans un vulgaire paquet, quelques semaines après son retour, deux médailles : celle récompensant une mission outre-mer et celle de l'ONU. Vous parlez d'une récompense, remise en catimini, sans solennité !

Il en gardera toujours un goût amer envers cette institution pour laquelle il a risqué sa vie afin de défendre celle des autres.

Il se retrouve désormais en pleine nature sans autre point de chute que la maison de ses parents. Il a bien le petit pécule gagné sur sa mission, mais ce ne sont pas un peu plus de 5 000 francs qui vont lui permettre de voler de ses propres ailes et de faire des folies.

Stanislas quitte Pamiers le 1er octobre 1993. L'automne enveloppe déjà l'Ariège, comme le spleen le gagne. Dernier voyage en train gratuit, rare avantage réservé aux appelés du contingent. Plus de copains, plus de chefs, plus cette routine de la caserne, plus ce confort du tout inclus avec les repas, la chambre et la blanchisserie. Il part seul, direction Cergy, dans la banlieue nord de Paris.

Le voyage paraît durer une éternité. Son cerveau s'est mis sur pause. Il ne parvient pas à prendre conscience qu'il n'a plus de perspective immédiate, que son avenir rime avec précarité. Il n'a pas changé d'avis, il veut toujours s'engager dans l'armée, mais il ne sait ni où, ni comment. Il est livré à lui-même et, pour dire vrai, totalement perdu.

Le sas de décompression après le retour d'opération a été trop court pour se remettre d'une telle mission. Les effets secondaires polluent surtout ses nuits. Stanislas dort très mal. Ses rêves l'emportent de nouveau dans des zones de guerre en Somalie, où la réalité de ce qu'il a vécu sur place se mélange à son imaginaire.

Il perd peu à peu son assurance ; il se renferme, il cherche ses mots et devient irascible, parfois même violent. Encore une fois, personne ne lui a proposé un soutien psychologique. Mais il faut dire aussi qu'en apparence, et en groupe, il ne montre aucune faille, il ne révèle aucun indice de ses premiers troubles.

Difficile donc de les détecter, d'autant plus qu'il les ignore lui-même. De toute façon, par orgueil, il n'aurait surtout pas voulu qu'on l'aide.

Quand on a vécu comme un aventurier pendant des mois, il est compliqué de se retrouver dans un RER bondé. Stanislas a l'impression d'être l'attraction du wagon. Son énorme sac militaire, ses cheveux rasés et son bronzage digne d'un plein été dénotent. Il porte beau, il paraît fier. Il se met presque au garde-à-vous en tenant la main courante. Il essaie de donner le change aux paires d'yeux qui le dévisagent. Il s'autorise un léger sourire en direction d'une jeune femme qui se trouve dans son champ de vision.

Pourtant, il souffre presque de claustrophobie, il explose à l'intérieur. Ses tempes martèlent son crâne, son cœur bat comme après un sprint et ses jambes sont en coton. Vite, l'arrêt Cergy ! Il n'en peut plus.

Il déambule dans les couloirs de la gare, il erre pour trouver son chemin. Il la connaît pourtant, mais il n'imprime plus, tel un zombie parachuté.

Personne ne l'attend sur le quai. Pas de comité d'accueil. Là encore, il s'imaginait voir ses parents, mais ce n'est pas le genre de la maison. Il parcourt à pied les deux kilomètres jusqu'au pavillon familial cubique, très années 70, posé sur un petit monticule de terre. Il a froid, il marche au pas réglementaire, le regard dans le vague. Il slalome entre les passants, pour gagner du temps. Il ne veut pas rentrer chez ses vieux. Il angoisse de se retrouver seul avec eux, comme un fils unique. Sa sœur, de cinq ans son aînée, étudie la psychologie et vit à Paris.

Le choc est d'autant plus fort qu'il n'a jamais imaginé ce retour en arrière. Il se croyait parti définitivement. Enfin presque, car il n'a pas déménagé le moindre bibelot de sa chambre d'adolescent. Elle est restée telle quelle, avec ce poster jauni de la Lamborghini de ses rêves, sa collection de petits soldats et ses maquettes d'avion trônant sur un présentoir vitré poussiéreux. Mais à cet instant, il refuse cette régression.

Il n'a pas les clés. Comme un inconnu, il sonne. La pelouse est impeccable, on se croirait à Versailles. Les arbres sont taillés au millimètre. C'est tellement propre que l'on dirait un pavillon témoin !

Sa mère lui ouvre la porte sans la moindre effusion. Elle savait qu'il arrivait ce jour mais sans aucune idée de l'heure. Dans cette famille, on ne se téléphone pas.

Un baiser furtif, un « Ça va, mon fils ? » comme si elle l'avait quitté le matin et une réponse tout aussi laconique : « Oui, maman. » Cela fait belle lurette que Stanislas n'attend rien de cette mère austère et peu encline à la tendresse. Il ne montre rien, comme d'habitude, il grimpe dans sa chambre, mais il souffre de cette froideur qu'il n'a jamais réussi à décoder.

Il ne sait pas si sa mère est insensible, si elle est déçue par le chemin qu'il souhaite emprunter, ou si elle fait preuve d'une grande maladresse avec lui. Même gaillard, il aurait aimé qu'elle le serre dans ses bras, et qu'elle lui témoigne au moins une fois sa fierté.

Il se terre dans un mutisme qu'il croit protecteur. Mais c'est tout le contraire. Il se renferme peu à peu depuis le début de l'adolescence. Il encaisse, il subit, il accepte même la situation et tout à coup, il explose comme une cocotte-minute à laquelle on aurait oublié d'enlever la soupape.

Quand il s'emporte, il se comporte mal, les insultes pleuvent, les reproches s'enchaînent et sa souffrance se déverse sur cette maman incapable de prendre la mesure du mal-être de son fils.

Son père, dans ces moments-là, est souvent absent au sens propre ou au sens figuré, en voyage professionnel ou planqué pour ne surtout pas se mêler d'un problème où il ne veut pas prendre position.

Pas facile pour Stanislas de se confier dans ces conditions. Il y a bien sa sœur, Sophie, mais ils ne sont pas très proches. Elle partage néanmoins avec son frère un sentiment commun sur les manquements de leur maman, pas assez aimante, trop rigide et incapable de s'adapter au contexte vieux comme Hérode des enfants qui grandissent. Aveuglée par ses certitudes, elle ne perçoit pas le fossé qui se creuse avec ses enfants. Elle n'a jamais essayé de se remettre en cause. Et ce n'est pas maintenant qu'elle va commencer.

Stanislas digère les premiers instants de ce retour qui lui rappelle tellement de mauvais souvenirs. Il a l'impression d'être un étranger dans sa propre chambre. Il ne se reconnaît pas dans la décoration, terne et désuète, ni dans les quelques livres sur la bibliothèque qui le ramènent à cette enfance dont il ne veut plus entendre parler. Le plus marquant, c'est l'odeur, qui lui fait remonter le temps et lui rappelle ses angoisses de collège. Un mélange de renfermé, d'effluves de cuisine, le tout enrobé du souvenir de tabac froid des cigarettes brunes de son père.

Son état de nervosité est tel qu'une cohabitation avec ses parents lui semble impossible. Si ça ne tenait qu'à lui, il se sauverait par la fenêtre, ni vu, ni connu, pour échapper à ce climat pesant.

Il appréhende déjà le dîner. Son père va rentrer. Il n'a pas envie de raconter ce qu'il vient de vivre, et pourtant il va bien être obligé de lâcher quelques bribes. Mais il ne dira rien des combats, des tirs et des victimes. Aucune curiosité excessive chez papa et maman ; ils resteront bien dans les clous du discours du fiston et ne poseront aucune question, il en est certain.

Il descend dans le salon, s'affale dans son fauteuil, celui qui lui était réservé avant son départ, et entame un tête-à-tête avec la télé, un bon moyen de ne pas engager la conversation. La situation est étrange. Ni lui ni sa mère n'osent prendre la parole, si ce n'est pour échanger des banalités. Et puis, maladroite comme d'habitude, elle lui dit :

« J'espère que ton séjour t'a servi de leçon et que l'armée, c'est terminé. Il est temps que tu te stabilises et que tu trouves ta voie. Pourquoi ne reprendrais-tu pas des études ? »

Elle ne pouvait pas tomber plus à côté. Stanislas prend une grande respiration et il se lance, sans la regarder, dans un monologue froid et circonstancié.

« Maman, écoute-moi bien : d'abord, jamais je ne retournerai à l'école. J'espère que c'est clair. Ensuite, à partir de maintenant, je décide seul de mon avenir. Ton avis et celui de papa ne m'intéressent pas. Ils ne m'ont d'ailleurs jamais intéressé. La preuve, je vais m'engager dans l'armée le plus vite possible, pour dégager de là. Car je te le dis, depuis que je suis rentré, je me sens mal, j'ai une boule au ventre comme quand j'étais petit et que je n'osais pas te dire mes notes de peur de prendre une baffe. En arrivant tout à l'heure, j'ai eu l'impression de rencontrer une étrangère. C'est vrai, je ne suis pas le plus chaleureux, mais tu ne m'as pas vu depuis sept mois, et pas un mot, pas une attention de ta part. Tu te rends compte ? J'aurais pu crever en Somalie ! Tu vas m'écouter, pour une fois, je ne te laisse pas le choix. J'étouffe, tu comprends ? Je n'ai plus d'amour, et je me demande même si j'en ai eu un jour pour toi… Tu es ma mère, mais j'ai toujours eu l'impression que tu n'étais que mon censeur, mon juge et mon surveillant. Je n'ai jamais été heureux ici. J'en ai pris conscience en mission. J'ai beaucoup réfléchi… Si seulement tu pouvais ne serait-ce qu'une fois dans ta vie être fière de ton fils ! »

Désormais, Stan arrive à verbaliser ses sentiments et à mettre des mots sur sa douleur. Le ton monte, il vide son sac, emploie des mots de plus en plus crus. Dans une relation normale aucun fils ne parlerait comme ça à sa mère.

Martine, elle, ne dit pas un mot. Elle encaisse, groggy, dans les cordes du fond de sa cuisine. Elle ne parvient pas à fixer son regard. Les rôles sont inversés pour la première fois. D'habitude, c'est Martine qui attaque, elle qui a le monopole des critiques et des remontrances. Là, elle reçoit en pleine figure des années d'aigreur et d'incompréhensions. Elle est sans défense.

Comme un boxeur, elle est sauvée du K-O par le gong, ou plutôt le retour de son mari Michel. Fin provisoire du règlement de comptes, car tout n'a pas été dit.

Stanislas salue son père avec respect, mais avec une tendresse contenue, c'est le moins que l'on puisse dire : un baiser léger dans le vide, un joue-contre-joue des plus éphémère.

À peine son mari déchaussé, Martine marmonne un guttural « À table ». La sentence est tombée.

Elle n'a pas jugé bon de dresser le couvert dans la salle à manger. Le retour du fiston se fera sur la toile cirée de la table en Formica de la cuisine éclairée en direct par un néon blafard digne des meilleures salles d'interrogatoire de la police.

Stanislas rêvait de lasagnes, son plat préféré ; il se contentera d'un rôti de porc accompagné de chou-fleur, qu'il déteste. Une perle à ajouter au chapelet des déceptions.

L'ambiance à table est neutre, c'est presque pire qu'une bonne engueulade. Martine n'a pas récupéré complètement de l'attaque de son fils, mais elle se garde bien d'en parler à Michel, qui joue, lui, l'intervieweur un peu mou du genou de leur rejeton.

Le récit de Stanislas ne dépasse pas quelques banalités, des ambiances qui satisferaient n'importe quel invité. À écouter les détails donnés par le jeune homme, on aurait pu imaginer une mission humanitaire, genre Médecins du monde, en Afrique. Pas un mot sur les combats, pas une allusion aux rebelles tombés sous ses balles. Il s'est juré de ne pas en parler, autant pour protéger ses parents que pour ne pas accroître leur aversion, enfin surtout celle de Martine, envers l'armée.

Pas un mot non plus sur l'avenir. Ça tombe bien, Stanislas n'a pas envie de l'évoquer et ses parents ne posent aucune question.

De banalités en informations familiales sans importance, ce repas de retrouvailles s'étire, une mascarade dans laquelle chacun fait semblant d'être heureux de se retrouver après une longue absence.

Pourtant, Stanislas n'a qu'une obsession : aller voir papy Piotr en Normandie pour lui raconter par le menu ses exploits. Il veut partager sa fierté et recevoir les félicitations officielles de quelqu'un qui sait, qui a connu et qui pourra comprendre. Un rendez-vous de combattants, fiers de l'être.

La reconnaissance : un mot primordial pour ce fils en manque de considération.

Mais avant la Normandie, Stanislas renoue le contact avec les potes du quartier et du BEP. Ça lui paraît déjà tellement loin… Maxime et Kévin l'écoutent religieusement, eux qui terminent un stage chez un patron en électrotechnique. Ils ont tous les deux poussé leurs études vers un bac pro. Mais à voir leurs yeux qui brillent, Stan comprend qu'il a fait le bon choix ; en tout cas, il s'en persuade.

Jamais il ne s'était senti autant au centre des conversations. L'annonce de son retour fait le tour du quartier en quelques heures. Et un peu comme un otage qui aurait été libéré, il répète inlassablement les mêmes choses, comme lors d'un point presse. Faut dire que les questions sont toujours les mêmes.

Le petit gars de Cergy, branleur en cours et pas très doué, connaît son heure de gloire, et il en profite. Il n'a même pas besoin d'en rajouter pour capter l'attention. Rien que son changement d'allure parle pour lui. Stanislas est devenu un homme, là où ses copains sont restés de grands adolescents.

L'attitude des copines à son égard a évolué. Il se sent pour la toute première fois courtisé, dragué même. L'attirance des filles lui donne confiance, il se sent beau, costaud… De quoi presque l'installer dans une position de leader qu'il n'a jamais connue auparavant. Alors il en joue, gagne en assurance, parle de plus en plus et libère l'humour qui sommeille en lui depuis longtemps.

Son statut de mec beau gosse, drôle, avec un petit côté héros de guerre – qu'il entretient l'air de rien –, lui offre une nouvelle carrure sociale. La première soirée restaurant plus boîte de nuit doit le lui prouver.

Nous sommes le samedi de son retour. La maison familiale lui sert de dortoir et parfois d'auberge, mais le moins longtemps possible. Les échanges avec ses parents se limitent au strict minimum. D'ailleurs, ils commencent à s'impatienter, ils ne sont pas loin de lui asséner le fameux : « Ce n'est pas un hôtel-restaurant, ici ! » Il s'en fout, sa vie n'est plus là, il profite d'un transit facile et, il l'espère, éphémère.

Stanislas se prépare comme pour un mariage. Il truste la salle de bains. Il est allé s'acheter du parfum – Eau Sauvage, de Dior. Il sort sa plus belle chemise blanche pour faire éclater le bronzage ; encore un atout ! Et il est surpris de constater que le jean qu'il choisit ne lui colle plus aux jambes comme avant. Il a pris du muscle, mais il a fondu. Il se sent mieux dans son corps et dans sa tête.

Ce soir, c'est sa soirée. Il ne doit pas la gâcher. Au menu : les copains, les filles, et pas que celles de leur groupe, sans oublier un bon gueuleton avec alcool à volonté.

Dernière touche, les bottines marron vieilli tendance et le cuir noir du militaire en goguette.

Maxime vient le chercher avec la Ford Fiesta de sa mère. L'expédition peut commencer, la tournée des grands-ducs de Seine-Saint-Denis.

Une forme de timidité s'empare de Stanislas quand il retrouve tout le monde à la Pizzeria Mario et qu'il constate que les regards ont changé depuis leur dernière virée. Il sent de l'admiration, de la curiosité, et même du désir chez les filles. Normalement, ça vous donne des ailes, ça vous change un homme, mais là, pas de fanfaronnerie, au contraire, il observe, jauge l'assistance avec cette forme de méfiance que l'on éprouve en zone de conflit quand on ne sait pas à quoi s'attendre.

Le décalage est flagrant, mais qu'importe, il a envie de s'éclater. Cette soirée, il l'idéalise depuis des semaines, ce n'est pas le moment de tout faire foirer.

Pour lui, cette pizzeria de quartier sans charme ressemble à un restaurant étoilé tellement il apprécie chaque bouchée de sa calzone et chaque gorgée de son mauvais chianti en pichet. Il raconte sa nouvelle vie, il se répète dans un brouhaha potache. Petit à petit, il trouve sa place, il respire mieux, il se détend et commence à déconner. Ils sont désormais tous sur la même longueur d'onde. Ils chahutent, se défient au bras de fer devant un parterre de jeunes filles qui se pâment devant tant de virilité. Les milliers de tonnes de fonte soulevées sur le tarmac de l'aéroport de campagne à Baidoa en Somalie portent leurs fruits. Stanislas est imbattable. Il se régale et se fait un malin plaisir de rectifier tous ses potes.

La fin de la démonstration déclenche le go pour le Pim's, night-club minuscule situé en périphérie de Pontoise, dans un petit réduit souterrain surchauffé. Mais peu importe l'endroit, place à la fête !

Personne ne trouve rien à redire que Maxime soit un peu éméché lorsqu'il prend le volant ; idem pour les quatre autres conducteurs. Stanislas traversera sa vie de soldat en pensant être détenteur d'une sorte d'impunité l'autorisant à se déplacer en toutes circonstances et dans tous les états. Donc, dans ce cas présent, il ne se pose même pas la question de savoir si Maxime doit ou non conduire. De toute façon, au regard de la loi, personne n'est apte.

Il y a un monde fou au Pim's. Heureusement, Myriam, copine coiffeuse, a ses entrées, elle connaît le physio. Toute la troupe s'installe dans un coin sombre, pas loin des platines, une table réservée aux consommateurs de bouteilles. Stanislas, trop content de vivre ces moments, se la joue grand seigneur. Sans rien demander à personne, il commande trois bouteilles, gin, vodka et whisky, triptyque magique pour bande festive.

Stanislas n'a jamais été le roi de la danse, néanmoins, il se déhanche sans souplesse mais avec énergie et conviction entre deux verres avalés en compagnie de Myriam et deux de ses copines. Elles rient, elles sont conquises, elles se collent à lui pour l'entendre par-dessus un *Born to Be Alive* qui grésille dans des enceintes fatiguées.

Jamais il n'a senti son pouvoir de séduction comme ce soir-là. Il en profite malgré une réelle appréhension de faire un faux pas, de ne pas assurer. Il a l'impression qu'il a l'embarras du choix ce soir. C'est grisant.

Finalement, il choisit Myriam, plus entreprenante et plus cash avec lui. Elle lui facilite la tâche, disons-le, c'est elle qui conclut.

Soirée idéale, mieux encore que ce qu'il avait imaginé.

Myriam vit chez ses parents, pas question d'aller chez elle ; impossible de passer la nuit chez ses vieux à lui. Alors Stanislas, à la campagnarde, demande les clés de la Fiesta à Maxime. Ça n'est ni pratique, ni romantique, mais ça dépannera pour cette fois.

Stanislas part le premier pour fumer une clope. Myriam, elle, passe par les toilettes avant de le rejoindre. Ils se retrouvent sur ce parking glauque, sous un fin crachin qui transperce le plus étanche des blousons.

Jamais Stanislas ne s'était fait attraper la bouche de la sorte. Elle le dévore sous la pluie sans préliminaires. Il repensera souvent à cette scène quand, dans le futur, il sera l'initiateur de ces rencards de boîte de nuit.

Pour l'instant, il subit avec délectation. Il se laisse faire. Myriam se dandine pour épouser les formes de son corps, une espèce de danse du câlin après laquelle il n'y a pas d'autre alternative que de plonger sur la banquette arrière de la voiture. Cette petite citadine est beaucoup trop exiguë pour des ébats langoureux. Mais pour une partie de sexe torride, elle fera l'affaire.

Impossible pour le caporal-chef de reprendre le commandement. Myriam mène l'affaire avec compétence. Lui reste en pilote automatique.

« Je ne suis pas sûr qu'elle ait gardé un souvenir mémorable de ce moment », confiera-t-il à ses potes le lendemain, avouant qu'il n'avait pas assuré. Il l'a baisée comme un mec en jachère depuis des mois. Il n'a même pas eu le temps de la faire jouir que c'était déjà terminé. Elle ne lui en a pas tenu rigueur car ils se sont revus plusieurs fois, « pour l'hygiène », comme il dit. Et là, il s'est rattrapé ; du moins, c'est ce qu'il pense.

Il rentre à la maison au lever du jour, à pied, avec de grandes difficultés. Des ampoules énormes lui barrent les talons – pas évident de marcher avec des chaussures de ville neuves quand son quotidien, ce sont des rangers et des baskets. Il finit pieds nus, titubant. Il est 7 heures. Ses parents prennent leur petit déjeuner. Il n'a pas du tout envie de les voir. Il passe la tête dans l'encadrement de la porte, les salue vite et monte se coucher tout habillé. Sa tête tourne et ses souvenirs se dissipent. Il se souvient juste qu'il vient de passer la plus belle soirée de sa jeune existence. Il avait déjà fait l'amour auparavant, mais il considérera que son vrai dépucelage, c'est ce jour-là.

Plus les jours passent, plus il se languit de rempiler dans l'armée. Le manque arrive assez vite, le besoin de replonger, l'autorité, l'uniforme, les perspectives et de nouvelles missions… Mais personne ne l'attend. Aucun gradé ne l'a appelé depuis son retour. Il se sent abandonné et ne comprend pas qu'on ne fasse pas appel à ses services.

Alors, en attendant de prendre rendez-vous au bureau de recrutement de l'armée de terre à Pontoise, il accepte un boulot d'agent de sécurité dans un centre commercial à Cergy, à deux pas de la maison. Il y va chaque jour à reculons. Il est posté huit heures d'affilée devant la Fnac. Il s'ennuie, il est seul et ressasse son spleen. Les gens ne le regardent pas, il est transparent, tout le contraire de ce qu'il attend.

Il gardera un très mauvais souvenir de cette période de quatre mois. Ce n'est pas comme dans sa vie de soldat, il n'a pas de camarades sur qui s'appuyer, et surtout il ne respecte pas son chef, un faux gros dur, dans la sécurité depuis toujours, qui aurait tant aimé devenir militaire. Stanislas a besoin d'aimer et de se sentir aimé pour avancer et s'épanouir.

Il se rassure en se disant qu'il ne va pas s'éterniser à ce poste.

Le 2 mars s'annonce comme une libération.

Il a rendez-vous avec l'adjudant-chef en charge du recrutement à Pontoise. Il arrive comme pour une prise d'armes, un millimètre sur le crâne, tenue sobre et allure stricte. Il n'en peut plus, il souhaite repartir et vite.

La discussion s'engage. Le gradé est sensible à ses états de service. Stanislas revit, il comprend qu'on va lui proposer de s'engager. L'adjudant lui demande d'abord de choisir entre l'armée régulière ou la Légion étrangère. Instinctivement, le jeune homme se tourne vers la régulière. Avec le recul, il éprouve quelques regrets de ne pas avoir opté pour le béret vert et ses troupes composées de gens au passé souvent mystérieux originaires de la terre entière.

L'adjudant-chef lui fait ensuite deux propositions. Second choix, encore plus important. C'est comme un entretien d'embauche avec deux postes à pourvoir.

« Karten – on ne l'a plus appelé par son nom depuis la fin de son service –, il y a une opportunité tout de suite au 1er régiment d'infanterie basé pas loin de l'Allemagne, à Sarrebourg. Je ne vais pas vous en dire du mal, j'y ai servi il y a quelques années. Ou alors attendre quatre mois pour rejoindre le 3e régiment d'infanterie de marine à Vannes dans le Morbihan. »

Stanislas n'hésite pas : les troupes de marine font partie de l'élite de l'armée, avec leur ancre accolée au grade, mais il choisit de partir dans l'Est au 1er RI. Pour une seule raison : il peut s'engager tout de suite.

L'affaire est entendue à un détail près qui déstabilise la nouvelle recrue : il va redescendre dans la hiérarchie. Il a terminé son service au grade de caporal-chef, et on lui annonce qu'il va être rétrogradé pour se retrouver militaire du rang première classe. Avec perspectives d'évolution rapide, certes, mais le coup est dur à encaisser. Il n'a pas le choix et accepte de parapher un contrat de cinq ans.

Départ fixé dans une semaine, le 3 mai 1995. Juste le temps pour Stanislas d'aller annoncer la bonne nouvelle à son grand-père et de tirer le bilan de sa mission en Somalie avec lui.

Quand il arrive chez lui, papy l'accueille sur le perron, en costume, avec son placard de médailles militaires qui font plisser sa veste de blazer. Il les sort pour les grandes occasions, et l'engagement de son petit-fils dans l'infanterie en est une.

Il revit par procuration les grandes heures de sa mobilisation pendant la Seconde Guerre mondiale.

La tendresse qui les unit a toujours interrogé sa grand-mère. Personne dans la famille n'a cette complicité avec Piotr, qui est plutôt bourru et discret avec les autres. Avec Stanislas, il s'identifie, il se sent utile et il adore son rôle de confident.

Les grandes heures de la Somalie sont passées au crible dans les moindres détails. Piotr est impressionné, il n'imaginait pas que son petit-fils, avec qui il jouait à la guerre il y a moins de dix ans, puisse aujourd'hui lui raconter la vraie guerre.

Il lui confie comme un secret son bilan personnel. En égrenant le nombre de victimes répertoriées par sa mémoire, Stanislas fond en larmes, comme réveillé en sursaut par ce qu'il a fait, et choqué de le dire à quelqu'un pour la première fois en dehors du cercle militaire, même si son grand-père, pour services rendus à la patrie, peut être considéré comme un gars du sérail.

Il a besoin de ce partage, de se libérer d'un poids, et seul Piotr est en mesure de l'entendre. Stanislas attendait son approbation pour la suite. Si son grand-père valide, alors sa carrière pourra commencer.

La scène est étrange. Une atmosphère irréelle entoure les deux hommes. Après le récit de Stanislas, les deux bavards se sont tus dans une sorte de recueillement. Ils se comprennent dans ce silence complice. L'un comme l'autre apprécient cet instant. Leurs regards se croisent longuement en mélangeant tendresse et complicité. Piotr, sans un mot, adoube ce jeune soldat, qu'il rêverait d'être encore aujourd'hui.

Stanislas a aussi l'impression de réussir son examen de passage dans le monde des adultes, ou plus exactement celui des hommes.

Autour d'un whisky glace, Piotr prodigue les derniers conseils paternels à celui qui doit repartir le lendemain matin tôt pour préparer son départ. Stanislas doit organiser un déménagement sans rien emporter ou presque. Il s'en va pour une durée indéterminée avec un minimum d'affaires. Il disposera d'une piaule, un dortoir au sein de la caserne qu'il partagera avec trois autres collègues.

Les adieux avec sa mère sont à l'image de leur relation, distants et furtifs. C'est plus fort qu'elle, elle ne peut pas admettre que celui qu'elle imaginait avocat se lance dans une carrière militaire au bas de l'échelle. Elle s'attribue cet échec et demeure figée lorsqu'il s'approche d'elle pour lui dire au revoir. Il rêve d'une étreinte maternelle comme un encouragement ; il se contentera d'une bise sans consistance accompagnée d'un « À bientôt » prononcé mollement, comme celui qu'on réserverait à un invité dont on ne veut plus.

Seule bonne surprise, son père l'emmène gare de l'Est, avec ses deux énormes sacs, toute sa vie empaquetée pour cette nouvelle aventure.

Après un départ tout en retenue, les langues se délient. Dans la voiture, Stanislas écoute son père. Libéré de la présence de sa femme, Michel se lance dans un monologue attendrissant, une sorte de lettre audio pour dire à son fils qu'il est heureux de le voir s'élancer sur le chemin qu'il a choisi.

« Je m'interdis de te juger, de t'influencer. Je veux juste te dire que j'ai compris que l'armée était une vocation pour toi, un appel que tu ne pouvais pas refuser. Je t'envie de pouvoir exercer le métier qui te fait vibrer depuis tant d'années. J'aurais tellement aimé être dans ta situation plus jeune. Tu vas vivre de ta passion, ça n'a pas de prix. »

Michel se dévoile en parole mais son regard reste figé sur la route et le périphérique engorgé. Il ne parvient pas à croiser celui de Stanislas. Il sait qu'il n'a pas toujours été à la hauteur avec lui, que, par faiblesse, il a souvent opposé un silence coupable aux échanges houleux entre Martine et leur fils.

Alors qu'il pense que son père va le laisser devant le dépose-minute SNCF, Michel se gare dans le parking souterrain et invite son fils à partager un sandwich. Les deux hommes, assis face à face sur deux tabourets, se regardent enfin. Stanislas n'a pas le souvenir d'une telle tendresse dans les yeux de son père. À défaut de lui dire combien il l'aime – ça ne se dit pas dans la famille –, Michel lui offre cet amour paternel par la douceur de son regard.

Tout peut s'écrouler autour d'eux. Stanislas en avait tellement besoin ! Il peut partir sereinement, emportant avec lui cette marque de tendresse indélébile.

Les deux hommes, bras dessus bras dessous, se dirigent vers le wagon. Le premier « Je t'aime » intervient juste avant le départ. Il sort de la bouche de Michel. Jamais, en se replongeant au plus profond de sa mémoire, Stanislas ne se souvient d'avoir entendu son père lui dire « Je t'aime ». Encore ému, il lui répond la même chose, pour la première fois lui aussi.

Stanislas s'installe dans le wagon, adresse un dernier signe à son père. Le train démarre, et les nerfs lâchent. Emmitouflé dans son blouson capuche, il pleure à chaudes larmes, bouleversé par le moment qu'il vient de partager. À 19 ans, il s'en va le cœur beaucoup plus léger, même si cette scène l'éloigne encore plus de sa mère, qu'il aimerait tellement appeler une maman au quotidien.

Chapitre 4

Quelqu'un frappe brutalement à ma porte. Je somnole encore quand je vois entrer un monstre physique, un caporal-chef venu des îles, un cube de Wallis-et-Futuna. Il a des mains à te faire sauter tous les plombages rien qu'avec une gifle. Et, comble de la surprise, il porte un énorme python autour du cou sur un corps imberbe et intégralement tatoué.

La scène est surréaliste. J'ai débarqué quelques jours auparavant à Sarrebourg. Les soldats de ma compagnie finissent une mission à Cambrai, dans le Nord. Je suis donc seul et n'ai pas encore pris complètement mes marques.

Ça ne va pas durer. Le partage prend tout son sens le jour même de mon arrivée.

L'armoire à glace m'invite à participer à un barbecue. Sa voix de velours et son accent qui roule délicieusement les r lui donnent un air jovial, malgré un physique à faire peur.

Ce dimanche restera gravé dans ma mémoire. Je vais passer un moment incroyable avec la colonie des soldats venus des DOM-TOM. La chaleur de leur accueil me transporte au cœur de leurs traditions. Un cochon est en train de cuire dans un trou creusé à même la terre, cuisson à l'étouffée, recette polynésienne. Ils appellent ça le four tahitien. L'odeur de viande m'envahit. J'ai rarement autant ri, autant bu et fait la fête. Avec, en guise de digestif, le partage du kava, cette boisson terreuse à base de racine de poivrier sauvage qu'on trouve à Wallis. Tu ressors d'une telle expérience avec la langue anesthésiée et des réflexes d'escargot endormi !

Dès le début de ma mission, je suis dans mon élément, je me régale. Quelques mois après mon arrivée, je repars là où je me sens bien, en Afrique, d'abord au Tchad en 1994 dans le cadre de la mission Épervier, puis au Gabon l'année suivante.

Je retrouve les odeurs de la Somalie, la vie de camp, le désert, cette chaleur sèche, avec en plus, lors de ces deux missions, la fierté de protéger les intérêts français sur place tout en faisant respecter la souveraineté nationale du pays hôte.

Au Tchad, dans le nord, ma vie manque de basculer. J'en ai encore des frissons. Nous contrôlons l'accès des Libyens au niveau d'Abeche, la deuxième plus grande ville du Tchad. Notre camp jouxte la piste d'atterrissage des Jaguar français qui assurent la protection aérienne. La situation s'est envenimée, notre surveillance s'est renforcée. Une nuit, je me retrouve de garde dans l'enceinte de notre base provisoire. En patrouillant avec mon binôme, j'aperçois une ombre au loin derrière les barbelés. Il faut bien prendre conscience que la vigilance est maximale et qu'il n'y a pas un rai de lune pour déchirer l'obscurité. On se rapproche du grillage, on a l'assurance que quelqu'un se cache, on en est sûrs. La forme humaine que l'on distingue ne bouge plus.

La procédure est immuable : trois sommations avant d'ouvrir le feu. Nous hurlons, nous tentons d'intimider cet être immobile qui ne réagit pas. J'arme mon fusil au moment où mon chef nous rejoint. Le camp a été en partie réveillé par notre alerte.

Jamais je ne me suis senti aussi désemparé. Personne ne sait quoi entreprendre : faire feu sur un hypothétique ennemi ne répondant pas à nos ordres de se présenter les mains en l'air, ou attendre pour en savoir plus au risque de se faire attaquer ?

Ces minutes me paraissent interminables. Et en face, dans cette zone où quelques buissons épineux poussent anarchiquement dans le sable, l'ombre reste figée.

Clairement, j'aurais dû tirer sans me poser de question, mais je ne l'ai pas fait. Je ne peux pas dire pourquoi, un sixième sens, une prémonition, toujours est-il que je ne bouge pas. Et pourtant certains autour de moi arrivés en renfort sont plus radicaux et m'incitent à faire feu.

Finalement, mon chef, le sergent Belin, prend la décision d'éclairer la zone. Et là, je suis saisi par ce que je vois. Je ferme les yeux un court instant, soulagé d'avoir décidé de ne pas tirer. À vingt-cinq mètres des barbelés dissuasifs, nous apercevons une femme et son bébé, recroquevillés sur le sable et recouverts d'un tissu coloré.

On ne baisse pas la garde, cette femme peut très bien être une kamikaze ou un leurre pour des assaillants potentiels repliés un peu plus loin. Néanmoins, moi, je n'y crois pas. Un Tchadien vivant sur la base lui demande d'approcher. La femme s'exécute difficilement, le dos courbé et la démarche hésitante.

Lorsqu'elle arrive devant nous derrière le grillage, nous voyons une femme à bout de force, la bouche desséchée, qui a du mal à articuler. Son enfant ne bouge pas. Nous lui parlons, la rassurons. Elle nous regarde sans la moindre expression, elle est épuisée et en état de choc. Il faudra plus d'une heure pour que l'on comprenne que son bébé est malade et qu'elle est venue nous demander du lait. Elle a dû marcher des heures depuis son petit hameau, désespérée de ne pas trouver d'aide.

J'avoue que ce jour-là, j'ai éprouvé une grande fierté et surtout un immense soulagement. Je me voyais déjà l'abattre à l'entrée de notre campement. Vous imaginez les conséquences pour moi, pour notre détachement et pour l'armée française. Ce moment est gravé à jamais dans ma mémoire et chaque fois que je me trouve en position de tirer, j'ai cette image en tête, mon icône virtuelle à moi, ma bonne étoile. Cette femme est mon porte-bonheur.

On l'a accueillie, nourrie et désaltérée, elle s'est reposée. Notre médecin a ausculté son bébé, qui souffrait seulement de déshydratation. Et on l'a aidée pendant les trois mois restants de notre mission. Je suis heureux dans ces cas-là de mettre en avant notre vocation humanitaire.

Après le Tchad, je passe rapidement caporal, puis caporal-chef au retour du Gabon.

Ma route militaire est tracée.

En 1997, me voilà de retour sur les bancs de l'école. J'intègre celle des sous-officiers de Saint-Maixant. Un mauvais souvenir. Mais je n'ai pas le choix si je veux devenir sergent.

Je m'accroche, je bosse mes cours dans un seul but : devenir patron d'un groupe de combat, l'objectif de ma vie. J'en bave, on ne nous fait pas de cadeaux, on nous teste en cours théorique mais aussi sur le terrain. Diriger dans l'armée, ça se mérite.

Je ne suis pas le plus brillant, mais j'obtiens des résultats très corrects. Et surtout, je suis repéré pour mon engagement et ma capacité à repousser mes limites. Rien ne m'arrête dans les tests physiques, si ce n'est les recommandations des instructeurs qui redoutent que je ne me blesse. Je suis comme dans un état second, habité par l'enjeu et mon envie d'excellence.

Je rentre au 1er RI à Sarrebourg avec mes galons de sergent. Je dirige désormais un groupe de combat de dix hommes au sein d'une compagnie. En période d'entraînement, c'est déjà grisant, alors je n'imagine même pas encore en opération extérieure.

Je commande mes hommes par l'exemple. Je n'ai pas de mode d'emploi et je dois m'adapter, certains ont dix ans de plus que moi, des vieux soldats expérimentés. Depuis cette période, j'ai toujours voulu être le meilleur, le plus courageux, le plus fort au sein de mon groupe. J'aime autant vous dire que les gars ont intérêt d'être en forme !

Je me suis progressivement transformé en leader. Ce n'est pas inné. Je n'ai pas au départ un tempérament assez fort pour m'imposer. J'ai dû éloigner mes doutes afin d'être à la hauteur du poste et vaincre mon côté réservé qui dénote avec mon physique imposant. Et puis, je me suis construit un personnage qui ne me quitte jamais dès l'instant où je me trouve dans une enceinte militaire. Dur au mal, dur mais juste avec mes hommes, et toujours devant pour montrer la voie.

Ils en bavent tous à l'entraînement, je veux les préparer pour les combats futurs. Je les pousse souvent au-delà de leurs limites pour détecter les plus faibles. Je n'esquive personnellement aucun exercice. J'opère par mimétisme en m'appuyant sur ceux qui m'ont formé et commandé. Pour la première fois de ma vie, je ne suis plus responsable que de moi. J'aime ces nouvelles sensations de pouvoir qui me procurent des montées d'adrénaline jouissives, un genre de picotements qui diffusent dans tout le corps.

Je vis, je mange, je dors armée. Et quand j'ai du temps libre, je le passe avec mes soldats pour parfaire notre cohésion et mieux les connaître. Rien de tel qu'une bonne bringue pour souder une équipe et se dire qu'on ira au bout du monde ensemble. Plus tard, j'irai encore plus loin avec mes gars. Je les pousserai dans leurs retranchements dans leur vie civile pour les emmener encore plus loin et les tester en condition de situation de crise. Je provoquerai des bagarres en boîte de nuit pour vérifier leur bravoure, leur courage et leur sens du sacrifice. Je n'en suis pas fier.

Les deux ans qui suivent mon accession au poste de sergent ne sont pas les plus sympas, alternant manœuvres et périodes d'entraînement à la caserne, en attendant la future mission. Pendant ces périodes, je me cantonne au rôle de militaire en garnison. Or moi, mon ADN, c'est d'être soldat sur le terrain. Alors je m'ennuie et je fais des conneries. Je tue le temps libre, loin de mes amis, en picolant, souvent avec mes hommes, et parfois en me bagarrant, pour évacuer le trop-plein d'énergie que je n'arrive pas à canaliser. C'est plus fort que moi, je joue les provocateurs dans les bars jusqu'au moment où je trouve du répondant. J'ai besoin de ces bastons pour me sentir bien et me rassurer sur mon état de forme. Je m'en sors toujours plutôt pas mal, voilà pourquoi je continue, et ça devient un jeu chaque week-end. Sans que je m'en rende compte, la violence entre dans mon quotidien, elle devient mon adrénaline, ma soupape de décompression.

Par chance, cela ne rejaillit pas sur mon quotidien à la caserne. J'ai deux vies distinctes qui me satisfont d'autant plus que mon côté castagneur de bar me donne une aura supplémentaire avec mes gars et j'en profite.

À l'été 2000, enfin une mission arrive. Nous partons au Kosovo, cette république autoproclamée en Yougoslavie, engoncée entre la Serbie, la Macédoine, l'Albanie et le Monténégro.

Pour la première fois, je suis déployé en Europe, dans une zone dont j'ignore tout. Et franchement, je ne suis pas rassuré, car on nous demande d'assurer la sécurité d'un pont qui enjambe l'Ibar, la rivière qui coule à Mitrovica, cette ville symbole de la lutte entre les Serbes et les Albanais du Kosovo.

On n'a que des coups à prendre, c'est une mission de maintien de l'ordre : faire que les deux camps restent chacun de leur côté du pont, baptisé pont Austerlitz, les Serbes au nord et les Albanais au sud.

Nous sommes au milieu d'un embrasement qui ressemble à une guerre civile. Nous subissons des provocations des deux côtés, nous recevons des projectiles de partout. C'est simple : il y a deux bandes de cinq cents énervés de part et d'autre de ce pont au bitume défoncé et nous au milieu avec des moyens de défense habituellement utilisés par les gendarmes mobiles. En clair, on n'est pas les bienvenus. Les Albanais surtout nous font bien comprendre que nous n'avons rien à faire là, et que nous devrions nous mêler de ce qui nous regarde. Nous savons que nous sommes à la merci de la moindre bavure qui déclencherait immédiatement une émeute.

J'ai beaucoup de mal à gérer cette situation insurrectionnelle ; je me protège derrière mon bouclier, j'intercepte des pavés, des pièces métalliques, des outils qui volent dans ma direction.

Je ne me pose pas de questions. On m'a dit que personne ne devait franchir ce pont « de la honte », comme l'appelaient les Serbes, alors personne ne passe.

Franchement, j'ai peur car je ne maîtrise pas leurs codes, on est loin de ceux qu'on nous enseigne chez nous. Alors, entre nous, on se serre les coudes. Deux vieux caporaux qui ont servi en Irak font office de grands frères et assurent la liaison avec les plus jeunes. Et moi, même si je suis plus jeune, je suis le papa de ce groupe de combat. Notre cohésion sur le pont est totale. On ne forme qu'une seule masse prête à intervenir afin de dissuader et de bloquer toute offensive de chaque côté du pont.

Vivre cette situation tendue au quotidien pendant quatre mois, ça laisse des traces. Je me couche souvent avec la boule au ventre, traduction de ma peur d'être débordé par les ennemis, pas les nôtres, mais les leurs. Je ne comprends pas ce qu'on fout là.

Le comble arrive un samedi de décembre en fin d'après-midi. Il fait un froid de gueux, nous sommes postés au sud du pont côté albanais lorsque la situation dégénère. Un Albanais téméraire, sorti des rangs, se précipite sur la première classe Danjou, à quelques mètres de moi, et dégoupille la grenade que mon soldat porte à la ceinture. La réaction est instantanée, mon soldat commence à brûler sur place. Avec mon lieutenant, on se jette sur lui pour l'éteindre. Il hurle de douleur. Ses vêtements au niveau des jambes et du bassin continuent de se consumer. On le déshabille, et je le mets sur mon dos pour l'évacuer vers notre base arrière. Sa peau brûlée part en lambeaux et se colle à mon treillis. Il a perdu connaissance au moment où j'arrive vers notre hôpital de campagne. Il sera évacué vers la France brûlé au deuxième degré sur 20 % du corps.

À cet instant l'expression « frère d'armes » prend tout son sens. De retour à nos baraquements, je prononce une véritable déclaration d'amour à mes hommes. Je les sens déstabilisés, certains ont eu très peur, leurs visages sont marqués. À part moi, personne n'ouvre la bouche. L'ambiance est solennelle, proche du recueillement. Nous ne sommes pas ici pour nous juger, mais je vois déjà ceux qui ne repartiront plus au combat en rentrant. L'éternelle différence entre un militaire et un soldat. N'est pas soldat qui veut. Il te faut ce grain de folie, cette insouciance, ce goût du danger pour accepter de risquer ta vie.

Ce soir-là, la bière constituera le ciment de nos angoisses. Tous ensemble, on a besoin de cette parenthèse festive et bruyante pour mieux repartir et oublier nos torpeurs.

Quelques jours avant Noël, je rentre à Sarrebourg. Ma mission au 1er RI s'achève aux premières lueurs de 2001. Je suis muté au 35e RI à Belfort, toujours dans l'Est, mais un peu plus au sud.

Comme je me lasse très vite, j'ai besoin de changements. Ce déménagement arrive au bon moment, rien ne me retient là-bas – j'ai soldé toutes mes histoires de cul.

Je me demande si je ne suis pas inapte à l'amour. Je me rassure en comptabilisant mes conquêtes, mais je dépasse rarement la semaine de relation. Et ce n'est que très rarement moi qui pars. Devant les copains, je joue au bourreau des cœurs, et chez moi, dans le silence de mon intimité, je m'interroge sur ce machisme qui m'anime et effraie mes copines.

À Belfort, je m'intègre avec un peu de difficultés, ma réputation me précède. Beaucoup de jeunes tenteront de changer de compagnie pour éviter de servir sous mes ordres. Je souffre de cette image de chef redouté. Je suis très exigeant, c'est vrai, mais j'ai aussi ce côté paternaliste et protecteur qui me permet de créer des liens forts avec mes hommes. À la caserne, en mission, comme dans la vie, ils peuvent compter sur moi vingt-quatre heures sur vingt-quatre. Je suis tantôt leur père, tantôt leur grand frère, souvent leur ami et toujours leur confident s'ils en éprouvent le besoin.

Mais c'est vrai que je peux être injuste et même méchant. Avec un peu de recul, je n'en suis pas fier.

Je me souviens de cette mission dans les Alpes, une ascension de quatre heures, avec 30 kilos sur le dos. On perçoit tous nos chaussures spécifiques de montagne sans encombre jusqu'à ce qu'une nouvelle recrue timorée, le regard bas, se présente. Sa nonchalance et son manque d'assurance me sortent direct par les yeux.

Je décide de lui donner deux pieds gauches. Il ne bronche pas et part se mettre dans le rang. Il parvient au sommet au prix d'efforts et de douleurs intenses. En revanche, il est incapable de redescendre avec ses deux pieds gauches. Je m'en souviens comme si c'était hier.

Le lendemain, je suis convoqué et puni par mon capitaine qui me passe une soufflante comme j'en ai peu reçu. Cette journée restera doublement mémorable, car dans l'après-midi me seront remis officiellement mes galons de sergent-chef.

Face au colonel, chef de corps du 35e RI, que je ne connais pas personnellement – ses cinq barrettes m'impressionnent –, je repense à cette vocation qui me poursuit depuis tout petit.

Dans mes songes, je l'ai souvent jouée, cette remise de grade.

Je suis heureux, épanoui, enfin, dans ma vie professionnelle, car à l'extérieur, le néant commence à me peser. Je me sens terriblement seul au fond de moi.

J'aspire à construire quelque chose de solide. Mais en suis-je capable ? Quand je me regarde dans la glace, je perds de ma superbe, le doute m'envahit. Je cherche l'homme qui se terre derrière les larges épaules du chef Karten.

Chapitre 5

Stanislas butine toujours, pour l'hygiène et pour se rassurer. Il n'a aucun mal à trouver une âme sœur éphémère.

En déménageant, il n'a pas modifié son style de vie. Il se contente toujours de sa petite chambre à la caserne, devenue individuelle maintenant qu'il est sergent-chef. Rien d'extraordinaire, on est plus proche de la piaule d'étudiant que du studio cosy, mais il s'en fout, d'autant plus que c'est gratuit, avantage en nature.

Les premiers mois sont consacrés à la tournée des bars et des boîtes, du classique. Sa réputation festive le précède. Il ne lui faut pas longtemps pour fédérer autour de lui une bande de soiffards comme il dit, soiffards et castagneurs, que des militaires ou presque.

Il a du mal à se mélanger aux civils.

Combien de fois il a terminé la soirée amoché et incapable de rentrer seul. Combien de fois il a provoqué une bagarre, englouti dans l'alcool ; combien de fois il a entraîné ses hommes dans son délire ! Il considérait ces rixes comme du sport et une preuve irréfutable de son courage.

Et puis un soir, pas très tard, dans un petit bar du centre-ville de Belfort, il fait la connaissance de Magali, jolie brunette qui ne demande qu'à être séduite. Du pain bénit pour Stanislas : en un regard, il conclut. Et contrairement à d'habitude, il en pince un peu pour cette jeune femme au fort accent franc-comtois, aide-soignante à l'hôpital.

Comme dans un film romantique, ses potes s'éclipsent, le laissant seul en tête à tête avec Magali.

Elle paraît légèrement plus âgée que lui, une petite trentaine peut-être. Elle lui parle, lui susurre des mots dont il n'a pas l'habitude. Il écoute, comme hypnotisé par la situation. Il semble troublé par cette configuration. D'habitude, c'est lui qui parle, et fort ; il dresse son CV en moins de temps qu'il n'en faut pour le dire, comme un pêcheur lance son hameçon, et il attend que le charme opère. Là, c'est tout le contraire, et il apprécie. Il n'est pas en représentation, ses hommes ne sont pas là pour faire la claque. Pas de public, pas de témoins, le cœur qui accélère, le ventre qui gargouille.

Il a pourtant promis qu'il rejoindrait ses amis en boîte, mais il change d'avis sans prévenir personne. Après deux mojitos, une assiette de jambon pata negra et une coupe de glace Colonel bien imbibée de vodka – le patron connaît la dose –, Magali l'invite chez elle, dans sa maison, à l'extérieur de Belfort.

Il se laisse guider, il perd le contrôle de la soirée, lui qui aime tant planifier. Ce lâcher-prise, si rare, l'apaise.

Il n'en revient pas : une grande maison à la campagne, un vrai chez-soi décoré avec goût. Stanislas pénètre dans un monde inconnu, moins précaire, plus doux.

La première nuit est féerique. Il a l'impression de vivre en couple d'un seul coup. Magali le cajole, le met en confiance. Il ne l'a pas baisée dans un unique souci de performance, comme dans les films, il lui a fait l'amour. Une première pour lui à 28 ans. Et il ne s'est pas sauvé juste après comme un voleur. Ils ont dormi ensemble. Ils se sont réveillés dans les bras l'un de l'autre.

Stanislas est heureux, serein, comme soulagé de comprendre qu'il est amoureux ; enfin, il le croit.

Très vite, il s'installe chez Magali à Chatenoy-les-Forges. Il devient plus casanier. Mais après quelques mois seulement, à peine une année, ses démons reprennent le dessus. Il se sent comme enfermé. Il jalouse ces hommes qui continuent à vivre comme des patachons, il a une envie irrépressible d'autres femmes, il veut faire la fête. Alors il s'éloigne de Magali, sans complètement couper le cordon au début, pour conserver le confort d'une vie à deux sans les inconvénients. Un classique, que Magali vit mal. Elle s'était imaginé autre chose.

Stanislas est redevenu lui-même, autocentré.

Et forcément, la situation s'envenime et la jeune femme décide de prendre ses distances. Un soir, en rentrant, Stanislas retrouve toutes ses affaires sur le bas-côté le long de la maison. Il n'en prend pas spécialement ombrage, il est même soulagé.

Fin de l'histoire. Enfin, il le croit. Trois mois plus tard, alors qu'il a déjà évacué Magali de son esprit, il reçoit un message laconique.

« Je suis enceinte, et j'ai décidé de le garder. »

Le monde s'écroule. Il n'arrive pas à imaginer qu'il est le père d'un enfant qu'il n'a pas désiré. Il suffoque, mélange de colère et de détresse. Il ne sait pas comment gérer cette nouvelle. Il n'ose en parler à quiconque. Il n'a surtout personne de suffisamment proche à qui se confier dans son univers militaire. Il a beau prendre le problème par tous les côtés, il ne trouve aucune solution.

Il se décide à l'appeler. Elle ne répond pas ; elle ne répond plus depuis bien longtemps.

Elle vient de lui faire un enfant dans le dos ! Il devient dingue, il veut aller la voir, s'expliquer avec elle. Mais en arrivant il trouve porte close. Il apprendra plus tard que sa grossesse se passe mal et qu'elle a préféré se rendre chez ses parents, à Pirey, au nord de Besançon.

Alors le seul à qui il se décide à le dire, avec qui il a envie de s'épancher, c'est son grand-père. On revient toujours à lui, son repère en toutes circonstances. Et il n'imaginait pas trouver une épaule aussi réconfortante et bienveillante.

Tout commence par une conversation téléphonique très brève au cours de laquelle Piotr l'invite à le rejoindre en Normandie chez lui. Stanislas pose trois jours de permission et file le retrouver. Il est totalement perdu. Il ne sait pas quoi faire : reconnaître l'enfant ou non ? Tenter de convaincre Magali d'avorter ? Mais a-t-il le droit ?

Il ne dort plus depuis une semaine. Il fume trois paquets par jour. Il est à bout de nerfs quand Piotr avec son accent rocailleux et doux à la fois prend la parole sans préambule.

« Je comprends ce que tu ressens car j'ai vécu la même mésaventure en Allemagne en 1943, alors que j'étais, tu le sais, prisonnier dans une ferme pas très loin de Francfort. »

Stanislas n'en revient pas. L'histoire se répète. Son grand-père marque un temps d'arrêt. Il inspire à pleins poumons pour ravaler un sanglot. La blessure est encore béante, mais, pour aider son petit-fils, Piotr accepte de rouvrir une page de sa mémoire qu'il croyait fermée à tout jamais.

« Je suis resté trois ans là-bas. Nous étions plusieurs ouvriers agricoles. J'étais déjà marié avec mamie, mais à la ferme, j'ai fait la connaissance de Gisela, une jeune Allemande, la nurse des enfants des propriétaires terriens. Je suis tombé amoureux d'elle. On se voyait en cachette, comme dans les films, entre deux bottes de foin, ou dans les prés. On savait, surtout elle, que si on se faisait attraper, elle risquait gros. Avant de poursuivre, je dois t'avouer que cette relation a considérablement amélioré ma captivité. D'abord parce que c'étaient les rares moments doux dans un univers hostile. Et puis, elle améliorait mon ordinaire en chapardant des fruits, du fromage et du lait que je récupérais derrière la charrue. »

Stanislas ne pense plus à sa propre histoire. Il est suspendu aux lèvres de ce vieil homme qu'il imagine jeune et séduisant. Il comprend mieux pourquoi Piotr parle aussi bien l'allemand.

« Et puis, je suis libéré le 6 mars 1944. Nos adieux sont déchirants, mais ma vie est ailleurs. Je rentre à la maison, ou plutôt je change de ferme et de femme. Retour du côté d'Amiens où je retrouve mon poste d'ouvrier agricole aux côtés de ta grand-mère Svetlana. Seul ton oncle Pierre est né à l'époque juste avant la guerre et je ne l'ai pas vu grandir. Tout aurait pu repartir comme avant sans une lettre que je reçois après la guerre, si je me souviens bien en janvier 1946. Là, mon monde s'écroule. J'apprends que Gisela est maman d'un bébé et que j'en suis le père. C'est en tout cas ce qu'elle me dit. Tu imagines ma stupeur ? Rien qu'en t'en parlant, j'en ai des frissons, je me rappelle le moment où j'ai décacheté l'enveloppe beige comme si c'était hier. »

Stanislas se sent moins seul : son héros, son papy, a vécu la même histoire. C'est fou ! Il le voit pour la première fois friable, lui, le roc qui le protège. Piotr continue son récit comme pour se délester d'un poids encore aujourd'hui trop lourd à porter.

« J'apprends que je suis le papa d'un petit garçon d'un an, Dieter. Je lis cette lettre à l'abri des regards. Je me souviens m'être éloigné vers les étables pour que Svetlana n'en sache rien. Je ne voulais en parler à personne. Pendant plus de deux ans, j'ai gardé ce lourd secret pour moi. D'abord, je n'ai pas répondu. J'étais dans le déni, la colère, j'éprouvais un sentiment de trahison. J'en voulais à Gisela. Puis j'ai réfléchi. Je me suis remémoré ce bel amour, lui aussi secret, et tous ces moments partagés en toute insouciance. Alors je lui ai répondu que j'acceptais cette paternité. Ça ne voulait pas dire grand-chose au départ car je n'assumais rien. Mais ça me soulageait de le reconnaître. »

Stan s'imagine déjà réagir comme lui et devenir le père de son futur enfant. Les mots de Piotr, qui remuent l'aïeul, lui sont d'un grand réconfort.

« Deux ans après cette lettre, donc, j'ai prévenu mamie. Nous étions un dimanche matin, de retour de la messe, assis tous les deux dans le jardin, et je lui ai tout dit. J'ai vidé ce sac devenu si lourd à porter. Ce jour-là, j'ai compris sa grandeur d'âme, car elle ne m'a pas jugé, elle a même compris la situation. Nous étions sortis de la guerre et nous étions heureux. Ton père était né peu de temps auparavant. Encore aujourd'hui, j'admire la façon avec laquelle elle a réagi. Je crois que ça a renforcé notre amour. »

Stanislas boit les paroles de son grand-père. Il s'étonne à voix haute de n'avoir jamais été mis au courant. Il voudrait comprendre pourquoi personne n'en parle jamais.

Piotr évoque un secret de famille, sans trop s'étendre. Encore aujourd'hui, plus de soixante ans après les faits, parler le met mal à l'aise.

Piotr explique que, dans les années 50, 60 et jusqu'au milieu des années 70, il allait voir son fils Dieter en Allemagne une fois par an. C'était compliqué, dans ces conditions, d'avoir un vrai rapport paternel. Il a toujours envoyé de l'argent à sa mère pour qu'il ne manque de rien. Peu à peu, les visites se sont espacées, Gisela s'est marié avec un homme rencontré après la guerre et a eu d'autres enfants. Aujourd'hui, et il le regrette, il n'a plus de contact. Il a appris presque par hasard que Gisela était décédée l'an dernier.

« Aux dernières nouvelles, Dieter termine une carrière brillante d'ingénieur. Il a deux filles, qui sont donc mes petites-filles, mais que je ne connais pas du tout. J'ai su que le mari de Gisela avait officiellement adopté Dieter. »

À son tour, Stanislas décrit sa situation, moins romanesque que celle de son grand-père. Il exprime ses angoisses, il ne sait pas quoi faire. Il n'en a même pas parlé à ses parents ni à sa sœur. Il compte sur Piotr pour l'aider à y voir plus clair.

« Mon garçon, tu dois reconnaître cet enfant à la naissance, si c'est le tien. Tu dois assumer. Comme dans ta carrière militaire, il y a un code d'honneur à respecter. Tu t'es sans doute fait avoir, si j'ai bien compris, mais qu'importe, tu vas devenir père, même si tu ne partageras pas ce moment magique avec la mère. Essaye de rester positif. Mais sois conscient aussi que tout sera plus difficile dans ta situation. »

De retour à Belfort, sa décision est prise. Sans retour en arrière possible. Dans moins de cinq mois, Stanislas deviendra le papa d'un petit garçon – c'est sûr depuis la deuxième échographie.

Rémy naît le 11 juillet 2005, soit un peu plus de quinze mois après cette rencontre avec Magali.

Stanislas n'assiste pas à l'accouchement et ne voit son bébé qu'un mois plus tard, un après-midi, dans la maison de Magali. La jeune mère n'est pas disposée à lui faciliter la tâche. Elle n'a pas pardonné à Stanislas d'être parti et a décidé de le lui faire payer.

Tout se règle par avocats interposés : il obtient un droit de visite aménagé en fonction de ses missions sur la base d'un week-end sur deux plus la moitié des vacances scolaires.

Mais la pratique ne rejoindra jamais la théorie. Magali ne le considère pas complètement comme le père de Rémy et cherche à le priver de ses droits par tous les moyens.

Stanislas souffre de ne pas voir son fils. Il connaît les pires difficultés pour tisser des relations pérennes avec lui, comprenant que sa mère effectue un travail de sape pour lui compliquer la vie.

Il n'y a plus aucun dialogue possible avec Magali, et Stanislas perd patience. Il n'en peut plus de subir, de composer et de payer une pension sans que les règles soient jamais respectées.

Un vendredi midi, après avoir buté une énième fois sur la porte de chez Magali verrouillée à double tour alors qu'il devait récupérer son fils pour le week-end, Stanislas décide de porter plainte pour non-présentation d'enfant.

Oscillant entre colère froide, vengeance et désarroi, il se rend au commissariat central de Belfort.

Cette journée va changer sa vie.

Chapitre 6

Stanislas pousse la porte du commissariat. Il sort d'une cérémonie sur la place d'armes de son régiment, comme souvent le jeudi. Il est en treillis d'apparat. Impeccable. On a l'impression qu'on lui a moulé cette tenue sur le corps tellement elle lui sied à merveille. Il porte le képi avec honneur, ses rangers brillent au point que l'on pourrait se voir dedans.

En entrant, il fait forte impression aux deux policières qui le reçoivent. C'est pas tous les jours que l'on accueille un beau gosse comme lui.

Stanislas ne prête pas attention aux émois des deux jeunes femmes. Il est blessé à l'intérieur, même si, par habitude, il ne montre rien.

Il vient pour déposer plainte contre la mère de son fils.

Il présente les faits de manière froide et circonstanciée. Sa requête est enregistrée. Il laisse, parce que c'est obligatoire, ses coordonnées, adresse et téléphone.

En une demi-heure, tout est réglé. Il s'en retourne à la caserne, où il se jure de cumuler un bon footing et une séance de musculation pour évacuer le stress accumulé et les mauvaises ondes. Il épuise d'abord deux armuriers de la compagnie qu'il convie à le rejoindre pour courir – ils s'en souviennent encore – et ensuite il martyrise les haltères les plus lourds de la salle. Il ressort de là écarlate et éreinté. Ce vendredi noir se termine par une beuverie sauvage avec trois collègues qu'il défie à coups de mètres de tequila.

Au commissariat, ça jase depuis le départ de Stanislas. Les deux fliquettes se pâment d'avoir rencontré un beau jeune homme, comme elles disent. Marie est la plus touchée. Il lui a tapé dans l'œil. Elle ne parvient pas à l'oublier. Elle raconte à ceux qui n'étaient pas là que ce militaire était beau comme un dieu avec ses grands yeux bleu azur. Elle multiplie les qualificatifs.

« Il a une classe folle, une prestance, une posture, avec son uniforme, il est à croquer. »

Elle se dit qu'elle lui proposerait bien une coloc, à ce beau soldat. Elle connaît, elle aussi, son pouvoir de séduction et se dit qu'elle a ses chances. C'est le monde à l'envers. On croirait entendre Stanislas.

Ça tombe bien, il doit repasser le lendemain pour compléter sa déposition.

Marie n'aurait manqué ce rendez-vous pour rien au monde.

Toujours avec la même collègue, elle l'accueille. Très vite ses ardeurs sont refroidies par la distance mise par Stanislas, qui n'a pas du tout la tête à un *speed dating* improvisé au commissariat. Il y a un temps pour tout.

Mais Marie se montre plus pressante ; elle plaisante, lui sourit, et va même jusqu'à le draguer ouvertement devant sa collègue médusée.

Peine perdue, il reste de marbre.

« Il n'en avait rien à foutre ! Il ne me calculait même pas. Mais je ne m'avoue pas vaincue comme ça. Sa froideur me transcende. Je finis de remplir les papiers, il les signe, je les photocopie, et on se quitte comme on s'était retrouvés, sans un regard de sa part, sans la moindre amabilité. »

À la fin de son service, à 18 heures, Marie ne lâche pas l'affaire. Elle a inscrit sur un bloc-notes Police nationale le numéro de ce beau gosse dont elle aimerait tant faire plus ample connaissance.

« Allô ? Désolée de vous déranger, je suis le brigadier Marchand, qui vous a reçu tout à l'heure au commissariat. Ne vous inquiétez pas, aucun problème avec votre déposition. Je vous appelle simplement pour vous proposer d'aller boire un verre ce soir. Ça ne se fait pas, je sais, mais j'ai envie de vous connaître. »

Au bout du fil, silence radio. Stanislas est sur le cul devant le toupet de cette femme qui lui propose un rendez-vous, une policière en plus. Il a toujours été mal à l'aise avec les femmes qui inversent les rôles. Souvenez-vous de Myriam la coiffeuse qui lui a littéralement sauté dessus dans une voiture sur le parking d'une boîte de nuit à son retour de Somalie.

Il réfléchit vite. Comment ne pas perdre la face tout en conservant son rôle de bonhomme ? Cruel dilemme.

Stanislas choisit de répondre en deux temps. Il prétexte un agenda chargé, explique qu'il y verra plus clair dans une heure et qu'il se propose donc de la rappeler le moment venu pour honorer ou non l'invitation.

Au fond de lui, il connaît la réponse, mais il veut faire patienter cette nana, même s'il la trouve sexy depuis leur première rencontre au commissariat. Question d'ego. Il commence à l'imaginer en civil, soit en jean près du corps ou en jupe et grandes bottes noires de femme fatale.

Le coup de téléphone n'est qu'une formalité. Ils se retrouvent le soir même dans un bar cubain où Marie danse la salsa tous les mardis.

Le courant passe très vite entre eux. C'est bien simple, elle le bouffe des yeux et lui jubile, roucoule comme le roi des pigeons. Il n'a même pas besoin de se mettre en avant et d'en faire des caisses, il conclut en un regard. Ça peut paraître prétentieux mais c'est la réalité. Marie, de toute façon, ne lui laisse pas le choix.

Quelques caïpirinhas plus tard, entre deux éclats de rire, Marie l'invite à danser. Elle est sur son terrain, il accepte alors qu'il déteste la danse, qui le lui rend bien. Il est gauche dans chacun de ses pas, alors qu'elle virevolte avec grâce. Qu'importe, il a l'impression d'être léger et de l'emporter dans une salsa *caliente*.

Cela fait bien longtemps qu'il n'a pas éprouvé de telles sensations de bonheur. Il ne pense plus à rien. Il se laisse embrasser dans un éclat de rire, un baiser mutin donné par une Marie qui commande toujours les opérations.

En sortant, vers minuit, ils s'arrêtent pour dévorer une viande argentine dans le grill ouvert toute la nuit le week-end. Stanislas redoute de croiser des collègues. Pour la première fois, il veut se préserver et protéger cette relation naissante. Un signe de sa fébrilité peut-être déjà amoureuse ?

Le fameux « où va-t-on finir la soirée ? » est vite réglé. La chambre de Stanislas ne fait pas un pli devant l'appartement spacieux de Marie.

Dans la voiture, ils ne se lâchent pas. Elle se colle à lui. On dirait deux ados.

Marie sort d'un gros chagrin d'amour qui l'a mise à plat pendant plus de six mois. Elle reprend goût à la vie depuis peu. Stanislas, lui, à 33 ans, est à la recherche de la bonne, comme il dit, celle qui lui donnera des enfants. Avant de rencontrer Marie, il ne voulait pas parler de sentiments, encore moins d'amour.

En fait, sans le dire, il rêve d'avoir le cœur qui chavire pour la première fois.

Cette première nuit, ils s'en souviennent tous les deux comme le point de départ d'une histoire passionnelle. Ils baisent furieusement à peine arrivés, pas encore déshabillés. Il la soulève de terre comme une plume, la colle contre le réfrigérateur, lui retrousse sa jupe et l'emporte dans un va-et-vient incandescent. Il la fait jouir, elle a du mal à reprendre son souffle et les mots de bonheur sortent de sa bouche avec un timbre éraillé, résultante de ses cris d'orgasme.

Puis Stanislas la pose délicatement sur le canapé, la chevauche en caressant ses seins ronds d'un blanc immaculé jusqu'à une extase rarement atteinte.

Cette folie sexuelle et sensuelle durera quatre mois sans discontinuer. Une fusion de deux corps à toute heure du jour et de la nuit : à la pause déjeuner, lors d'un cinq à sept improvisé, le matin, le soir, à la sieste, le week-end, ou même à 3 heures du matin, à l'initiative de l'un ou de l'autre, et souvent des deux… ils n'ont qu'une envie, faire l'amour et trouver le firmament électrique du bonheur physique.

Marie a 27 ans, elle se souvient ne pas avoir touché terre pendant des semaines. Elle est folle amoureuse, et lui aussi. Elle le lui dit presque depuis le premier jour ; lui, il lui a fallu deux semaines pour se déclarer, ce qui est déjà un exploit puisqu'il ne se souvient pas avoir dit je t'aime à une femme, sauf maladroitement pour augmenter ses chances de conclure un soir de drague au forceps.

Néanmoins, Stanislas est méfiant, malgré ce bonheur en construction, et Marie s'en rend compte. Elle ne comprend pas ses sautes d'humeur, ses absences régulières. Il disparaît psychologiquement aussi vite qu'il réapparaît, souvent sans raison évidente. Elle essaie de le questionner, de l'aider en parlant beaucoup. Mais il se mure dans le silence, en restant calme d'abord, puis en montrant avec empressement son exaspération si elle va trop loin dans ses investigations.

Elle sent, dès ces premières semaines, la fêlure qui sommeille en lui, mais elle n'arrive pas à l'identifier. Elle cible deux axes : la famille et ses faits d'armes.

La famille, Stanislas en parle sans crainte. Il se confie sur cette mère distante et peu aimante en apparence. En revanche, il reste très approximatif sur sa vie de soldat, allant même jusqu'au mutisme quand par malheur elle ose aborder les violences causées et surtout vécues.

Cette fragilité décelée à l'intérieur de ce corps sans failles attendrit Marie et renforce cet amour qu'elle ne souhaite pas contrôler. Elle a trop souffert de s'être interdit de vivre ces moments de bonheur par le passé pour ne pas lâcher prise aujourd'hui. Et elle veut au plus profond d'elle-même qu'il soit capable de faire de même. Malheureusement, ça n'en prend pas le chemin. Elle sait, pour en avoir parlé en cachette à ses rares amis au régiment, qu'il est en boucle sur le Kosovo et la Somalie, ses deux uniques sujets de conversation. L'un de ses camarades sergent ira même jusqu'à employer le terme de « traumatisme psychologique » pour expliquer ses discours sur les opérations auxquelles il a pris part.

C'est la première fois que quelqu'un ose évoquer de potentiels troubles psychiques. Marie comprend mieux. Néanmoins, pas moyen d'aborder la question avec Stanislas. Il se referme comme une huître. Ou pire.

Un soir où elle se montre plus insistante, il vrille en quelques secondes. Il renverse la table de la cuisine, se met à hurler, à l'insulter avant de fracasser la vaisselle dans l'évier. Il se volatilise ensuite pendant deux jours, sans donner signe de vie. Il envoie juste par fax un certificat médical pour justifier son absence à la caserne.

Quarante-huit heures plus tard, il rentre comme si de rien n'était. Marie situe à ce jour sa première crise de jalousie. Elle le soupçonne d'être allé voir ailleurs, d'avoir quelqu'un d'autre, de courir plusieurs lièvres à la fois, comme il l'a toujours fait pour ne surtout pas trop s'attacher.

Ses réponses, évasives, ne rassurent pas Marie, qui commence à mélanger ses deux statuts, celui de compagne et celui de policière. Sitôt qu'il a le dos tourné, elle fouille son portable, elle note des numéros, elle enquête, comme dans son boulot. Et elle est méthodique. Elle avance vite et se rend compte qu'il a conservé deux relations, deux femmes qu'il voit épisodiquement. L'une, militaire, travaille avec lui, l'autre est esthéticienne à Belfort, c'est la sœur d'un pote à lui. Pas d'équivoque possible au vu des messages qu'il échange avec les deux.

Marie se sent trahie, salie par cette triple vie que Stanislas entretient alors qu'il lui dit qu'il l'aime à longueur de journée. Elle n'en revient pas après moins de cinq mois de relation.

Nous sommes le 15 décembre 2006 lorsque, n'en pouvant plus, elle décide de vider son sac et de lui révéler tout ce qu'elle sait.

Elle ne prend pas de pincettes, elle y va franco pendant le dîner partagé dans la cuisine. Elle lui énonce d'abord les faits comme avant un interrogatoire, puis vient le temps des questions. Stanislas est touché. Tel un sniper, elle le vise dans le cœur. Il s'adosse lourdement à sa chaise, puis se penche en avant, la mine déconfite, le regard désespérément tourné vers ses pompes.

Et soudain, sans prévenir, il pète les plombs. Il soulève sa carcasse imposante et s'abat sur Marie. Il la jette à terre et commence à la frapper, coups de pied, coups de poing, insultes. Marie se protège le visage comme elle peut. Elle se met à appeler à l'aide, et il faut qu'elle hurle pour qu'il arrête.

Elle est hébétée, elle le regarde fixement, elle n'arrive pas à se défaire de ce qu'elle vit comme un cauchemar. Elle imagine sortir brutalement de son sommeil, le palpitant à fond, et des gouttes de sueur perlant sur son visage.

Mais elle est bien éveillée, trop même ; pourtant elle ne comprend pas. Elle ne réalise pas qu'elle vient de se faire rosser par celui qu'elle aime viscéralement depuis quelques mois.

Lui est adossé au placard de la cuisine ; il se calme en inspirant profondément, forme de sophrologie sauvage pour mec hors de contrôle. Il s'en veut déjà mais c'est trop tard, le mal est fait. Il voudrait rembobiner la bande et la balancer aux ordures pour qu'elle n'ait jamais existé.

Marie, en état de choc, décide de partir de chez elle, elle a peur qu'il ne recommence. Elle appelle une copine qui vient la chercher, sans rien lui dire du drame qu'elle vient de vivre. Stanislas a beau se mettre à genoux pour s'excuser, elle n'entend rien, ne le regarde même pas, elle le fuit dans l'appartement. Elle veut se sauver, se mettre à l'abri. Elle ne prend même pas le temps de faire un sac, elle descend dans la rue pour attendre son amie. Elle se sait plus en sécurité sur le trottoir. En bas, ses nerfs lâchent, elle s'écroule, en sanglots, sur le muret de la résidence.

Dans la voiture, Louise, son amie, est inquiète car Marie ne dit pas un mot et commence à tétaniser. Ses muscles se raidissent. Elle ne contrôle plus son stress. Elle tire à grosses bouffées sur une cigarette et avale une demi-tablette de Lexomil.

Peu à peu, elle se calme, mais ne s'exprime toujours pas. En observant Marie se déshabiller dans la lumière de l'entrée de sa maison, Louise constate les ecchymoses sur les bras et les marques rouges sur le visage. Elle comprend soudain et propose tout de suite à sa copine battue d'aller porter plainte au commissariat.

Marie refuse catégoriquement ; elle a honte d'aller étaler sa vie personnelle devant ses collègues. Elle préfère garder le secret et demande à Louise de faire de même.

Quelques minutes plus tard, elle est prise de nausées, elle vomit, elle a mal à la tête. Elle pense tout de suite aux conséquences de l'agression qu'elle vient de subir, mais elle se rappelle aussi qu'elle n'a pas eu ses règles depuis presque six semaines, elle qui est d'une régularité métronomique.

Pendant ce temps, Stanislas a tenté de la joindre plus de trente fois et lui a laissé une dizaine de messages, la suppliant de l'excuser et de rentrer chez elle.

Marie n'en tient pas compte, elle ne répond pas. Son attitude de soumission soudaine a même le don de l'énerver. Elle le trouve pleutre à tous les niveaux, minable, pas digne de la moindre considération.

Le lendemain, elle part travailler normalement en calfeutrant un coquard à l'œil droit sous une épaisse couche de fond de teint. Elle a les yeux rougis par une nuit trop courte et très agitée.

Elle donne le change en arrivant au poste de police enjouée comme un matin où tout va. Un de ses collègues dira même à la cantonade : « Marie, depuis qu'elle est amoureuse, elle ne touche plus terre. » S'ils savaient…

Entre midi et 2 heures, elle prétexte une course à faire pour fausser compagnie à la bande de policiers partant à la cantine. Direction la pharmacie, où elle achète un test de grossesse – elle en demande même deux.

Elle revient à son bureau, un sandwich à la main. Avant de déjeuner, elle passe aux toilettes pour savoir si le soupçon qu'elle a depuis quelques jours d'être enceinte est avéré. La bande colorée au milieu du cartouche blanc après contact avec son urine est sans équivoque. Elle attend son premier enfant. Elle fait le second test pour en être totalement sûre : même résultat.

Marie s'effondre sur la cuvette des toilettes. Elle pleure à la fois de joie et de désespoir. Elle apprend la nouvelle de la pire des façons au pire moment. Pourtant, elle rêve de devenir maman, et elle était persuadée d'avoir trouvé le bon père. Mais là, tout de suite, elle se rend compte qu'elle s'est précipitée. Elle redoute aussi que les coups donnés par Stanislas hier n'aient des conséquences sur sa grossesse. Tout se bouscule dans sa tête.

À qui le dire ? Pour le moment, à personne. Elle a honte de l'annoncer et surtout de parler du père dont ses parents ne connaissent même pas l'existence.

Profitant de l'absence de Stanislas, parti en manœuvre plusieurs jours au camp militaire de Bitche, elle retourne chez elle. Elle a posé une semaine de congé, et décidé de rentrer à Cholet, sa ville natale, dès le lendemain.

Dans la nuit, seule, assise sur son lit dans le noir, elle fait le choix le plus important de sa vie : elle va se faire avorter. Pas question de garder cet enfant conçu avec ce fou furieux.

Elle pleure jusqu'au petit matin, continue de sangloter dans le train qui l'emmène à Cholet, via Paris. Elle s'installe chez sa sœur, Bénédicte, seule à être mise dans la confidence, et prend rendez-vous à l'hôpital de Cholet le surlendemain. Elle se fait avorter, sans en parler à Stanislas au départ. Il apprendra la grossesse et son interruption volontaire quelques jours plus tard dans un même message, genre compte rendu de police, qui n'appellera aucune réaction officielle de sa part. Même s'il éprouve en son for intérieur une forme de soulagement. Elle ne lui a plus adressé la parole depuis le soir de l'agression, bien qu'il la harcèle par téléphone. Victime d'une hémorragie, elle reste hospitalisée quelques jours avant de rentrer chez sa sœur. Entre-temps, elle a été arrêtée deux mois par son médecin, qu'elle décide de passer à Cholet.

Mais Marie, malgré les coups, est encore très amoureuse de lui, c'est plus fort qu'elle, elle espère encore le retrouver. Or Stanislas, lui, demeure un coureur invétéré, sorte de Dr Jekyll et Mr Hyde, qui jongle entre les messages larmoyants d'excuses qu'il laisse à Marie et une vie de don Juan, qui collectionne les conquêtes. Marie le sait, car elle a réussi à joindre l'une d'entre elles, l'esthéticienne, maîtresse officielle, qui tombe des nues quand elle apprend que Stanislas a une régulière.

Lorsqu'elle apprend ses nouvelles frasques, lui qui avait juré ses grands dieux qu'il mettait un terme à toutes ses relations parallèles, elle devient folle de jalousie et chercher à se venger, à lui faire du mal et à lui faire vivre pires humiliations que celles qu'elle subit depuis plus de deux semaines.

Elle organise son plan avec minutie. Elle jubile : elle sait qu'elle va le toucher au plus profond de sa virilité.

Elle se rappelle au bon souvenir d'un vieux pote qui a toujours rêvé de la séduire il y a quelques années, Jean-Christophe, célibataire endurci, VRP pour une boîte de textile. Elle lui donne rendez-vous dans un bar en bas de chez Louise, pour lui exposer son stratagème machiavélique.

« Je veux faire mal à mon mec qui me trompe depuis des mois. Tu vas me prendre pour une folle ou une nympho, mais je ne suis ni l'une ni l'autre. J'en ai juste marre de passer pour une conne. Je veux bien te sucer, mais je veux en contrepartie filmer la scène et l'envoyer à mon mec, enfin mon ex. Je te rassure, on ne filmera que ta bite et ma bouche, on ne saura jamais qui tu es. En revanche, on verra bien que c'est moi qui fais la fellation. Tu comprends ? »

Jean-Christophe s'attendait à tout sauf à ça. Mettez-vous à sa place : il est célibataire, il ne fait pas l'amour tous les quatre matins et là, sans rien demander, Marie, pour laquelle il a toujours eu un faible, lui propose une fellation ! Il n'est pas contre ce plaisir éphémère, même s'il ne se fait aucune illusion pour la suite. Et surtout, il ne connaît pas Stanislas.

Rendez-vous est pris le lendemain en fin d'après-midi chez lui.

Les deux complices s'assoient face à face, gênés de se retrouver dans ce contexte. Il a l'impression d'être avec une pute qui va le sucer gratis. Pour casser la glace, ils passent au placement de la caméra du téléphone, le plus important. Ils font des essais à blanc pour obtenir le meilleur cadrage.

Marie s'est préparée. Son esprit est sorti de son corps. Ce n'est pas elle qui attrape le sexe de Jean-Christophe et le met dans sa bouche. C'est son double vengeur. Elle s'applique comme une actrice de X, faisant des œillades régulières à la caméra. Elle tient sa revanche. Jean-Christophe, lui, le pantalon aux pieds, réagit à merveille. Il bande dur, il geint juste ce qu'il faut et éjacule à moitié dans la bouche et à moitié dans le cou de Marie.

C'est dans la boîte. Il n'y aura qu'une prise.

Marie passe par la salle de bains, Jean-Christophe remet son pantalon et prépare deux cafés. Il n'en revient encore pas. Elle le remercie, lui aussi pour le plaisir. Puis ils se quittent rapidement après quelques échanges convenus.

Reste à envoyer la vidéo à Stanislas. Elle l'a prévenu qu'elle allait le tromper à son tour, sans que ça l'inquiète : sûr de lui, il la croit incapable de passer à l'acte.

Marie a les mains moites, qui tremblent. Elle n'est pas fière mais elle considère cette pipe comme une thérapie pour soigner l'humiliation qu'elle a subie. Elle espère aussi que les images agiront comme un électrochoc sur Stanislas. Car, malgré tout, elle est encore dévorée par la passion et est persuadée que leur histoire n'est pas terminée. Elle appuie fébrilement sur « Envoi ».

Le portable de Stanislas vibre. Il est dans son bureau, seul, à la caserne ; il remplit des formulaires de perception d'armes pour la séance de tir du lendemain.

Il voit s'afficher le prénom de Marie, il ouvre le message. Il découvre la scène. Il comprend que Marie a mis son plan à exécution. Il ne peut pas regarder la vidéo jusqu'au bout. Il est assommé, séché par ce qu'il vient de voir. Il reste étonnamment calme quand on connaît son impulsivité. C'est irréel. Il se croit dans un mauvais film. Et pourtant, celle qu'il aime vient de lui infliger la pire des humiliations.

Son message est clair. « Je voudrais que tu aies aussi mal que moi. »

Il se trouve dans une impasse : Marie est à 600 kilomètres et elle refuse de lui parler. Il n'essaie d'ailleurs même pas de l'appeler. Il ne saurait pas quoi lui dire.

Il n'a même pas de haine pour le type, complice de Marie.

La nuit est terrible. Il ne ferme pas l'œil, il ressasse ce coup de poignard, il rassemble ses esprits pour réagir. Il se prépare comme pour une mission.

Sa seule certitude au petit matin : il l'aime, et il doit trouver les arguments pour la reconquérir. Il ne cautionne pas son geste mais il comprend enfin le mal qu'il lui a fait. Jamais il n'a pris une claque comme celle-là.

Déjà l'avortement l'avait mis par terre, mais là, il est persuadé qu'il ne s'en remettra pas.

Il envoie un premier message à Marie, il est 5 heures du matin.

« J'ai mal, tu viens de me fracasser, je suis détruit. Comment as-tu pu en arriver là ? Je t'ai perdue. Je ne pourrai jamais te pardonner. »

Marie ne dort pas non plus. Début d'un étrange huis clos à distance entre deux personnes qui jouent à qui fera le plus mal à l'autre. Jeu dangereux, où Marie, après avoir subi longtemps, vient de réussir un assaut qu'elle croit décisif.

Plus il y pense, plus Stanislas détourne le problème et rejette la faute sur ce bâtard qui a osé accepter la proposition maléfique de Marie. « Je le retrouverai, ce mec, et je vais le ruiner. »

Comme un boxeur dans les cordes, il n'est plus lucide. Ses propos sont décousus, il alterne menaces et messages tendres, décalés vu la situation. Marie ne répond pas. Elle le laisse souffrir sans compassion.

Le plus dur à supporter pour lui, c'est le silence. Il voudrait l'entendre pour mettre des mots sur sa souffrance et pouvoir peut-être faire un pas en avant pour revenir.

Le calendrier lui est favorable puisqu'il a posé, depuis longtemps, une semaine de permission. Il ne prévient personne et prend la route, direction Cholet.

Il arrive en fin d'après-midi devant l'immeuble où vit Marie depuis deux mois, chez sa sœur, au premier étage. Elle lui a donné sa domiciliation au détour de leur conversation téléphonique. Comme un amoureux transi, il appelle Marie depuis le jardin, en bas de l'appartement. Il lui écrit un immense « Je t'aime » dans le bac à sable de la résidence. Il est en larmes en lui envoyant un message signifiant sa présence.

Marie sort enfin sur le balcon. Remake de *Roméo et Juliette*.

Elle pleure à son tour, d'abord surprise de le voir puis de découvrir sa déclaration dans le sable. Ils se regardent comme deux enfants qui auraient fait une bêtise. Il tente des excuses, mais Marie l'arrête, sa voix porte trop, les voisins pourraient tout entendre.

Elle descend le rejoindre. C'est l'histoire de leur vie. Elle court, lui saute dans les bras comme au premier jour. À cet instant, plus rien n'existe, c'est l'amnésie de l'amour, même cabossé.

Le soir, au restaurant, ils reprennent le cours de leur histoire. Stanislas, contrit, présente des excuses maladroites, balbutie des arguments de repentance et de promesses de changement que Marie entend timidement. Il faudra des jours pour qu'elle revienne et qu'elle redonne sa confiance. Il tente de remonter le fil de la vidéo, mais il comprend tout de suite que c'est peine perdue et qu'elle ne dira rien ni de l'identité du complice ni du modus operandi.

Ils passent la nuit dans un hôtel sans charme. Une chambre impersonnelle pour une réconciliation sur l'oreiller, seul lieu où ils sont totalement sur la même longueur d'onde. Ils se reniflent, se tournent autour, se jaugent dans un ballet rapidement torride. Si leur vie n'était que sexe, on pourrait leur prédire des noces d'or heureuses dans un futur lointain. Ils se complètent, ils s'emballent pour les mêmes effusions, ils oublient tout dans l'intimité de leur alcôve.

Pour autant, Stanislas n'a pas pardonné la vidéo. Il se jure qu'il trouvera le coupable un jour et qu'il lui fera passer l'envie de recommencer. Il garde en lui aussi envers Marie une rancune tenace qu'il cache durant les premiers jours pour ne pas faire capoter leurs retrouvailles. Car, malgré tout, il s'est rendu compte qu'il était très attaché à elle.

Marie est beaucoup plus fleur bleue, et elle est persuadée, au moment où ils rentrent à Belfort ensemble, que leur histoire est repartie sur de bonnes bases.

Des promesses, toujours des promesses, Stanislas en fait des tonnes. Il jure qu'il a changé, que cette vidéo lui a permis de prendre conscience de ses errances. Il n'a pas son pareil pour feindre d'être un gentleman, sorte de compagnon idéal, exemples à l'appui. Comme Marie est réceptive et qu'elle n'entend que ce qu'elle veut entendre, leur aventure reprend.

Pourtant, Stanislas est incorrigible, il ne retient aucune leçon. Comme au combat, il aime vivre dangereusement et à pleine vitesse. Il veut tout à la fois : une femme, des conquêtes, des potes et très peu de contraintes en dehors du boulot. Un esprit d'adolescent irresponsable dans un corps d'adulte, tout le contraire de son attitude de soldat, où il fait preuve d'une rigueur et d'un sens du devoir loués par tous.

Cela fait près de dix-huit mois qu'il n'est pas reparti en mission, et ça commence à lui taper sur les nerfs. Il est en manque, il a besoin de cette adrénaline qu'il ne trouve aujourd'hui qu'en jouant avec le feu dans sa vie sentimentale.

Il continue de se comporter comme un goujat, il le sait, mais il ne peut pas se refréner. Alors il se débat avec des mensonges et des histoires à dormir debout qu'il est le seul à croire. Car il se fait pincer presque chaque fois qu'il va voir ailleurs. Ses excuses sont souvent bidon, ses absences toujours louches. Ses hommes sont souvent des alibis, des alliés de circonstance, mais Marie lit en lui comme dans un livre ouvert. Souvent elle ferme les yeux, jusqu'à ce que la pression et les humiliations soient trop fortes. Alors elle explose, se révolte avec courage compte tenu de leur passé et de la capacité de Stanislas à perdre le contrôle.

Marie n'est pas heureuse. Elle passe le plus clair de son temps libre à pleurer sur le canapé en attendant qu'il rentre. Elle a une capacité à encaisser hors du commun et il en profite. Elle culpabilise, se remet en cause, cherche ce qu'elle n'a pas et qu'il trouve chez les autres.

Un jour, en rentrant à l'improviste, elle le surprend même en train de faire l'amour par vidéo interposée.

Quand Marie se confie parfois, ses interlocutrices imaginent le délitement d'une vieille relation en bout de course Or Stanislas et elle ne sont ensemble que depuis un an.

Au début du mois de juillet 2007, Marie explose et décide une expédition punitive.

Elle le cherche partout. Il est 21 heures. Elle se présente à la caserne et exige du planton à l'entrée de se rendre à la chambre du sergent-chef Karten pour vérifier qu'il est bien là. Elle n'a qu'une angoisse : de le trouver avec une autre, une des nombreuses autres.

Au départ récalcitrant, le préposé au poste de garde fait une exception et la laisse monter. Elle trouve porte close, sans savoir s'il est à l'intérieur. Elle redescend en furie, prête à tout. Elle n'en peut plus, elle devient folle, il la rend complètement cinglée.

Une idée hallucinante germe alors dans son esprit déboussolé.

Marie entre subitement dans une colère froide, vengeresse. Elle se retrouve à l'entrée du régiment face à deux caporaux en faction. Elle leur explique sa vie en accéléré, leur dit que son homme la trompe en permanence, prend une grande inspiration et leur annonce qu'elle veut faire l'amour maintenant avec un militaire présent, si possible quelqu'un qui travaille avec Stanislas.

Silence gêné. Instant pathétique. Marie s'offre au premier venu. Elle répète sa proposition.

Devant le mutisme des deux gardes, avant même de savoir si elle va trouver un volontaire, elle sort dans la rue déserte face à la garnison et appelle Stanislas pour le prévenir qu'elle va baiser, là, maintenant, avec un militaire de son régiment. Comme trois mois plus tôt à Cholet, elle tombe sur le répondeur. Il ne décroche pas. Elle recommence, sans plus de résultat.

Alors elle revient vers l'accueil et réitère sa demande surréaliste. L'un des deux plantons est rentré dans le poste de garde. Il lui fait signe de venir. Il est volontaire. Ce caporal qui connaît le sergent-chef Karten accepte de baiser sa femme à sa demande. Si la proposition est impensable, que dire de l'attitude de ce militaire du rang qui possède, à coup sûr, l'amour du risque…

Sans un mot, ils montent tous les deux dans l'escalier jouxtant le poste de garde. À un demi-étage, Gachet, c'est son nom, s'arrête net. Il commence à vouloir l'embrasser, elle refuse. Elle n'est pas là pour ça. Elle relève sa jupe en tissu léger, laissant entrevoir une culotte fine en dentelle noire. Lui, un peu minable, se retrouve le treillis descendu jusqu'aux rangers. Elle dirige les opérations. Il faut que ça aille vite. Elle lui impose de la prendre par-derrière, pour qu'elle ne voie pas son visage. Il enfile un préservatif, écarte sa culotte et la pénètre comme un rustre. Jamais elle n'a vécu des minutes aussi épouvantables. Il lui fait mal, elle ne sent plus ses genoux qui frottent sur la pierre abrasive de la dalle. Elle tient son sac dans la main droite. Il se comporte comme un salaud, il profite de la situation de détresse dans laquelle est plongée Marie. Heureusement, après quelques va-et-vient, il se soulage en silence. Il ne lui dit pas un mot, et, une fois rhabillé, son préservatif à la main, il redescend prendre sa garde.

Marie gît sur le sol froid de cet escalier mortifère. Elle est plongée dans une détresse abyssale. Elle prend peu à peu conscience de ce qu'elle vient de faire et des conséquences probables sur la vie personnelle et professionnelle de Stanislas.

Elle tente de contenir des sanglots si violents qu'ils lui coupent la respiration. Elle a l'impression d'avoir été violée mais avec son consentement. Elle se dégoûte, elle veut disparaître, se volatiliser. Elle sort de la caserne la tête basse et rejoint sa voiture. Elle vient une nouvelle fois de se venger par le sexe.

Une fois assise, elle se répète en boucle : « Mais qu'est-ce que j'ai fait ? Je suis folle, il va me tuer quand il va le savoir. » Mais Marie veut assumer jusqu'au bout, elle n'a pas repoussé les limites de l'acceptable pour rien. Et essayer de lui cacher ce qu'elle a fait est peine perdue : dans une caserne, tout se sait ; ça lui explosera au visage dans quelques jours quand il l'apprendra par hasard.

Elle se sent souillée en arrivant chez elle. Il est minuit. Stanislas n'est pas rentré. Elle se douche longtemps, comme si l'eau et le savon frotté énergiquement pouvaient effacer les stigmates de ce rapport sexuel vengeur.

Elle n'arrive pas à se regarder dans le miroir. Elle se brosse les dents assise sur la cuvette des toilettes, revoyant la scène en boucle. Elle a mal à son honneur et elle se demande jusqu'où elle est capable d'aller par amour. Elle tente de se rassurer qu'elle n'est pas devenue folle et se couche dans ce lit qui sent l'après-rasage de Stanislas.

Incapable de lire, de regarder la télé ou de dormir, elle garde les yeux grands ouverts dans l'obscurité, quand elle entend la voiture de Stanislas se garer. Les phares créent un dessin lumineux au plafond, pénétrant dans la pièce par les interstices des volets, qu'elle ne peut quitter du regard, comme hypnotisée.

Il est 4 heures du matin. Stanislas rentre à pas feutrés car il pense que Marie dort. Elle allume sa lampe de chevet et se redresse sur son lit.

« Tu as vu mes messages ? Tu ne m'as pas répondu, comme d'habitude. Tu vas le regretter. Je me suis fait baiser par un mec de chez toi, au régiment, pendant que tu étais avec une de tes salopes. J'en peux plus d'être la cocue, tu entends ? Je te hais ! Tu vas comprendre ta douleur. »

Stanislas garde étonnamment son calme. Il est à cet instant d'une grande sérénité.

« Je sais que tu me racontes des conneries pour me faire peur. Je vais te dire : toi, tu en serais capable, mais écoute-moi bien, à la caserne, il n'y en a pas un qui toucherait ma femme. Code d'honneur des militaires. »

Marie éclate d'un rire glauque.

« Détrompe-toi, pauvre mec, il y a des brebis galeuses, dans ta garnison. Et il n'a pas été difficile à convaincre. La chair est faible, tu en sais quelque chose, non ? »

« Arrête de raconter des conneries, dors », lui répond Stanislas d'un ton las.

Marie n'en peut plus de son arrogance et balance un scud.

« C'est Gachet, un caporal de garde, qui m'a sautée dans l'escalier du poste. Et il ne s'est pas fait prier. Tout ça, c'est ta faute, c'est toi qui me pousses à bout. »

Au timbre de sa voix et à l'arrogance de son regard, Stanislas comprend alors instantanément que Marie dit vrai. Il connaît Gachet, et sa bite à la place de son cerveau de moineau. Il entre dans une colère glaciale. Elle a eu peur qu'il ne la frappe, mais son objectif est tout autre.

Il se saisit d'un grand couteau de cuisine et disparaît.

Marie entend le véhicule de Stanislas démarrer en trombe. Elle le suit avec sa propre voiture, direction la caserne. Elle redoute un bain de sang. Stanislas n'a pas de limite. Son instabilité psychologique le rend incontrôlable en période de crise, de gros stress émotionnel.

Il se gare en double file, sort en courant. Il a dans une main, caché, le couteau, et dans l'autre sa carte pour pouvoir entrer.

Il est 5 h 30. La relève de la garde a lieu à 6 heures.

En voyant débouler Stanislas, Gachet pige tout de suite. Il se colle au mur. Stanislas l'immobilise en le tenant par la gorge. Il lui explique froidement qu'il va le saigner pour le punir d'avoir couché avec sa femme.

Le caporal reconnaît les faits mais explique que, devant l'insistance de Marie, il ne pouvait pas refuser.

Stanislas, qui le connaît surtout de réputation, entre dans une fureur totale, et lui met le couteau sous la gorge.

« Je vais te tuer, t'égorger comme un porc que tu es ! Tu es le plus gros fils de pute que je connaisse ! »

Le deuxième caporal a donné l'alerte. Ils sont trois à pénétrer dans la pièce. Stanislas leur hurle de rester à distance sinon il le saigne.

Marie est pétrifiée au niveau de la porte. Elle tente de dialoguer avec Stanislas, qui perd un peu de vigilance. Deux des trois soldats en profitent pour le désarmer et sauver la vie de Gachet, qui s'en sort avec la marque de la lame au niveau de la carotide.

Stanislas comprend qu'il risque gros en ayant agressé un autre soldat dans l'enceinte du régiment. Mais personne dans cette affaire n'a intérêt à l'ébruiter, surtout pas Gachet, papa depuis deux mois seulement.

Marie repart chez elle. Il est 6 h 30 et le jour est levé depuis longtemps. Stanislas, lui, refuse de rentrer à la maison. Il quitte les lieux vers une direction inconnue, sans une explication. Un soulagement pour Marie, qui redoute qu'il ne se venge sur elle.

Elle n'est pas fière de ce qu'elle a fait. Son geste la hante des jours entiers et elle n'a aucune épaule suffisamment solide sur laquelle s'appuyer, ni oreille accueillante pour en parler. Encore une fois, elle n'arrive pas à oublier Stanislas. Sa sœur Bénédicte avait raison quand elle lui disait qu'elle l'avait dans la peau. Il lui manque, et elle conserve l'espoir absurde de le transformer un jour en mari aimant et fidèle.

Elle est atteinte d'un mal qu'elle croit incurable : l'amour passionnel.

De son côté, Stanislas souffre de la même pathologie. La situation est très compliquée. Rien, pas même les pires humiliations, ne semble entraver cet amour pourtant si toxique.

Alors, une énième fois, ils se remettent ensemble, se faisant les mêmes promesses : moins de jalousie pour Marie et une fidélité digne de ce nom pour Stanislas.

Difficile de savoir si eux-mêmes y croient.

Quelques semaines plus tard, ils décident de partir en vacances. Ils louent un appartement aux Sables-d'Olonne, en Vendée, pour des congés en amoureux.

Elle les idéalise. Pourtant, le premier jour se transforme en cauchemar. Ils se disputent, et Stanislas annonce qu'il part seul en soirée. Marie lui rétorque qu'elle fait de même. Ils se préparent chacun de leur côté, et c'est là que tout bascule.

Il n'accepte pas que Marie se soit habillée sexy pour sortir seule, alors il la met hors d'état de nuire. Il lui inflige une correction encore plus violente que les précédentes. Il ne s'appartient plus. Il serait face à un homme qu'il ne serait pas plus brutal. Marie tente de répliquer en lui lançant tout ce qui lui tombe sous la main, notamment un cendrier, qu'il reçoit sur le crâne. Mais la folie destructrice du militaire est sans limite. Il la laisse à terre, presque inanimée, puis part passer la soirée en ville comme il l'avait décidé.

Près d'une heure plus tard, Marie recouvre ses esprits et pour la première fois, elle décide de déposer plainte au commissariat. À chaque altercation, la violence de Stanislas augmente. Où va-t-il s'arrêter ? Il n'y a qu'elle qui puisse mettre un terme à cette escalade ; elle n'en peut plus de voir l'homme qu'elle aime se transformer en animal prêt à la tuer à la moindre contrariété.

Les collègues des Sables-d'Olonne prennent sa déposition et décident d'entendre Stanislas. Il sera condamné deux mois plus tard à quinze jours de prison avec sursis, et surtout, il lui est formellement interdit de rentrer en contact avec celle qu'il a fracassée une nouvelle fois.

Marie se rend aussi chez le médecin, qui lui prescrit dix-huit jours d'interruption temporaire de travail.

Mais elle est incorrigible, elle va une nouvelle fois le récupérer le lendemain : alors qu'il n'a pourtant pas le droit de la voir, Stanislas s'introduit par la fenêtre de l'appartement loué pour les vacances et recommence une des séances de contrition dont il a le secret. Avec une voix douce et presque timide, bousculée par quelques trémolos, il s'excuse, encore et toujours. Il promet qu'il a compris et que c'était la dernière fois. Son discours est bien huilé, mais comment peut-elle replonger après ce qu'elle vient de subir ? Son corps tout entier est encore fourbu des coups reçus ! Elle-même l'ignore. Elle est comme hypnotisée par cet homme, envoûtée. Un phénomène malheureusement bien connu chez les femmes battues, mélange de peur et d'amour irraisonné.

Et le plus incroyable, c'est qu'après cette réconciliation sans panache, provoquée par Stanislas, ils vont passer une semaine de vacances formidable, multipliant les dîners en amoureux et les après-midi tendres sur la plage. Il est galant, attentionné avec elle. Elle aspire depuis leur rencontre à ce grand amour qui ressemble à ces jours passés ensemble. De quoi la conforter dans sa décision de lui pardonner une nouvelle fois.

Mais cette alternance du bien et du mal interpelle. Stanislas lui-même ne se l'explique pas. Il est obnubilé par ce comportement destructeur incontrôlable. Il préfère évoquer une hypothétique bipolarité plutôt que de reconnaître qu'il a pu emmagasiner cette violence en mission de combat. Marie lui conseille de consulter un psy. Il refuse catégoriquement. Elle sait ce qu'il pense : les psys, c'est pour les faibles. Et Stanislas n'est pas prêt à reconnaître une quelconque faiblesse. Il pense qu'un travail individuel sera suffisant. L'avenir le dira.

L'automne arrive et Stanislas s'apprête à repartir en opération, quatre mois au Kosovo, encore à Mitrovica.

Un après-midi, il reçoit un coup de téléphone de Marie. Elle n'arrive pas à s'exprimer, passe du rire aux larmes, hurle de joie puis bafouille. Enfin, elle se calme et annonce à son homme qu'elle est enceinte.

« Tu te rends compte ? C'est incroyable, j'ai envie d'appeler la gynécologue de Cholet pour la pourrir ! Souviens-toi, elle m'avait dit après mon avortement et mon hémorragie que je ne retomberais sans doute jamais enceinte ! »

Stanislas est bouleversé mais il ne peut le dire avec des mots. Il est heureux mais pudique, c'est sa marque de fabrique depuis l'enfance. Dans la famille, on ne montre pas ses sentiments. Il pense que c'est une grosse connerie mais il ne parvient pas à extérioriser sa joie. Cependant, Marie le comprend en l'entendant renifler comme un petit garçon qui pleure.

Après avoir fumé une clope dehors, il réserve une table pour le soir même dans le meilleur restaurant de Belfort, un semi-gastro où ni lui ni Marie ne sont jamais allés.

Ils vont être parents. Leur destin est uni à jamais.

Chapitre 7

Je revis lorsque je m'envole le 15 janvier vers Pristina, la capitale du Kosovo.

Je ne conçois ma vocation de soldat qu'en partant en mission avec mes hommes. Il n'y a que dans ces moments que je me sens totalement libre, à ma place, que j'ai l'impression d'être utile, à la tête de mon groupe de combat. J'adore ce terme, « groupe de combat » : il résume l'idée de cohésion que je prône et que j'impose à mes hommes.

Comme le dit assez justement mon patron de compagnie, le capitaine Meunier, je me rêve en chef de guerre à la Clint Eastwood. J'aime collectionner les opérations internationales.

Dans le véhicule qui m'emmène vers Mitrovica, je repense à mon premier séjour en 2000 dans cette ville enclavée entre des montagnes qui me rappelle un peu Grenoble, cette poudrière serbo-albanaise au milieu de cette province en passe d'obtenir son indépendance.

Il fait un froid polaire lorsqu'on prend nos quartiers dans ces bâtiments sommaires, pas très loin du pont de la honte qui marquait la ligne de démarcation entre Serbes et Albanais.

À peine installé, je comprends que nous allons assister à un moment historique.

La tension est palpable à chaque coin de rue. Nous voyons bien, cette fois encore, que nous ne sommes pas les bienvenus, tout du moins côté serbe. Ils nous toisent comme des intrus. Un mot de travers et ça peut partir en sucette. Les Serbes n'ont rien à perdre, je les sens déterminés.

« Le plus dur pour nous sera de ne pas répondre à leurs provocations », nous explique notre capitaine, chef de la 4e compagnie, la mienne, appelée avec tendresse par les autorités du régiment la « compagnie des mauvais garçons ».

Je prends ce qualificatif pour un compliment. On ne part pas à la guerre avec des enfants de chœur, j'en suis persuadé depuis mes premiers jours dans l'institution. Et ce qui nous attend ici, dans ce guet-apens des Balkans, va me le confirmer.

Tout bascule le 17 février, jour de l'indépendance autoproclamée du Kosovo, cet État majoritairement peuplé d'Albanais. La France, par la voix de son président Nicolas Sarkozy, reconnaît le lendemain ce nouveau pays comme un État souverain et indépendant, tandis que d'autres nations, au premier rang desquelles la Serbie, évidemment, et la Russie s'y opposent.

Notre position devient encore plus compliquée à tenir face aux Serbes, qui nous considèrent comme des alliés de leurs ennemis albanais du Kosovo.

Le 22 février, nous sommes déployés au nord du pays à la frontière serbe. Avant le 17 février, ce n'était que la ligne fictive de passage de la province serbe du Kosovo. En progressant, nous ne rencontrons que des véhicules calcinés et des habitations éventrées, stigmates de cette guerre qui dure depuis des années et qui va se prolonger.

Les civils serbes veulent passer au Kosovo pour défier les Albanais. Ce sont des familles entières qui cheminent et qui souhaitent poursuivre la guerre civile. Nous n'avons pas grand-chose à faire là, si ce n'est prendre des coups pour une cause qui nous concerne peu.

Durant une semaine, on tente de garder cette frontière. Les journées ne se terminent jamais, on dort très peu, sous des tentes alors que les températures sont négatives. Je me sens à bout de forces, soumis à ce stress permanent de devoir gérer nos nerfs face à des gens qui ne cherchent qu'une chose : nous faire disjoncter pour attirer l'attention du monde entier sur leur petite enclave devenue malgré eux un pays.

Un matin, je suis à deux doigts de craquer quand un Serbe me crache au visage alors que je suis à l'extérieur de mon véhicule blindé. Je ne sais pas encore comment j'ai fait pour ne pas le défoncer. Enfin si, je sais, l'un de mes caporaux m'a calmé, m'interdisant de me faire justice moi-même. Je me suis mis à la place de ce milicien serbe, car je dois le dire, on est tous plutôt pro-Serbes, dans la mesure où l'on comprend leur rancœur et leur haine de voir une partie de leur pays donnée à l'ennemi de toujours. Je ne suis pas un expert en géopolitique, mais je compatis, même si nous nous interdisons tous de montrer nos sentiments.

Nous sommes relevés le dimanche 2 mars.

Je profite de quelques heures de relâche pour écrire une lettre à Marie, qui entame son huitième mois de grossesse. Elle ne me transmet jamais ses angoisses, elle me parle très peu de ses états d'âme, mais je sais qu'elle souffre de mon absence, elle redoute encore plus qu'avant qu'il puisse m'arriver un pépin. Moi, je ne parviens pas encore à imaginer que je vais être à nouveau père. Pour être très honnête, je n'y pense que rarement. Notre mandat sur cette opération Trident mise en œuvre par l'OTAN m'accapare totalement. Mais je n'ai pas le droit de le lui dire. Alors j'écris, c'est la meilleure façon de lui transmettre des ondes positives.

J'aime écrire et je sais qu'elle est très réceptive. Je ne suis jamais aussi romantique qu'un stylo à la main, je me libère de ce carcan qui m'interdit souvent de me livrer et de dire ce que j'ai sur le cœur. En peu de mots, je suis rassurant et amoureux. Ma pudeur s'évapore, je lui fais du bien à elle, mais aussi à moi. Écrire en mission m'apaise, même si mes mots dépassent souvent mes sentiments.

« Je suis bouleversé par cette perspective de créer notre famille. J'y pense sans cesse, je t'imagine belle et ronde, portant notre fils. Tu es la femme de ma vie. Je vais devenir papa, tu te rends compte… »

J'ai conscience de vivre une existence égoïste, mais pour rien au monde je n'en changerais. Et je me mets rarement à la place de Marie, sauf pendant ces quelques moments d'écriture.

En ce 17 mars au matin, je suis loin d'imaginer que je vais passer une de mes pires journées de soldat, une de celles qui te marquent à vie et dont tu ne mesures jamais vraiment les conséquences.

Très tôt le matin, vers 5 heures, nous sommes appelés en renfort dans le centre de Mitrovica, où des manifestants serbes commencent à se regrouper et à occuper le tribunal. La routine pour nous : du maintien de l'ordre, rien qui nous inquiète. On se dit même qu'on pourra peut-être rentrer prendre le petit déjeuner. On part presque la fleur au fusil.

Le brouillard et le givre enveloppent la ville qui se réveille. Il fait encore nuit noire. À 6 heures, nous sommes postés. Nous n'avons pris chacun que deux chargeurs, soit cinquante cartouches, ce qui semble amplement suffisant. Nos chars sont en faction, avec surtout un rôle dissuasif.

En moins d'une heure, on sent l'effervescence monter, des gens arriver de partout, se regrouper. La population civile, des femmes, des enfants, quelques policiers serbes et des individus cagoulés. Je capte vite que rien n'est improvisé, en surprenant deux hommes parlant avec deux interlocuteurs via des talkies-walkies.

L'un d'eux, une montagne de muscles, un visage taillé à la serpe, à qui je dis de reculer, me rétorque avec un accent serbe à couper au couteau : « We will fight your face. »

À ce moment-là, je comprends qu'on nous a tendu un piège. Des adolescents investissent la station-service pour remplir des jerricans d'essence, des miliciens se dissimulent aux entrées des maisons ; un événement se prépare, je le sens, la tension monte.

Le jour s'est levé. On entend à la radio de notre blindé que des véhicules sont en feu derrière le tribunal, et que des Serbes ont réussi à y pénétrer pour empêcher les Albanais d'entrer à leur tour.

J'estime à près de mille personnes le nombre de manifestants. Je ressens une impression étrange d'enfermement. Je comprends vite que la cible, c'est nous et pas les Albanais, discrets, pour ne pas dire absents en ce matin froid.

Les premiers cocktails Molotov sont lancés dans notre direction. On se protège avec nos boucliers et notre attirail qui ressemble à celui des gardes mobiles en France. Nous sommes, dans cette mission estampillée ONU, accompagnés par des Ukrainiens et des Polonais. La tension monte d'un cran ; des projectiles, des vis, des boulons, des pierres arrivent de toutes parts. Certains manifestants tentent même le corps à corps en espérant nous arracher nos casques et nos boucliers.

Je prends conscience que nous ne sommes qu'à l'orée de ce soulèvement populaire où personne ne contrôle vraiment la situation, ni eux, ni nous. Enfin eux plus que nous, puisqu'il y a eu préméditation et que cette guérilla urbaine a été planifiée.

Des bus en feu bloquent désormais l'accès au centre-ville depuis le fameux pont Austerlitz où l'on officiait en l'an 2000. Et des militaires serbes font leur apparition.

Des scènes surréalistes nous choquent sans que l'on puisse intervenir, comme ce bulldozer venant ravitailler les belligérants serbes en parpaings qui nous sont destinés.

La compagnie est déployée sur toute la zone quand, tout à coup, une grenade lancée par les Serbes explose juste devant un soldat ukrainien, qui est grièvement blessé au thorax. Mon sergent, posté juste à côté, s'écroule, atteint aux jambes et moi, je suis blasté par le souffle du projectile. J'ai la tête qui tourne, c'est la confusion, je peine à garder l'équilibre, j'ai besoin d'un peu de temps pour recouvrer mes esprits. Je crois vivre une hallucination, comme un rêve, dont je suis coutumier, où je me retrouve en plein combat dans une situation embarrassante. Heureusement, je reviens à moi assez vite pour reprendre ma place dans la colonne d'intervention.

À l'aide de gros pneus en feu, les assaillants essaient de brûler nos chars, dans un nuage noir asphyxiant. On est pris au piège, on doit trouver des solutions avant que l'insurrection ne devienne incontrôlable.

J'observe maintenant des jeunes qui nous visent avec des mortiers artisanaux, des tubes de PVC dans lesquels ils introduisent une charge explosive mélangée avec des boulons et des morceaux de chaîne de tronçonneuse. Ils veulent faire mal, ils sont venus pour tuer. Pas suffisamment équipés pour leur résister, nous comptons de plus en plus de blessés, évacués à la va-vite vers un dispensaire de campagne improvisé.

La situation s'envenime encore. Le tribunal n'a toujours pas été évacué. Un de mes soldats, les yeux plein d'effroi, me crie : « Chef, j'ai peur, on va mourir. Je vais crever ! » et je ne sais pas quoi lui dire de réconfortant. Je lui hurle de reculer car dans son état il est une cible facile.

Nous sommes maintenant sous le feu nourri des grenades. L'une d'elles me tape la cuisse et explose. Je vois un énorme flash et ensuite plus rien pendant de nombreuses minutes. Ce sont mes compagnons qui raconteront la suite.

J'ai décollé du sol sous l'effet du souffle et je suis retombé la tête contre le bitume.

Je suis évacué vers notre centre d'urgence, où officient une ou deux infirmières totalement débordées. Je reprends mes esprits. Je constate que ma jambe gauche est criblée d'éclats, elle est en sang. Dans leurs grenades d'origine russe, les Serbes rajoutent souvent des billes de métal.

Celle qui me soigne me dit que je suis extrêmement chanceux. Autour de moi, c'est un peu la cour des miracles. Nous sommes plusieurs dizaines de soldats blessés en attente de soins ou d'une évacuation. Et à cet instant, je ne pense pas à moi, à mes douleurs qui sont atténuées par l'adrénaline, je m'en veux d'avoir abandonné mes hommes. Je veux repartir au combat, comme beaucoup de mes camarades.

« Stanislas a un sens incroyable du sacrifice. Il m'aurait sauvé la vie ou celle d'un de ses hommes au péril de la sienne, témoignera à notre retour mon capitaine, lui aussi blessé par une explosion de grenade. C'est pour ça que Stanislas, je ne le commande pas avec mon grade mais avec l'amitié et la confiance qui nous unissent. »

Je me tiens debout tant bien que mal, mon fusil en main ; mon sang a rougi mon pantalon de treillis. Au passage, je récupère les cartouches de ceux qui ne peuvent plus combattre, car on manquera vraiment de munitions si l'affrontement se prolonge.

Je ne pense à rien d'autre qu'à défendre notre position. Je claudique, et j'apprends par la radio que des snipers serbes se sont introduits dans le tribunal. De leurs positions, ils nous visent à la kalachnikov.

Nous partons à sept, tous blessés, en direction du bâtiment qui fait face au tribunal. Un bulldozer du génie éventre la porte. On monte à deux au premier étage, nos treillis imbibés de l'essence que nous a lancée la foule lors de notre passage. Je précède le caporal Raymond. On entend les rafales d'arme automatique de l'ennemi.

Il entre dans la première pièce, moi dans la seconde. Nous avons une vue imprenable sur les positions des snipers. Eux aussi nous ont repérés. J'ai tout juste le temps de me jeter à terre pour éviter une pluie de balles qui détruisent le bâti de la porte-fenêtre du bureau où je me trouve. Je ne sais pas comment il a pu me rater. Je me suis vu mort, pourtant je n'ai pas peur, je suis transcendé par l'objectif à atteindre, comme extralucide, concentré à l'extrême.

Les tireurs, nos cibles, se situent à trente mètres de nous, de l'autre côté du boulevard. Avec mon caporal, on ne se voit pas. On communique à travers la cloison en criant. J'aperçois le canon de son fusil par la fenêtre. Il y a urgence, j'entends au talkie-walkie que les salopards tirent sur la zone investie par nos soignants et nos blessés.

Jamais je ne me suis retrouvé dans une telle situation. Personne ne nous donne d'ordres une fois postés, mais on n'a pas le choix, on doit tuer ces deux snipers. C'est eux ou nous. On ne peut compter que sur nous-mêmes. Il n'y a aucun repli possible.

J'entends mon caporal tirer, je me poste. C'est maintenant que mes stages de tireur d'élite vont me servir. Je suis convaincu d'être mieux formé que mon adversaire. Notre duel improbable dure. Guerre de position.

Je suis allongé sur le ventre, le menton sur le rebord inférieur de la fenêtre, masqué par la rambarde en métal qui me sert aussi d'appui pour mon fusil. En face, mon opposant est plus à vue. Il attend que je me lève. Il baisse sa garde une seconde. C'est suffisant, je tire une rafale, je le touche, il s'écroule ? J'ai le temps de voir que je l'ai atteint en pleine tête. Je hurle comme un fou, puis je m'assieds. Mon collègue n'a pas terminé. Alors je me remets en poste. Le dernier assaillant est rectifié par mon caporal. Puis le silence, un silence relatif. Au sol, l'arrêt des tirs depuis le tribunal calme la foule. Les Serbes comprennent qu'ils ont perdu la bataille des balles.

Je rallume mon talkie-walkie pour annoncer que nous avons rempli la mission. Je suis né pour ça, je vis pour des actes de bravoure et de courage de ce genre. C'est mon moteur, ma raison d'être. Je suis dans mon élément, et personne dans ma famille, pas même Marie, ne peut le comprendre. Qu'importe : mes chefs, eux, me respectent pour ce que je fais. Eux savent. J'imagine cette appréciation sur un hypothétique bulletin de notes du sergent-chef Karten, bien loin des annotations de mes profs qui, par le passé, ne voyaient en moi qu'une somme d'insuffisances. Enfin, pas tout à fait : ma jambe blessée me lance.

Raymond me retrouve dans la pièce où je me suis réfugié. Il ouvre la porte, je me lève, et il me tombe dans les bras. On reste un temps qui me paraît une éternité dans cette étreinte. On se touche, on se palpe comme pour dire que nous sommes vivants, sains et saufs.

Nous restons calmes et silencieux d'abord. Ce mutisme traduit la pression qui retombe et qui nous tire des larmes que personne d'autres ne verra. Nous profitons de ces quelques minutes d'une rare intensité pour prendre conscience du danger et de la portée de notre action. Je lui rappelle, plein de fierté, que je lui avais dit que les Serbes allaient prendre cher. Cela nous arrache un léger rictus de satisfaction.

Je me mets ensuite à genoux par terre, j'enlève mon casque, et je prends à l'intérieur la photo de Marie qui ne me quitte jamais depuis notre première rencontre ou presque. C'est la première fois que j'éprouve le besoin de la regarder, de l'embrasser, de partager, presque de rentrer en communication virtuellement avec elle, qui combat la solitude avec notre fils dans le ventre. Ça me fait du bien à cet instant de me sentir vivant et attendu.

Il est 13 heures quand, avec prudence, nous rejoignons nos compagnons restés en bas en protection, puis les autres membres de la compagnie. Nous laissons la relève, qui a mis deux heures pour parcourir le dernier kilomètre les séparant du tribunal, dans un paysage de désolation. Un mélange d'eau et de sang ruisselle le long des trottoirs, des incendies sporadiques dégagent d'épaisses fumées noires, et l'odeur des pneus calcinés est difficilement supportable. On croise des gens marqués par cette matinée d'émeutes, on entend quelques sirènes d'ambulances qui tentent de se frayer un chemin ; les plus belliqueux ont décampé depuis qu'ils ont compris que l'affaire était pliée.

On nous apprend que le soldat ukrainien touché par une grenade a succombé à ses blessures. C'est la seule perte de ce jour noir, un miracle presque compte tenu de la violence des affrontements.

En arrivant dans la salle de bains commune, je ne me suis pas reconnu. On aurait dit que j'avais

50 ans, ma peau était couleur bidet et mes yeux creusés par la fatigue. Ma jambe criblée d'éclats ne me porte plus, elle me lance comme si on me la transperçait avec des baïonnettes.

Je suis transféré en hélicoptère au centre médico-chirurgical français du camp de Plana. On me met un drain dans la jambe pour endiguer une poche de sang au niveau du mollet, qui a été transpercé par de multiples projectiles. Et surtout on me donne de la morphine pour atténuer la douleur.

Je reste deux semaines hospitalisé. Le médecin qui me soigne me prévient que je garderai sans doute des éclats de grenade toute ma vie dans la jambe, séquelle bénigne au regard de celles de mon copain Tessier, touché au niveau de l'entrejambe et interdit à tout jamais de relations sexuelles et d'enfants.

Je sais que je ne suis plus opérationnel, néanmoins je refuse d'être rapatrié ; c'est plus fort que moi, j'aurais l'impression d'abandonner mon poste. Pourtant, sur les dix hommes de mon groupe de combat, huit sont rapatriés sanitaires. Un avion médicalisé est mobilisé pour ramener au total quarante et un soldats ayant pris part à cet assaut du tribunal.

Je suis vraiment meurtri de voir autant de mes hommes touchés dans leur chair. J'ai l'impression d'avoir failli, de ne pas les avoir assez protégés.

La suite de mon séjour kosovar n'a pas grand intérêt, si ce n'est les reconnaissances, auxquelles je suis très attaché. Je ne deviendrai jamais riche ; en revanche, je pourrai me retourner sur mes faits d'armes. Le général américain commandant de l'opération Trident se déplace à Mitrovica pour nous féliciter, les généraux français également.

Pendant cette période, mon quotidien n'est pas reluisant. Je m'ennuie ferme et je passe mes soirées à boire. Je me crois festif, alors que je noie mon mal-être et mon inactivité. Je jalouse ceux qui restent opérationnels. Je mélange les alcools forts occidentaux avec les tord-boyaux locaux, le rakia et la slivovitz.

Je suis dans un triste état, en train d'entamer l'aura de ma réussite sur le champ de bataille auprès de ceux qui me voient m'enfoncer. Je me sens inutile : je ne peux plus faire de sport, plus commander mon groupe. On m'a coupé les ailes.

Je souffre aussi d'insomnies chroniques que seul l'alcool parvient à régler. Je suis entré dans une spirale destructrice. J'ai des difficultés à me concentrer, je deviens asocial, nerveux, irascible, et peu à peu je me renferme sur moi-même pour me protéger moi, mais aussi les autres. Je peux vite déraper sans raison majeure. Le soir, je bois le plus souvent seul pour chasser les démons qui me rongent le cerveau. À combien de reprises je me suis réveillé en pleine nuit, le souffle court, la bouche asséchée, et le palpitant au maximum ! Je ne les compte plus. Chaque fois, ce sont les mêmes symptômes. Je me vois mourir au front. Je n'arrive à me calmer qu'au bout de longues minutes de stress. Mon esprit grésille.

Je ne m'appartiens plus complètement pendant ces moments-là.

Cette souffrance nocturne solitaire me mine. Elle m'inquiète aussi et m'oblige à me poser mille questions sur mon état psychologique. Elles restent à ce stade sans réponse. Et pourtant je sais déjà que cette vie de soldat m'attaque au plus profond de moi. Je préfère m'enfermer dans la solitude pour ne pas avoir à parler, je refuse de m'épancher sur mes troubles. De toute façon, je n'ai pas d'amis assez proches autour de moi pour me livrer et me libérer de ce poids. À la compagnie, on s'entraide dans l'action, mais on s'isole dans les maux. J'appelle cela la cohésion sélective. Et ce n'est pas une critique, car je suis le premier à être incapable de révéler mon stress, de peur qu'il ne nuise à ma carrière. Le paradoxe est là. J'en veux toujours plus, je suis volontaire pour partir encore plus souvent en opération, alors que la vie de soldat me détruit à petit feu. Je suis un drogué de la guerre. Elle me fait souffrir mais elle me permet de m'accomplir. Enfin, je m'en persuade.

C'est à cette période que je me diagnostique ultrasensible. Je me parle souvent dans l'intimité de mes nuits, après mes crises, encore enveloppé des vapeurs d'alcool que je crois complices.

Je sais que certains de mes neurones sont déjà grillés et que c'est irréversible. Mais je me convaincs que personne ne le remarque et que c'est mon jardin secret, comme on en a tous un. Sauf que le mien est verrouillé à double tour, et que personne, surtout pas Marie, ne peut y pénétrer.

Le 1er mai, au début du printemps, ma vie bascule. Toujours au Kosovo, j'apprends que je suis à nouveau papa. Marie a donné naissance à Mattéo la nuit dernière à 2 heures du matin. Elle a accouché en présence de sa mère pour pallier mon absence. La maman se porte bien, le bébé aussi – il pèse 3,5 kilos. Moi, je me sens d'un seul coup terriblement seul et inutile. Et dire qu'on m'avait laissé le choix de rentrer après ma blessure ! Je m'en veux d'avoir décliné cette proposition de rejoindre Marie. Je suis un con. Ce qui aurait dû être le plus beau jour de ma vie ne m'inspire plus qu'aigreur et regrets. Je subis, passif, loin de celle que j'aime. Je pense à ce petit garçon que je n'ai pas vu naître, comme mon premier fils Rémy avec qui je passe si peu de temps. Je suis papa pour la deuxième fois, je devrais être comblé mais je n'y arrive pas. Ce soir, j'éprouve le besoin de ne pas rester seul ; je décide de partager la naissance de mon fils avec mes compagnons de chambrée et mes chefs directs.

L'arrivée de Mattéo a été bien fêtée, et je me couche, ou plus exactement on me couche, ivre mort. L'alcool, c'est ma béquille. Le lendemain, je reste au lit toute la journée, trouvant juste la force de téléphoner à Marie. Le bébé va bien, la maman aussi. Je fais des efforts pour être tendre, mais je n'y parviens pas. Marie le ressent. Elle est triste de me sentir loin dans tous les sens du terme.

Une semaine plus tard, je suis convoqué par le chef de corps ici, à Mitrovica. J'ignore tout des raisons de ce rendez-vous. Je redoute une remontrance concernant mes frasques nocturnes et alcoolisées. C'est tout l'inverse qui se produit : le colonel Pichon me félicite pour la naissance de Mattéo et me donne dans la foulée un ordre ferme : « Sergent-chef Karten, vous allez rentrer chez vous dès demain pour retrouver les vôtres, votre femme et votre bébé. Vous serez bien plus utile là-bas qu'ici où malheureusement votre état de santé ne vous permet plus d'être opérationnel pour l'instant. Je regrette même de ne pas vous avoir fait rapatrier plus tôt, vous auriez pu assister à l'accouchement. J'en profite pour vous renouveler mes félicitations pour votre comportement exemplaire sur la mission du tribunal. Vous avez fait preuve de courage, de sang-froid avec un sens du devoir qui vous honore. Votre capitaine a demandé une citation pour vous. On en reparlera d'ici quelques mois. Prenez quelques jours de permission en rentrant et félicitez votre compagne pour moi. Avoir un enfant, c'est le plus beau cadeau de la vie, et je sais de quoi je parle car j'en ai dix, neuf filles et un garçon, né l'avant-dernier. »

Je m'envole le lendemain dans un avion militaire français qui se pose quelques heures plus tard sur la base de Villacoublay, dans le sud de Paris. Je ne repasse pas par Belfort, je file direct rejoindre Marie à Cholet. Dans le train qui m'emmène, j'appréhende ce retour. J'ai peur de ne pas être à la hauteur. Comme toujours.

Chapitre 8

Marie vit mal ses premiers jours de maman. Elle se sent terriblement seule, même si elle s'est installée chez sa mère depuis deux mois. Elle a le baby blues, elle angoisse de ne pas être à la hauteur et surtout de ne pas avoir une épaule solide sur laquelle se reposer dans les moments difficiles.

Au téléphone, alors que Stanislas termine sa mission, elle le perçoit distant, comme étranger à ce bonheur qu'elle a besoin de partager. Elle redoute le retour de son soldat. Elle ne sait pas dans quel état elle va le récupérer.

Et ses craintes vont se transformer en certitudes. Quand Stanislas arrive à l'appartement, il est froid comme un glaçon et jette son barda sans un mot. Marie a l'impression d'être une inconnue.

« Je ne le reconnais pas. Ce n'est pas lui. Ses beaux yeux bleus se sont transformés en un regard de tueur. Son visage a changé, il semble perdu… », se dit-elle sans oser lui parler.

Stanislas, comme un automate, ouvre la porte de la chambre où dort Mattéo, né il y a quinze jours. Il reste prostré, sans aucune réaction. Il le regarde à peine, ne partage rien. Il n'éprouve aucune émotion, comme s'il refusait cette paternité. Alors que c'est tout le contraire.

Ces premières minutes sont épouvantables. « Tu ne dis rien », tente timidement Marie qui voudrait tellement qu'il prenne son bébé dans les bras et qu'il se colle à elle. Elle l'a imaginée des centaines de fois, cette scène idyllique du retour du héros au chevet de son fils, la naissance de sa famille tant désirée.

« Je ne vais quand même pas sauter au plafond », répond-il d'une voix monocorde.

Marie voit son monde s'écrouler. Elle préfère s'éloigner pour pleurer. Elle se sent encore plus seule que quand il n'était pas là.

Stanislas a laissé son cerveau au Kosovo. Il est là sans être là. Il est absent, en état de choc, incapable de la moindre attention. Il s'interdit toute tendresse avec son fils. Il l'observe comme un étranger.

Lorsqu'ils se retrouvent tous les deux debout face à face dans le salon, Marie le prend dans ses bras. Elle se dit qu'elle doit faire le premier pas pour créer un électrochoc. C'est peine perdue, il est raide comme un bout de bois.

Marie ne comprend pas : Stanislas devrait avoir envie de l'embrasser, de la retrouver, comme il le lui a dit dans ses nombreuses lettres enflammées. Ils ne se sont pas vus depuis quatre mois. Et même s'il faut souvent un temps d'adaptation pour recréer le lien, il y a ce désir presque animal de se toucher, de se serrer, de se renifler et de se bouffer du regard tout de suite.

Stanislas lui a laissé espérer des retrouvailles romantiques, et elle y a cru. Elle a une envie de câlins tendres et torrides. Elle s'est préparée comme pour un premier rendez-vous, malgré les quelques kilos qui lui restent de sa grossesse. Elle sait que le péché mignon de Stanislas, ce sont les poitrines opulentes ; comme elle allaite son fils, elle a mis ses seins en valeur. Elle tente une nouvelle approche, plus directe. Elle se jette sur lui et commence à le déshabiller. Pour la première fois, il tente de coopérer plus que de partager, mais il n'y arrive pas. Pourtant, s'il y a bien un domaine dans lequel ils sont sur la même longueur d'onde habituellement, c'est le sexe.

Devant l'inertie de Stanislas, Marie n'insiste pas. Elle comprend qu'il est comme shooté par la mission qui vient de s'achever. Alors elle gamberge, se pose des tas de questions et revient à ses éternelles suspicions. Elle imagine même qu'il a pu rencontrer une fille au Kosovo. Elle est gangrenée par une jalousie légitime et son côté volage à lui.

Le dîner se déroule à trois, avec la mère de Marie, dans une indifférence qui semble convenir à tout le monde. Marie ne veut pas faire de vagues et alerter sa mère sur un éventuel problème. Quant à Stanislas, il ne dira pas un mot sur sa mission, personne ne lui ayant posé la moindre question.

Vers 23 heures, pourtant, alors qu'ils ne sont plus que tous les deux, la situation s'envenime. Marie attaque bille en tête.

« Tu as rencontré quelqu'un là-bas, au Kosovo, c'est ça ? Dis-le-moi, vas-y, je préfère le savoir plutôt que de passer encore une fois pour une conne. Tu as une tête de coupable. Je te connais, maintenant. Tu te rends compte ? Tu n'as eu aucune attention pour moi depuis que tu es arrivé. Rien, pas un geste, ni pour moi ni pour ton fils. C'est fou ! Mais que se passe-t-il dans ta tête ? Tu m'as trompée alors que j'étais enceinte ? Si mon intuition se confirme, tu as le diable au corps ! »

Marie parle moins fort qu'elle ne le voudrait, pour ne pas alerter sa mère. Elle a envie de se déchaîner, de le secouer et de l'obliger à s'exprimer, à dire ce qu'il a sur le cœur. Elle a aussi besoin d'un réconfort qui ne vient pas.

Il n'en faut pas plus à Stanislas pour tomber de nouveaux dans ses pires travers. Il insulte Marie, lui tire les cheveux et lui crache au visage, pour l'humilier. Il est rentré depuis moins de dix heures, et déjà il lève la main sur elle. Le regard de Marie est rempli de tristesse et de dégoût. Il vient de détruire à jamais ce moment qui aurait dû être merveilleux et qu'il aurait dû partager tendrement avec sa compagne : la rencontre avec son fils.

Assis sur le bord du lit, tête basse, il se tait. Il vient de fracasser une nouvelle fois le socle de son existence. En a-t-il seulement conscience ?

Puis, d'un bond, il prend ses affaires et quitte l'appartement, sans autre explication que de dire qu'il rentre à Belfort pour voir Rémy, son fils aîné.

À peine arrivé, déjà reparti, de nouveau seul avec ses démons qu'il refuse toujours de regarder en face.

Il passe la nuit comme un SDF, sur le trottoir, devant la gare de Cholet.

Marie se réfugie auprès de Mattéo qu'elle regarde dormir paisiblement, sur le dos, bras en l'air, dans sa turbulette. Elle a mal à l'âme, elle souffre et se demande pourquoi elle est à ce point incapable de trouver sérénité et apaisement dans sa vie. Mais pas une seconde cette nuit-là elle n'envisagera de mettre un terme à cette relation venimeuse, esclave de cet amour qui la dévore mais qu'elle veut sauver à tout prix.

Le lendemain matin, la mère de Marie fait comme si de rien n'était. Elle ne pose aucune question sur le départ de Stanislas. Elle les a entendus cette nuit. Cette maman, froide de prime abord, est pétrifiée. Elle voudrait aider sa fille, mais elle ne sait pas quoi faire, de peur d'envenimer encore la situation. D'autant qu'elle a souvent pris la défense de son gendre, dont elle admire le parcours professionnel et la prestance en uniforme.

Vers 14 heures, rongée par les doutes, la policière Marie reprend le dessus. Elle appelle Magali, la mère du premier fils de Stanislas, pour savoir si Rémy a prévu de voir son père aujourd'hui. Au moment où elle pose la question, elle est persuadée que, pour une fois, il ne lui a pas menti. Elle tombe des nues lorsque Magali lui annonce que Rémy est avec elle et que Stanislas l'a appelée ce matin pour lui dire qu'il se rendait à Angoulême afin de recevoir une médaille militaire.

Première nouvelle, et encore un mensonge. Marie essaie d'appeler Stanislas, en vain. Comme d'habitude, il fait le mort. À force de coups de téléphone et de recherches, elle finit par apprendre qu'une grosse fête est organisée à la caserne d'Angoulême, à l'occasion d'une remise de médailles.

Sur le moment, Marie n'en saura pas plus. Il lui faudra attendre leur retour à tous les deux à Belfort en juillet et une énième réconciliation pour dérouler le fil de cette virée en Charente : lors de leurs retrouvailles, elle démêle la pelote de laine de ses sentiments blessés. Elle vole des informations avant d'enquêter. Elle intercepte un message d'une certaine Virginie, proposant à Stanislas « une nouvelle nuit de baise ». Pas d'équivoque possible… Marie veut en avoir le cœur net et appelle cette jeune femme qui, après quelques instants de mensonge, confirme sa relation avec Stanislas. Ils se sont rencontrés à Mitrovica. Elle appartient au 1er régiment d'infanterie de marine basé à Angoulême.

La boucle est bouclée. Il ne changera jamais. « Je suis la reine des connes, puisque je le reprends à chaque incartade, même quand je le mets devant le fait accompli… »

Et la situation ne risque pas de s'arranger entre eux car Marie est mutée à Cholet, sa ville natale, pendant que lui reste à Belfort, en attendant une nouvelle affectation à Angers.

La vie de Stanislas devient un enfer. Il se félicite que Marie ne soit plus là pour le fliquer, mais profite de sa « liberté » pour sombrer encore un peu plus dans la violence et l'alcool. Il ne se maîtrise que dans l'enceinte et le cadre militaires. Dehors, il perd tout contrôle. Son agressivité positive, louée par ses supérieurs, se transforme en révolte désordonnée dès qu'il rejoint le monde civil.

Et cette fureur est décuplée par sa frustration d'être toujours inapte à toute activité physique près de six mois après son retour. Et pas moyen de déroger aux règles. Il n'est plus qu'un gratte-papier, lui qui a horreur de rester enfermé dans un bureau. En manque d'action… Il est comme un lion en cage, il a besoin de se défouler et il trouve un certain apaisement lorsqu'il se bat, ce qui se produit plusieurs fois par semaine dans les bars ou les boîtes de la ville.

Il provoque, il cherche et il trouve toujours. Et comme il n'a pas froid aux yeux, il se retrouve régulièrement dans des situations très compromettantes. Souvent pour aussi impressionner la galerie, ses hommes de troupe ou ses conquêtes éphémères.

Il peut littéralement disjoncter, comme cette nuit de novembre 2008 où il se bagarre avec une bande de gitans sur le parking du Galaxy, une discothèque entre Belfort et Besançon. Il est en fâcheuse posture après avoir fait des avances maladroites à la compagne de l'un d'entre eux. Il ne se dégonfle pas et se retrouve acculé par trois hommes. Comme dans les films, il se démène, tape de manière désordonnée quand il reçoit un coup de tesson de bouteille sur le front. Il s'effondre, perd connaissance sous l'effet conjoint de la violence du choc et de l'alcool. Il est entaillé sur plusieurs centimètres, comme si on lui avait dessiné une étoile au couteau sur le crâne. Les trois opposants, devant l'importance de la blessure, se volatilisent dans la nature.

Comme un vagabond défait, Stanislas finit par reprendre ses esprits, seul dans ce parking désert, se relève tant bien que mal et rejoint sa voiture. Comme toujours après une soirée, il roule ivre, à deux à l'heure, à la limite de la conscience. Le sang de sa plaie coule dans son œil droit et souille sa chemise blanche.

Il se gare sur le parking de la caserne et passe devant les sentinelles du poste de garde interloquées de le voir dans un état pareil, puis il se couche tout habillé, emporté dans son sommeil malgré une douleur intense à la tête.

Le lendemain midi, au réveil, le lit est rouge de sang et sa tête a doublé de volume. Il ne peut plus ouvrir son œil droit. On dirait Elephant Man. Les plaies sont vilaines, comme si son front avait été déchiqueté. Il a l'impression que quelqu'un lui tape sur le crâne avec un marteau. Il ne se souvient de rien ou presque. Mais il ne veut surtout pas aller à l'infirmerie du régiment ou appeler le médecin, pour ne pas éveiller les soupçons et avoir à se justifier. Alors il ne trouve rien de mieux que de se cautériser lui-même la plaie à l'aide de son fer à repasser bouillant. Il se met devant la glace de son cabinet de toilette et commence son opération de chirurgie esthétique artisanale. Il se repasse le front. L'odeur de la peau qui brûle est pestilentielle, les bords de la plaie se rétractent sous l'effet de la chaleur. La douleur est insoutenable, mais Stanislas n'a pas le choix ; il agit comme s'il avait besoin de se punir et de souffrir pour s'absoudre de ses fautes.

Le résultat est étonnant, presque satisfaisant visuellement, même si aucune règle élémentaire d'hygiène n'est respectée jusqu'à ce qu'il se badigeonne de Bétadine. Le dernier test consiste à mettre le béret : la blessure est cachée au millimètre près. Une fois encore, Stanislas s'en tire bien.

En apparence, il sauve la face, il reste le sergent-chef respecté par ses soldats, mais au plus profond de lui, la situation s'aggrave. Il le ressent mais refuse toujours de se l'avouer et surtout d'en parler à quelqu'un. L'alcool devient un palliatif pour oublier cette vie qui lui échappe et un somnifère quotidien. Il boit tous les jours, seul ou en groupe. Il souffre de ne pas avoir de cadre sitôt sa journée de travail terminée. Depuis que le médecin lui en a donné le droit, il se noie dans la pratique du sport à outrance le jour et dans les boissons réparatrices au coucher du soleil et le week-end. Une vie paradoxale.

Il rentre rarement à Cholet. D'ailleurs, personne, pas même lui, ne sait très bien s'ils sont encore ensemble.

Quand ils se voient, ce sont les montagnes russes, avec d'incroyables moments de bonheur et d'amour qui alternent avec des disputes d'une rare violence.

Jusqu'à ce soir de Noël 2008, lorsqu'il tente de la tuer en l'étranglant.

Cette agression déclenche une vraie prise de conscience chez Stanislas, qui décide, après deux jours de garde à vue, de se faire interner sans en dire un mot à personne. Un certificat médical bidon lui permettra de ne pas attirer l'attention de ses chefs.

Stanislas prend pour la première fois la mesure des troubles qui pourrissent sa vie et celle des autres. Le sergent-chef Karten n'arrive plus à supporter l'homme Karten, alors il tente par tous les moyens de le tuer.

Stanislas se ment à lui-même depuis trop longtemps, il se replie dans une routine destructrice en entraînant ceux qui l'entourent.

Quand il dit au médecin : « Enfermez-moi où je vais buter quelqu'un », il sait qu'il n'est pas passé loin du drame avec Marie et que ses accès de violence pourraient le précipiter dans ce monde obscur qu'il entrevoit dans ses cauchemars.

Il reste hospitalisé deux semaines, dans le plus grand secret. Il coupe les ponts avec tout le monde, ne donne aucune nouvelle, pas même à Marie qui se remet de cette agression du 25 décembre et qui ne veut plus entendre parler de lui. Pour l'instant… comme toujours.

Pour la première fois, il accepte de prendre des médicaments, des tranquillisants qui lui permettent de dormir près de quinze heures par jour. Mais il s'interdit toujours de raconter son histoire dans son intégralité au médecin qui le suit. Il omet de parler de sa vie militaire qui l'épanouit mais le détruit aussi à petit feu depuis plus de dix ans. Il n'évoque que les bons moments qui contrebalancent une existence terne. On lui diagnostique un burn-out, une dépression, et jamais ne seront évoqués les traumatismes accumulés en zone de guerre.

Il ne parvient pas à se concentrer, même pour lire trois lignes. Il fixe l'écran de la télévision, vêtu cette tenue blanche en viscose déchirable que l'on distribue à tous les résidents pour éviter les suicides. Il fait partie des patients à faible risque. Il voit bien que, sur son lit, les barreaux sont baissés et que les sangles servant à attacher un récalcitrant pendent dans le vide.

Stanislas sort de ce sas de décompression remonté physiquement mais toujours touché psychologiquement. Il n'a toujours pas recouvré officiellement son aptitude militaire et sa vie personnelle commence à transpirer au régiment. Il est celui qui cogne sur sa femme, le gros dur au boulot et à la maison. Son honneur en prend un coup. La barrière qu'il avait dressée entre ses deux mondes devient poreuse. Sa réputation le précède et il ne l'admet pas. Alors, très vite, il replonge dans ses tourments. Pour oublier ses souffrances, il reprend son bâton de noceur-buveur-bagarreur sitôt le service terminé.

Il a le côté suicidaire de celui qui n'a peur de rien et qui est prêt à défier la terre entière, comme ce soir de fête qui ressemble à tous les autres, et qui se termine encore une fois dans le sang.

Stanislas a besoin d'adrénaline, il est piqué au combat et au défi physique. Il lui faut sa dose. Alors, par temps calme à Belfort, il doit créer sa propre guerre, la gérer et ensuite l'assumer.

Ce soir-là, dans un bar qui le compte parmi ses habitués, il s'embarque dans un one-man-show qui tourne mal après qu'il a pris en grippe un groupe de bikers. Il se met tout seul en difficulté, malgré les alertes de ses collègues et du barman. Il adore l'instant où la situation dégénère. Et lui échappe. Il est persuadé que l'homme et le soldat ne font plus qu'un et qu'il est invulnérable. Parfois c'est vrai, mais ce soir-là il va en recevoir une bonne, pris à partie par deux barbus en cuir aussi fêlés que lui.

Le deux-contre-un qui se profile ne lui fait pas peur. Ils se castagnent dans la petite impasse attenante. Comme dans les films. Stanislas fait preuve d'une vaillance étonnante, tient tête aux deux motards jusqu'au moment où l'un d'entre eux sort un couteau et le touche deux fois au bras. Fin de partie. Les deux bikers se tirent, rejoignent leurs potes avant de déguerpir dans le brouhaha de leurs Harley-Davidson.

Stanislas est bien entaillé. Il demande à un de ses hommes de le ramener à sa piaule. Il refuse catégoriquement d'aller aux urgences pour se faire soigner. Surtout ne pas ébruiter cette nouvelle frasque plus loin que son groupe de combat. Et il peut compter sur le silence de ses gars ; leur devise, c'est de faire corps autour de leur chef, à plus forte raison quand ça tourne mal pour lui.

Il réussit à stopper l'hémorragie en se posant un semblant de garrot avec la manche de sa chemise. Et il commence à se recoudre tout seul avec un kit de suture qu'il a acheté peu de temps auparavant ; on ne sait jamais. Heureusement, il est blessé au bras gauche, et il est droitier !

Il mettra plus de deux heures à faire six points de suture – deux fois trois –, en aspergeant les plaies avec de l'alcool à 70 degrés – c'est tout ce qu'il a sous la main. Encore une fois, il a de la chance de s'en sortir aussi bien, ni vu ni connu.

Il n'y a que dans la seule intimité de sa chambre, quand il est à jeun, que Stanislas est apte à porter un jugement sur la misère de son existence qui se délite jour après jour. Il traîne son mal-être jusqu'à la minuscule salle de bains, où il tente de se regarder en face. Il ne supporte pas de se voir ; il se déteste dans ce rôle de méchant. Et dans ces rares périodes de lucidité, il aspire à vivre comme un jeune papa normal. Il craque et parfois prend la plume afin de s'excuser auprès de Marie, celle qu'il n'a cessé d'appeler « l'amour de sa vie » : « Je rêve de te serrer dans mes bras et me blottir dans les tiens. J'ai tellement besoin de ta tendresse et de ton amour, j'aimerais un nouveau départ même si je sais qu'il te faudra du temps pour pardonner le mal que je t'ai fait. Mais rien n'est impossible quand on aime. »

Entre eux, c'est chaque fois un éternel recommencement. Marie croit aux repentances de Stanislas, déchante à la énième tromperie, tente de le quitter – comme en cette année 2009, quelques semaines seulement, après avoir rencontré un certain Cédric –, puis revient à grandes enjambées vers lui.

Et c'est donc ensemble qu'ils montent à Paris le 13 juillet 2010 pour un des plus grands jours de la carrière militaire du sergent-chef Karten.

Stanislas est tiré à quatre épingles, en tenue d'apparat terre de France lorsqu'il pénètre à l'hôtel de Brienne, qui abrite les bureaux du ministre de la Défense. Ses parents sont présents, ses grands-parents aussi. Piotr, pour l'occasion, porte sur sa veste toutes ses médailles de la Seconde Guerre mondiale. À 90 ans, il est magnifique, fou de joie de partager cette remise de décoration avec son petit-fils à qui il a donné la vocation de soldat.

Le ministre Hervé Morin fait une entrée solennelle devant un parterre de gradés et de militaires valeureux.

En deuxième position, après un colonel, il appelle le sergent-chef Karten à se lever. Il rappelle avec force les faits d'armes de Stanislas, de la Somalie au Kosovo en passant par le Tchad ou encore la Côte d'Ivoire. Il insiste sur Mitrovica, sur la bravoure et le dévouement du patron de groupe de combat Karten. Il énumère ses blessures physiques et termine en exprimant son admiration devant l'exemplarité de sa carrière.

Marie boit les paroles du ministre, sans pour autant s'empêcher de comparer le soldat exemplaire dont on fait l'éloge ici à l'homme souvent perdu et indigne de son parcours militaire qu'elle côtoie au quotidien.

Hervé Morin lui remet ensuite officiellement la croix de la Valeur militaire avec étoile de vermeil pour services rendus et actions d'éclat en opération extérieure.

Stanislas cache mal son émotion. Sous les applaudissements nourris, il retient ses larmes, cherche Piotr du regard, lui adresse un clin d'œil et sourit à sa maman qu'il sent fière de lui pour la première fois de sa vie. Sur son diplôme, il constate avec une immense fierté que c'est le président de la République Nicolas Sarkozy lui-même qui lui remet virtuellement sa distinction.

La reconnaissance de ses pairs, Stanislas vit pour ça, plus que pour des grades. Il a toujours peur qu'on ne prête pas attention à ses performances, réminiscence de son enfance cabossée.

Durant la soirée qui suit la cérémonie, il oublie tout le reste. Il est heureux, amoureux, et tellement content de réunir autour de lui sa famille. Tout ce beau monde termine cette belle soirée par un dîner au 6 New York, excellent restaurant sur les quais de Seine, au niveau du pont de l'Alma.

Stanislas est touchant, il retrouve sa timidité enfantine quand son grand-père lui dresse une couronne de lauriers et que sa mère lui exprime, avec pudeur, son amour et son admiration, des sentiments qu'il croyait envolés. C'est presque une deuxième médaille virtuelle que les mots de sa maman.

Il ne touche plus le sol, et ne lâche pas une seconde Marie qui passe le repas lovée dans ses bras. Elle a enfin pour elle ce prince charmant éphémère. Elle espère que cette décoration pourra l'apaiser, lui donner confiance et calmer la tempête tapie en lui.

Mais le miracle n'aura pas lieu.

Chacun reprend sa route ; Marie à Cholet, qui a la garde de Mattéo, et Stanislas à Belfort.

Il est de nouveau apte aux missions extérieures. À la caserne, ses hommes fêtent sa décoration avec un respect immense. Le paradoxe, il est là : le chef Karten a toujours été un exemple pour ses soldats, le guide que l'on suit au bout du monde, sans se poser de questions. Il est aussi craint qu'admiré. Tous savent qu'il se mettra chaque fois entre l'ennemi et ses hommes. Il est toujours le premier à effectuer les différents tests d'aptitude, il est imbattable au parcours du combattant. Pour l'ensemble de son œuvre, Stanislas est un sergent-chef à part, qui force le respect. L'admiration de ses hommes, c'est ce qui le fait tenir quand il est dans la tourmente. Il aspire à devenir le même genre d'homme, responsable, avec un code de l'honneur en béton armé, hors des murs du régiment.

La route est encore longue.

En mars 2010, l'affaire de Noël 2008 est jugée au tribunal de Cholet. Cette instruction fait replonger Stanislas dans les heures les plus sombres de sa vie. Il ne se cherche pas d'excuses, il a failli tuer la mère de son fils, et il sait qu'il risque gros – il est aussi poursuivi pour violences sur représentant de l'autorité publique.

Au tribunal, lors de l'audience, Marie est présente, encore et toujours, pour défendre l'indéfendable. Elle souhaite témoigner en faveur de Stanislas pour expliquer qu'il n'était pas dans son état normal en cette nuit du 25 décembre parce qu'il souffre de troubles liés à ses activités militaires.

Elle est entendue parce qu'une expertise psychiatrique a conclu que Stanislas souffrait du syndrome de Rambo, version imagée du syndrome post-traumatique. Pour la première fois, officiellement, on met un nom sur ses souffrances psychologiques.

Néanmoins, le récit de cette nuit de l'horreur enfonce le sergent-chef Karten qui comprend qu'il va sortir de ce tribunal avec une lourde peine. Et comme chaque fois qu'il est en difficulté, il n'a qu'une crainte : que sa place dans l'armée soit remise en cause. Il a toujours expliqué, un peu comme les champions lorsqu'ils arrêtent leur carrière, que quitter l'armée serait pour lui une petite mort.

Le verdict tombe après deux jours d'audition : un an de prison, dont huit mois ferme, avec inscription au casier judiciaire.

Stanislas reste muet à l'énoncé de ce verdict. Il se voit être incarcéré sur-le-champ. Or le juge ne demande pas de mandat de dépôt et l'armée le sauve d'un passage derrière les barreaux : son colonel se porte garant pour lui, ce qui lui permet de garder son poste. Avec pour objectif de l'envoyer avec sa compagnie, dans les mois qui viennent, en mission en Afghanistan.

Stanislas évite le bracelet électronique, mais doit pointer toutes les semaines au commissariat et a l'obligation de se soigner. Une obligation toute relative car il ne prend pas les médicaments prescrits, qui l'assomment. Il est toujours dans le déni de ses troubles. Il se croit invincible et développe cette amnésie sélective qui l'autorise à croire qu'il reste un éternel incompris, une bête de guerre que ses faits de gloire doivent absoudre de tous ses péchés. Vision minimaliste et enfantine d'une vie en dents de scie qui aurait pu déjà l'envoyer à l'ombre d'une maison d'arrêt – ou dans l'au-delà.

Marie conserve l'espoir d'une métamorphose tant attendue et espérée, avec comme chaque fois, une lueur entrevue dans la peur de payer ses errances cash et de finir comme un militaire défroqué.

Stanislas rebondit en cette année 2010, amnésique du mal qu'il fait et tourné déjà vers une nouvelle épopée guerrière en Afghanistan. Un shoot d'adrénaline salvateur, croit-il, lui qui ne respire que pour partir à l'aventure, celle qu'il idéalise depuis l'adolescence et qu'il a embrassée avec passion.

Le trompe-l'œil de la guerre, qui lui permet de rester debout et droit. Médicament masquant mais non soignant.

Chapitre 9

La situation est confuse longtemps. Mon lieutenant n'est pas favorable à mon départ pour l'Afghanistan. Il estime que je ne suis pas apte psychologiquement à assumer une mission aussi périlleuse et émotionnellement intense.

Il n'a pas forcément tort, je le sais, mais comme d'habitude, je fais l'autruche, je me mens à moi-même, je refuse d'admettre mes troubles, et je pense que toute opération extérieure peut agir sur moi comme un anxiolytique naturel. Je m'interdis de penser à long terme, je vis au jour le jour avec une inconscience qui rivalise avec mon immaturité.

Et je suis conforté par mon capitaine de compagnie, mon supérieur qui m'encourage à partir. Il insiste :

« Cette mission va vous faire du bien, Karten, elle doit vous remettre sur le droit chemin en rentrant. Cet isolement, cet éloignement de Belfort et des excès qui vous bouffent ne peuvent être que salutaires. Je sais que je peux compter sur vous, vous saurez me rendre au centuple sur place cette marque de confiance et d'affection. »

Le capitaine Myotte porte sur moi un regard bienveillant, il est convaincu que je donnerais ma vie pour mes hommes. Il ne se trompe pas.

J'ai au moins ça pour moi. Le courage et la rage.

Nous décollons pour Kaboul le 27 octobre 2010. C'est mon premier séjour en Afghanistan, passage obligé pour tout combattant qui se respecte. J'en ai rêvé, de cette mission.

Pourtant, j'arrive dans l'inconnu, dans un pays nouveau, où les codes n'ont rien à voir avec ce que j'ai vu en ex-Yougoslavie ou en Afrique. Et je n'aime pas cette situation, d'autant que nous sommes déployés aux côtés de soldats américains, sous commandement anglais. Vive l'ONU.

Les premiers jours sont difficiles : les briefs sont en anglais, et je ne saisis pas grand-chose au départ. J'ai à tout casser un niveau sixième et l'adjudant qui m'accompagne, avec qui je partage ma petite piaule dans un Algeco, ne parle, lui, pas un mot de la langue de Shakespeare !

Je vais me perfectionner très vite pour remplir ma mission.

Nous sommes ici, dans ce campement US au pied du palais royal ou ce qu'il en reste, dans les faubourgs de Kaboul, pour une mission claire : instruire un bataillon de soldats de l'armée afghane et les préparer à partir au combat contre les talibans.

Dans un premier temps, c'est moi qui me forme aux armes américaines. Je bosse comme un dingue. J'obtiens même mon diplôme de tireur d'élite américain ; imaginez ma fierté.

Je n'ai jamais été aussi stressé lorsque je sors d'une base. Hors du camp américain, le danger est partout. En ville, ma hantise est d'être bloqué dans les embouteillages ; dans les montagnes, je suis obnubilé par les mines antipersonnel qui font tant de dégâts ici.

Je vais mettre plus de deux semaines à m'adapter à ces contraintes. Mais, paradoxalement, je vais bien. J'ai laissé ma vie personnelle en France, ce fardeau que j'ai de plus en plus de mal à porter. Je me réfugie dans le travail, je ne pense à rien d'autre, je m'échappe comme un voleur de ma condition d'homme responsable et de père de famille. Je crois que ça me fait du bien. J'écris rarement à Marie, je lui téléphone encore plus épisodiquement. J'apprécie cette solitude affective, je la recherche même en partant, et comme toujours, je ne pense pas à l'autre. Mon égoïsme me submerge et m'interdit de penser à mes fils et à ma femme, ou alors de façon éphémère, le soir. Et ça me fout le moral à zéro.

D'autant qu'ici, je n'ai pas ma béquille habituelle. L'alcool est formellement interdit, et ni les Américains ni les Afghans ne plaisantent pas avec ça. À la moindre incartade, tu es mis dehors. C'est pas le moment de faire le con.

Je supporte très mal cette contrainte au départ. Régulièrement, j'ai des envies irrépressibles de bière ou de scotch. Ma bouche devient sèche, mes mains moites, j'ai besoin de ma dose. Le sevrage est compliqué ; nous sommes plusieurs à vivre cette situation de manque. Mais je prends cette expérience comme un défi à relever, et me dis que je vais me nettoyer le foie durant quatre mois ici. Quelques bouteilles circulent sous le manteau, mais à des tarifs prohibitifs qui me dissuadent de succomber. Il ne me reste que la cigarette.

Dans ces conditions, les soirées sont longues et ternes, d'autant que nous avons ordre de ne pas sortir du camp.

Je me complais dans une solitude étrange, au milieu d'une ruche de militaires cosmopolites bruyants. Je ne perçois pas si c'est un besoin, une envie de me retrouver face à moi-même ou si mon côté solitaire me protège de mes débordements potentiels. Car, depuis quelque temps, je me fais peur, je redoute de ne pas me contrôler dans des situations de stress. Je ne me fais plus confiance, et je le vis mal. Je décèle les scories de mes déséquilibres. Ma lucidité est en équilibre précaire dans mon cerveau chamboulé. Je m'oblige comme d'habitude à ne rien montrer, notamment aux Américains. Je pense depuis longtemps que mon extérieur est plus reluisant que mon intérieur. Alors je veux qu'ils ne s'attardent que sur ce qu'ils voient, pas sur ce qu'ils peuvent percevoir.

Je m'identifie à une femme bipolaire dont je viens de lire l'histoire dans un hebdo people. Je me reconnais en elle. Elle a deux personnalités, deux vies, deux humeurs. Et surtout elle évoque sa douleur de faire souffrir ses proches. C'est moi, cette capacité à faire le grand écart psychologique en quelques secondes. Alors je me protège de moi et des autres en limitant mes relations.

Dans cette insécurité permanente, je ne suis bien qu'avec mon gilet pare-balles et mon fusil en bandoulière.

J'apprends à mieux cerner les Afghans que nous formons. Ils partent de si loin, quand on pense qu'on va les envoyer rapidement au combat… Ils sont habités par une force et une motivation incroyables, ils se considèrent comme de futurs missionnaires de la paix dans leur pays en guerre.

C'est une instruction accélérée qui leur est dispensée : tactique, tir, topographie. J'aime partager mon expérience, prouver mes compétences ; ça me fait du bien de transmettre, encore plus à des étrangers, des alliés face à l'ennemi sournois qui nous entoure. Je me suis rarement senti aussi bien dans mes rangers. Cette sensation d'être utile me conforte dans mes choix de toujours vouloir partir en opération. Je ressens une impression de zénitude qui parfois me bouleverse. Je reconnecte mon cerveau avec des sensations passées et très enfouies en moi, je développe une forme de calme et de recul sur les choses qui m'apaisent.

Au bout d'un mois sur place, je me sens apte à en parler à Marie. Je lui écris de longues lettres pour traduire cet état et lui faire partager cet espoir de jours meilleurs.

En fait, le soir, je ne suis plus seul, je me retrouve avec elle par la pensée, ou en écriture.

Elle me manque, mes enfants aussi. Ce sont des sensations nouvelles, agréables. J'ai l'impression de revenir dans la normalité, celle que me transmettent aussi les autres quand ils me parlent de leur famille, notamment les Américains de la base qui sont plus extravertis que nous et qui se livrent plus. J'ai fait des progrès impressionnants en anglais, on se comprend mieux. Et dire que je détestais cette matière à l'école ! Encore une satisfaction et la confirmation que je ne suis pas totalement con. Si seulement mes profs de l'époque pouvaient le savoir…

Ce jour-là marque ma mission. Je me retrouve dans une circulation dense en plein centre de Kaboul. L'ambiance est tendue, comme chaque jour. On ressent la peur sur les visages des passants et des badauds. Nous voici avec mon adjudant et deux autres véhicules de l'ONU bloqués dans un embouteillage qui paraît inextricable à un carrefour où seule l'anarchie règne. Les policiers sont dépassés, leurs sifflets sont depuis bien longtemps inaudibles, submergés par une symphonie anarchique de klaxons. Tout à coup, une énorme déflagration, pas très loin, devant nous. Un nuage de fumée s'élève dans le ciel, des odeurs de poudre d'explosifs nous envahissent. Je suis pétrifié, la main sur le pistolet que je garde en permanence entre mes jambes lorsque je circule dans nos imposants 4 x 4. Nous ne maîtrisons rien.

Nous hésitons à sortir du véhicule. Certains riverains nous interpellent avec colère, sans comprendre que nous sommes aussi désemparés qu'eux. J'ai peur d'une réplique, d'une deuxième explosion.

Nous avançons au pas. Des habitants en état de choc hurlent leur désespoir.

Finalement, nous sortons à sept, pour nous rapprocher de la zone. Heureusement, avec nous, il y a deux soldats afghans qui servent de médiateurs. Nous découvrons une scène de désolation. Des dizaines de corps gisent sur la chaussée défoncée de cette artère commerçante. Un trou gigantesque témoigne de la violence de l'explosion. On entend au loin des sirènes, mais la zone est bloquée, inaccessible. Ceux qui sont sains et saufs nous implorent d'aider leurs proches blessés. À cet instant, je suis totalement impuissant. Nous n'avons pas les moyens de les secourir. Nous appelons du renfort en sachant que nos collègues mettront des heures à parvenir sur zone.

Je suis formaté pour faire la guerre, mais là ce n'est pas la guerre. C'est du terrorisme, et je suis désemparé. L'ennemi est invisible. Il cherche le chaos en touchant un maximum de civils. Je ne sais même pas si un militaire a été atteint. Je me contente de prêter main-forte à un médecin arrivé sur place. Nous essayons de placer des garrots pour stopper les hémorragies les plus graves, je fais un massage cardiaque à une femme gisant au sol. Elle porte le niqab. À ses côtés, un petit garçon dont on comprend vite qu'il est son fils pleure et implore sa maman de lui répondre. Il est lui indemne. On écarte légèrement le voile du visage de cette femme pour découvrir la bouche et le nez. Elle ne respire presque plus. Un militaire afghan de notre unité, en parallèle, pratique le bouche-à-bouche. Son visage est déjà cyanosé. Elle a sûrement été soufflée par la déflagration. Je ne vois pas de blessure apparente, sa tunique qui la couvre jusqu'aux pieds est maculée de terre et déchirée à certains endroits. On tente tout, en vain ; son cœur ne repart pas. Nous la portons délicatement pour la mettre à l'abri sous un semblant de porche qui tient encore debout. Un adolescent qui prétend être son neveu prend le relais et recueille aussi son cousin qui pense que sa maman dort.

Les premières ambulances arrivent trente minutes plus tard. Je suis frappé par cette foule qui grouille et qui, quelques mètres plus loin, a déjà repris ses activités, presque comme si de rien n'était. Ainsi va la vie à Kaboul. Encore une ligne à ajouter aux horreurs vécues en mission, celle-ci ne ressemblant à aucune autre. Et contrairement à d'habitude, le soldat Karten redevient immédiatement l'homme Stanislas. Je pense à ces familles fracassées par cet attentat, je me mets à leur place, ce que je ne fais jamais habituellement. Je fais preuve de compassion et ça me procure un bien-être nouveau. C'est étonnant de trouver une forme de réconfort après un tel carnage.

Pas le temps de créer une routine, les journées sont denses et me réservent des surprises, comme ce lundi matin où je dirige une séance de tir avec des officiers afghans. Un lieutenant d'à peine 30 ans m'interpelle dans un anglais hésitant pour m'expliquer qu'il ne peut recevoir un enseignement d'un infidèle. Je tombe de l'armoire. J'ai besoin de quelques secondes pour lui répondre. Pour la première fois, ouvertement, un soldat en instruction place la religion entre lui et moi, en tout cas ce qu'il perçoit de la religion. Il a son arme à la main, je lui demande de la poser et de sortir de la zone de tir. Il me fixe longtemps avec de la haine dans le regard avant de s'exécuter. Je ne sais pas comment la situation aurait évolué si mon binôme adjudant ne l'avait prestement invité à partir.

A posteriori, j'ai eu peur. Il aurait pu faire feu sur moi sans prévenir. Ça me fait froid dans le dos. Beaucoup de questions me passent par la tête, toutes tournant autour d'un éventuel extrémisme religieux le rapprochant des talibans qu'il est censé combattre sitôt son instruction terminée. Et s'il n'était pas un cas isolé ?

Tous les jours, je côtoie des Afghans en armes dans le cadre de leur formation. Et jusqu'à aujourd'hui, je n'ai jamais eu d'appréhension, encore moins de méfiance, persuadé que ces hommes vivaient un islam modéré et qu'ils se considéraient comme nous, laïcs dans l'exercice de leur métier de militaire. C'est le cas de la grande majorité, avec laquelle les relations sont cordiales, mais ce lieutenant m'a mis le doute. Rien ne sera jamais plus pareil. J'ai beau me convaincre que c'est un cas isolé, ses yeux exorbités et son rictus, d'une rare méchanceté, restent gravés dans ma mémoire.

Néanmoins, avec mon adjudant, on n'ébruite pas l'affaire ; pas la peine de monter en épingle ce cas qui pourrait remettre en cause notre mission et accroître encore un peu plus la sécurité déjà très importante autour de nos sessions d'enseignement. Avec les Américains, tout prend des proportions considérables ; ils ont tendance à être paranos, à voir le mal partout. Donc, je me suis dit que ça pouvait entraîner un incident diplomatique et je me suis tu. Fin de l'histoire. Il n'y aura pas d'autre cas pendant notre séjour.

Cependant, cet incident me touche car je le prends pour moi. Pourtant, rien dans mon comportement ne peut heurter la sensibilité de cet Afghan. Je n'ai jamais fait de cas de la religion de mes hommes. Elle n'existe pas dans le temps militaire, à plus forte raison en opération. Et pourtant, je compte dans mes rangs plusieurs musulmans, avec lesquels les relations ont toujours été normales, dans le respect des traditions de chacun. J'ai le souvenir de moments compliqués pendant le ramadan, où certains jeûnaient toute la journée en ayant une activité physique sous des chaleurs de bête, mais rien de plus.

Cette mission dure quatre mois. Je ne les vois pas passer. Je reçois une médaille de l'armée américaine pour services rendus, notamment un soir où j'ai, avec d'autres, protégé notre base vie qui était attaquée par des talibans. Imaginez ma fierté d'être salué et reconnu par les Américains ! C'est mon Oscar à moi. Comme je dis, un César c'est formidable, mais un Oscar c'est encore mieux, c'est une reconnaissance internationale. Ma statuette virtuelle restera gravée à tout jamais dans mon cœur.

Les derniers jours sont éprouvants, je n'ai pas envie de rentrer, je me sens bien ici, je redoute le retour à la vraie vie, j'angoisse de retomber trop vite dans mes travers. Les belles déclarations écrites à Marie dans des lettres enflammées sont virtuelles. J'ai toujours su trouver les mots pour traduire mon amour. Mais ils se sont rarement accordés avec mes faits et gestes au retour d'opération. Il est là, le problème. Marie supporte mal cette distorsion entre mes intentions et la réalité.

Comment vais-je retrouver la femme de ma vie ? Et l'alcool ? Ça fait plus de cent vingt jours que je n'en ai pas bu une goutte. Je suis lucide, je vais reprendre, mais à quelle dose ?

Confirmation. L'atterrissage est brutal. Les turbulences secouent mon être tout entier en phase de resocialisation familiale. Heureusement, une bonne nouvelle accompagne mon retour. J'ai enfin reçu ma mutation, je quitte Belfort pour Poitiers et le régiment d'infanterie chars de marine. Je suis heureux de me rapprocher de Cholet, de Marie et Mattéo. Et j'ai la perspective de repartir rapidement en renfort pour un second séjour en Afghanistan.

Le colonel, chef de corps, fut mon capitaine au début de ma carrière. Il me connaît bien, je sais qu'il m'apprécie et qu'il est intervenu pour que je rejoigne son unité.

Je me fonds dans le collectif sans tarder, je prends en main mon groupe de combat à ma manière, avec rigueur et intransigeance. Je ne fais aucun cadeau, je veux des guerriers avec moi, des hommes prêts à me suivre aveuglément où notre destin nous mènera. Mon management se voit vite entravé par le lieutenant qui me commande. Il me trouve trop dur, trop exclusif. Il ne comprend pas que je m'entraîne comme je fais la guerre, c'est pour moi la seule façon d'être tout de suite opérationnel. Je pousse mes soldats dans leurs retranchements pour mesurer leur seuil de la douleur et du renoncement. Je veux connaître leurs réactions en situation d'extrême fatigue.

Je suis lucide, mon approche est élitiste mais c'est le prix à payer pour remplir nos missions futures. Et surtout, c'est ma marque de fabrique : je montre toujours l'exemple, je mène mes troupes pas uniquement de la voix. Sur tous les exercices, en manœuvre, je suis devant. Et ça me joue un vilain tour, un soir où nous simulons une attaque de notre camp. En phase de repli, alors qu'il fait déjà nuit, je tombe lourdement dans une tranchée avec tout mon barda, mon arme et j'entends un craquement épouvantable au niveau de mon épaule. J'ai tout arraché, j'ai l'impression qu'on vient de me transpercer le corps. Je ne suis pas une chochotte, mais là, je hurle de douleur. Je suis paralysé. Avec mon autre main, je touche mon épaule abîmée, et avant même tout diagnostic, je sais que c'est grave. En arrivant à l'infirmerie, quelques minutes plus tard, transporté par deux de mes caporaux, je tombe dans les pommes. Jamais je n'ai souffert autant. Je suis transféré au CHU de Poitiers. Les radios sont sans appel. Mon épaule s'est disloquée en plusieurs morceaux. L'opération est inévitable.

Elle dure plusieurs heures : il faut reconstituer la coiffe, un travail d'orfèvre pour ce chirurgien aux doigts de fée qui me mettra deux vis pour consolider le tout.

Me voilà indisponible plusieurs mois. Un véritable drame quand on sait que je suis sur la voie de la rédemption de mes vices multiples et que je comptais sur cette existence militaire sans répit pour tarir mes addictions.

Adieu, le départ en Afghanistan ; oubliés, ces jours passés en groupe à se préparer. D'un seul coup, je me retrouve seul sur le bord du chemin en rase campagne. C'est comme si j'étais descendu du train alors que mes hommes continuaient le voyage sans moi. Le choc est très rude, brutal, mon existence n'a plus de véritable sens. Tout de suite, je ne pense pas que ma famille puisse me servir de béquille, de palliatif, je ne ressasse que ce qui va me manquer. Je ne suis pas fait pour une vie contemplative, j'ai besoin de me laisser envahir par le travail et les exercices physiques pour me sentir à mon aise. Les doutes m'envahissent et les questions s'enchaînent. Quand vais-je revenir ? Aurai-je des séquelles ? Qui va me remplacer à la tête de mon groupe de combat ?

Dans un premier temps, je reste au régiment, à ma demande, pour continuer de superviser la préparation du départ pour Kaboul. Mais je ne supporte pas mon état, ça me rend malade de me sentir inutile, inactif et de voir le jour du départ se rapprocher. Alors, d'un commun accord avec mon capitaine, je rentre à Cholet pour suivre ma convalescence avec Marie et Mattéo. J'ai un arrêt de travail qui court pendant au moins deux mois.

Mes hommes sont envoyés en mission de sécurisation d'un périmètre dans une zone montagneuse entre les provinces de Kapisa et du Pandjchir, à l'est de la capitale afghane. Pas moi. Je ne me considère plus comme soldat. Je ne sers plus à rien. Cette blessure me cloue au sol et m'oblige à stopper cette vie en trompe-l'œil que je crois salvatrice mais qui me permet avant tout de masquer mes carences et mes déséquilibres.

Je n'ai pas le choix. Je dois m'adapter à cet arrêt au stand, comme je l'explique à mes copains, pour remettre en état cette foutue épaule. Il n'y a rien de pire pour moi que d'être diminué physiquement et de sentir mon intégrité atteinte, d'abord parce que ça se voit et ça se sait, contrairement aux troubles psychiques, que je pense parvenir à masquer.

J'ai peur de cette période qui se présente, et surtout, j'ai peur de moi.

Chapitre 10

Stanislas erre comme une âme en peine. L'année 2012 commence comme la précédente s'est achevée. Sans saveur, sans perspective professionnelle et familiale ; le néant ou presque. Le sergent-chef Karten est presque défroqué, son treillis n'est plus qu'une panoplie qui lui donne une allure de militaire, alors qu'à l'intérieur de ce corps en reconstruction, il est à l'arrêt. Rien ne va. Il s'enfonce dans une autodestruction qu'il maîtrise si bien. Il déteste se trouver entre deux eaux, il a besoin d'être tout en haut, ou alors tout en bas, pour pouvoir prendre appui et relancer la machine.

Ce qui le rend encore plus vulnérable, c'est qu'il est affaibli physiquement, comme à son retour du Kosovo. Il ne peut plus compter sur sa plastique robuste, qu'il imagine indestructible, pour pallier ses troubles psychiques.

Lorsque enfin son épaule va mieux, l'armée lui trouve une nouvelle affectation de « bureaucrate », comme il dit. Il devient armurier de la compagnie. Lui qui a l'habitude de percevoir des armes et de les manier se retrouve cantonné derrière un guichet à les distribuer aux autres, en remplissant consciencieusement un livre officiel à la couverture cartonnée qui lui rappelle les cahiers de texte du collège. Il constate dans le regard de ceux qui viennent récupérer leur fusil une gêne de le voir ici, lui, le héros de guerre. Il se sent inutile. Pendant les rares moments où il s'isole, il en chiale de dépit, comme un môme à qui on a confisqué son jouet. Il pense à cette expression que lui rabâchait un commandant il y a quelques années pour l'alerter sur ses excès. « Grandeur et décadence. »

Ce poste est un supplice, il rêve de sauter de l'autre côté du comptoir pour repartir à l'action.

Il n'a pas son pareil pour dégringoler.

Durant sa convalescence, Stanislas est reparti vivre chez Marie. Une énième tentative de sauvetage de leur couple ; une bouée pour lui, un désir pour elle, et une première perception de ses parents ensemble pour Mattéo qui va avoir 4 ans.

Sur le papier, rien n'a changé. Elle est la femme de sa vie, il est l'homme qui la fait vibrer, amour impossible entre deux êtres adeptes d'une idylle destructrice et périlleuse.

Mais lui revient dans de piètres conditions, et pour de mauvaises raisons.

Quand Stanislas débarque le week-end, il sort d'une semaine de frustration à la caserne, il n'a pas eu sa dose d'adrénaline, il est en manque de sensations fortes, d'autorité auprès de ses hommes et de perspectives à court terme.

Et sans surprise, il replonge dans ses travers sans grande résistance. Il s'imbibe d'alcool, l'élixir de l'oubli, qui le ramène dans ses tourments premiers, ce cocktail calamiteux fait de violence et de frivolité.

Stanislas ne compte plus les bagarres provoquées partout où il passe, même diminué par son épaule convalescente. Il n'a plus sa vie de soldat comme échappatoire. Tel un clown triste, il promène sa mélancolie et son mal-être. Soit il est éteint, soit il se réveille rempli d'aigreur et d'énergie dévastatrice.

Il ne profite pas de Mattéo qui, pourtant, comme tous les gamins de 4, 5 ans, voue une vraie admiration à son papa. Il ne sait pas y faire, n'a aucune patience. Il voudrait qu'il soit déjà en âge de comprendre et d'apprécier la chose militaire. Et avec Marie, c'est le désert, une jachère sentimentale qu'elle endure stoïquement au départ.

Stanislas est clairvoyant sur la situation. Il se rend bien compte qu'il est un compagnon au mieux insignifiant, au pire détestable. Il ne parle pas, il n'a plus envie de partager son quotidien avec elle, ni avec personne d'autre. Il ne lui fait plus l'amour et elle en crève. Il se détruit à petit feu. Il s'enfonce dans une forme de mutisme qui rend tout le monde malheureux autour de lui.

Car personne n'a la solution, même si Marie n'a pas attendu cette rechute pour comprendre que cet état était la conséquence de la blessure psychique dont il souffre depuis plusieurs années. Pas l'ombre d'un doute pour elle, mais le sujet est complètement tabou. Interdiction d'en parler, à plus forte raison en ce moment, sous peine de le voir éructer qu'elle dit n'importe quoi, première étape d'un processus de rage bien huilé souvent incontrôlable.

Finalement, la constante de cette vie déséquilibrée, c'est son appétit de conquêtes, encore plus en cette époque où sa virilité est mise à mal par son inaction. Il reste un tombeur qui recouvre sa gouaille subitement en soirée au contact de la gent féminine. Ces virées solitaires dans des repaires de militaires lui permettent de humer à nouveau l'ambiance des bidasses en goguette.

À Poitiers, Stanislas se comporte comme un célibataire endurci dans cette ville nouvelle pour lui. Lors d'une soirée organisée par les sous-officiers du régiment, il séduit sur le pouce Fanny, assistante dans l'immobilier, copine de la femme d'un de ses homologues. Il la ramène dans sa garçonnière impersonnelle à peine mieux équipée qu'une chambre en cité universitaire. Là, pas de problème de libido, pas besoin de se confier. Il est affable, presque tendre, sublimant un personnage de héros de guerre sans faille. Si elle savait… Mais elle n'est pas là pour jouer à la psy. Elle se laisse envelopper par ses bras musclés intégralement tatoués. Et comme d'habitude, pas un mot sur sa vraie vie. Il consomme ses conquêtes, autant de leurres capables d'atténuer ses troubles et de marques de reconnaissance de sa virilité de mâle dominant.

Il balade son égoïsme jusqu'au jour où une nouvelle fois il se fait prendre la main dans le pot de confiture. Marie ne le soupçonne plus de la cocufier, elle en est persuadée. Il ne changera jamais, et un samedi soir qu'il a encore inventé un bobard de boulot pour expliquer qu'il ne rentrait pas ce week-end, elle décide de faire la route de Cholet à Poitiers pour vérifier qu'il est effectivement retenu à la caserne. Elle demande à un de ses collègues du commissariat de Cholet de l'accompagner, au cas où ça tournerait mal. Au fond d'elle-même, elle sait que Stanislas lui ment, mais elle veut le confondre. Elle a besoin d'en avoir le cœur net, encore une fois, même si ça la fait souffrir. Elle éprouve aussi une forme de jubilation à le pincer : la policière enquêtrice n'est jamais très loin.

Elle rentre dans la garnison sans problème – elle s'est bien gardée de l'appeler. Il est minuit et demi. Il n'y a pas un bruit, pas un chat dans les longs couloirs jaune pâle du troisième étage des chambres réservées aux sous-officiers. Elle marche à pas feutrés sur le lino vétuste et s'approche de la chambre 9, celle de Stanislas. Marie écoute à la porte, mais n'entend rien. Elle reste quelques minutes, l'oreille collée au trou de la serrure, angoissée d'être découverte par quelqu'un qui passerait par là.

Elle se dit qu'il ne doit pas être présent, on est samedi soir, il a dû partir faire la fête. Elle regrette presque de faire chou blanc, son stratagème a échoué. Elle s'accroupit le long du mur et d'un seul coup, elle a une idée. Elle dégringole quatre à quatre les marches, repasse devant le poste de garde en expliquant qu'elle a oublié quelque chose dans sa voiture et qu'elle revient. En fait, elle fait le tour du pâté de maisons à la recherche du 4 x 4 de Stanislas, qu'elle identifie rapidement, bien garé sur un emplacement dédié au personnel militaire. Il n'est donc sans doute pas parti car il déteste se faire conduire et dépendre de quelqu'un pour rentrer.

Marie remonte devant sa chambre, toujours aussi silencieuse. Elle prend une grande inspiration, bloque sa respiration et ouvre délicatement la porte, qui n'est pas fermée à clé. La chambre est plongée dans le noir. Stanislas dort à poings fermés. Il n'est pas seul. Marie allume la lumière, un plafonnier sale et trop puissant. Elle découvre une jeune femme dans les bras de son homme. C'est la première fois qu'elle le prend en flagrant délit d'adultère.

Marie est venue pour ça, mais elle s'effondre, sans un mot. Son monde s'écroule de nouveau.

Elle suffoque de tristesse, retient ses cris en se mordant la lèvre supérieure. Voir cette femme, la tête posée sur le torse nu de Stanislas, tous les deux engourdis dans leur sommeil, la fracasse. C'est sa place à elle que cette garce lui vole, en plus de lui kidnapper son homme. Les amants, comme des lapins pris dans les phares d'une voiture, restent immobiles, sans réaction. Stanislas ne dit pas un mot et Fanny, elle, assise désormais sur le lit, protégée par un drap qui lui recouvre le corps, est terrorisée à l'idée de prendre une raclée par cette officielle qu'elle découvre.

Marie se relève et se jette sur cette rivale qu'elle a envie de défenestrer. Elle l'attrape par les cheveux et l'entraîne sur le palier. Elle va payer pour toutes les autres. Heureusement, c'est le week-end et toutes les chambres alentour sont vides. Fanny, prostrée, reçoit de grands coups de pied sans répliquer, et Stanislas balbutie un pauvre « Excuse-moi », soulignant une nouvelle fois sa couardise et son absence de loyauté envers la mère de son fils.

Marie, désespérée, alterne chuchotements et invectives brutales. Elle accuse cette usurpatrice de briser sa vie, de lui enlever l'homme qu'elle aime. Un homme éteint, amorphe, caché dans sa chambre tel un petit garçon pris en faute par sa mère. Marie le toise maintenant, debout face à la porte de la salle de bains. Il ne bronche pas. Il ne soutient pas son regard, il fuit sans aucun signe de violence. L'emprise de Marie est totale.

« Tu me détruis, connard, tu vois ce que tu m'obliges à faire ? Venir ici dans ta tanière te débusquer avec cette salope ! C'est toi, le responsable ! Elle est juste conne d'avoir cru ce que tu lui racontais. Si elle savait ce que tu m'as fait endurer, elle se barrerait en courant ! Jusqu'où vas-tu aller ? Tu es un pauvre type sur toute la ligne, tu ne me mérites plus. Aujourd'hui, tu viens de baiser la nana de trop. Tu me dégoûtes, tu vas finir comme un misérable, rejeté par tout le monde. Même les militaires vont comprendre que tu es dingue, malhonnête et déloyal. »

Sur ces mots, Marie part en courant. Elle sera restée au total deux heures sur place. Elle retrouve son collègue flic qui l'attend dans un café jouxtant la caserne et remonte en voiture.

Les 130 kilomètres du retour sont avalés presque sans un mot. Marie est inconsolable. Elle se répète en boucle que cette fois-ci, c'est bien fini, elle ne lui pardonnera pas cette nouvelle trahison. Elle rentre chez elle, seule – son fils dort chez sa mère –, et ne parvient pas à trouver le sommeil. Stanislas lui envoie un pathétique message d'excuse sur son portable, comme d'habitude. Elle imagine qu'il l'a rédigé pendant que l'autre était encore là, peut-être dans la salle de bains. Qu'il est loin, le guerrier courageux et élégant !

Stanislas a encore perdu une occasion de se réhabiliter et de trouver auprès des siens ce qui lui manque à la caserne actuellement. Son existence se délite un peu plus pour se rapprocher d'un précipice dont il pressent la profondeur mais qu'il croit encore trop loin pour l'inquiéter. Ce manque de discernement peut l'entraîner dans des abîmes qu'il ignore encore. Alors il continue de se brûler les ailes dans des sphères artificielles et interdites qui l'éloignent provisoirement des réalités tristes et pathétiques de cette vie qui le domine tel un mustang lancé à pleine vitesse sur une steppe aride.

Il n'est pas capable seul d'inverser le cours de cette dégringolade que les autres observent avec de plus en plus d'inquiétude. Ses pairs et ses supérieurs comprennent enfin qu'il est urgent d'agir. Il y va de la survie de cet homme robuste en apparence mais si vulnérable à l'intérieur.

Sa hiérarchie l'oblige à consulter un psychiatre, à l'hôpital militaire Percy, de Clamart, au sud de Paris. Entre quatre murs blancs, Stanislas passe deux heures en face d'un médecin avec qui il se lance dans un jeu de cache-cache malsain, dont l'unique objectif est de masquer au mieux la vérité pour encore et toujours garder son poste de chef d'un groupe de combat. Il n'admet pas que son mal est beaucoup plus profond et qu'il ne s'en sortira pas sans aide. Il continue de se mentir à lui-même. Pourtant, le syndrome post-traumatique est rapidement diagnostiqué par le praticien, qui lui impose un suivi régulier avec un homologue de l'hôpital Desgenettes à Lyon.

Dès le premier rendez-vous, ce psychiatre trouve les codes pour percer à jour l'instabilité maladive et souvent violente de Stanislas. Ce médecin, le général Bocas, transpire la bonhomie. Il reçoit comme dans son salon, entouré de souvenirs et de photos de voyage. L'œil de Karten est attiré par une photo d'enfants dans un petit village d'un pays d'Afrique noire.

Cette atmosphère met en avant l'homme plutôt que le praticien, le psychiatre. Le général n'est pas sur son piédestal de savant, il se met à la hauteur de son patient, sans le juger et encore moins le blâmer. Stanislas se sent en confiance très vite. Les deux hommes échangent sereinement.

Le médecin engage la conversation en se servant des indices divulgués par certains militaires qui ont côtoyé le sergent-chef Karten et qui ont accepté de répondre à ses questions.

Mais surtout ce médecin, qui reçoit de plus en plus de blessés psychiques, n'a jamais de propos cassants ou définitifs ; il avance tout en rondeurs pour ne pas effrayer son patient. Jamais il ne remet en cause le futur de Stanislas dans l'armée, au contraire, ce qui a le mérite de libérer un peu la parole du militaire.

Stanislas évoque pour la première fois ce côté bipolaire qui lui pourrit l'existence. Il parle à demi-mot de sa brutalité trop rarement contenue qui le guide dans la vie de tous les jours, cette irascibilité qui le handicape dès qu'il n'est pas en treillis. Mais toujours rien sur sa relation de couple, sur l'enfer qu'il fait vivre à Marie. Il coupe court à toutes les questions d'un laconique « c'est pas tous les jours facile comme dans tous les couples ».

En sortant du cabinet, Stanislas se croit suffisamment fort pour remonter la pente. Il commence à prendre les médicaments qu'on lui a prescrits, des antidépresseurs et des somnifères. Mais ça ne dure pas longtemps. Karten se retrouve de nouveau prisonnier de son corps, comme engoncé dans cette camisole chimique qui le détruit, d'autant que le mélange avec l'alcool le rend totalement amorphe, anesthésié du matin au soir.

Il décide une nouvelle fois de stopper le traitement. Néanmoins, il prend une grande décision : rencontrer le major Gaudillière, le conseiller facteur humain du régiment, un vieux de la vieille, blessé en ex-Yougoslavie en 1993, qui sert un peu d'assistante sociale aux soldats qui en éprouvent le besoin. Karten a tout de suite accroché avec lui à son arrivée à Poitiers, il lui fait confiance et sait qu'il sera de bon conseil – ce major a été lui aussi un guerrier, un sous-officier respecté par ses pairs. Gaudillière n'a pas vocation à juger, mais à aider.

Les deux hommes s'enferment dans le bureau du gradé. Ils sont assis l'un à côté de l'autre, très proches, au contact presque. Gaudillière insiste pour qu'il n'y ait jamais un bureau entre lui et celui qu'il reçoit et symboliquement il enlève son grade. La proximité et l'absence de hiérarchie libèrent la parole.

Stanislas a décidé de vider son sac de fond en comble pour repartir presque à zéro, un reset comme celui que l'on organise sur son ordinateur pour effacer toutes les données, un nettoyage en règle d'un esprit encombré. Il écoute d'abord son supérieur lui raconter qu'il n'a jamais été aidé après avoir été blessé par balle à Sarajevo, qu'il a longtemps dormi envahi par des cauchemars et qu'il lui a fallu du temps pour regagner confiance et estime de lui. Cet aveu libère Stanislas qui, dès les premières minutes de l'échange, éclate en sanglots. Il craque comme un enfant, de grosses larmes coulent sur ses joues glabres comme pour nettoyer son corps et son esprit. Il ne parvient pas à s'exprimer dans un premier temps, si ce n'est à répéter une seule phrase en boucle : « J'ai honte de chialer comme ça devant vous. Je suis une lopette. »

Le grand gaillard taillé dans le roc est à terre, toutes ses protections s'effondrent.

Dans son premier compte rendu, Gaudillière fulmine : « Karten est blessé à mort ! Il est grillé de l'intérieur, je suis scandalisé qu'il n'ait pas été pris en charge par l'institution plus tôt ! J'ai peur que ce ne soit trop tard, je sens très vite des fêlures irrémédiables. »

Stanislas se calme et commence sa confession. Il ne se pose pas en victime, bien au contraire, il ne reproche rien à personne, mais il avoue son incapacité à gérer le quotidien en dehors du boulot. Il n'élude aucun pan de sa vie, n'a besoin que de peu de relances pour se libérer du poids de ses années de déséquilibre. Très vite, il aborde sa situation personnelle, intimement liée à ses égarements. Sa voix devient plus monocorde, son intensité diminue en même temps que l'émotion le gagne. Il éprouve de la honte publiquement pour la première fois devant quelqu'un.

Ses accès de violence, sa condamnation au pénal, ses « vagabondages », comme il appelle ses tromperies à répétition, son hypersensibilité, il se lâche sur tout, sans mentir, sans enjoliver la situation.

La séance dure quatre heures. Dans cette pièce transformée plus en cabinet médical qu'en tribunal, Gaudillière ne le juge pas, le condamne encore moins, mais il prend conscience de l'étendue du mal et analyse la situation froidement : « Karten s'est toujours interdit de flancher, il joue un rôle depuis si longtemps, celui du soldat exemplaire à qui on s'identifie, un exemple de bravoure et de commandement dont la réputation a largement dépassé le cadre du régiment. Les jeunes recrues entre elles l'appellent Monsieur avec une déférence proportionnelle à ses états de service. Le problème, c'est la dichotomie existant entre ses deux univers, l'armée et la maison. Le héros en treillis se transforme en zéro dans le monde civil. Jusqu'à aujourd'hui, il est presque parvenu à cacher ses troubles à la caserne, pour qu'ils lui sautent à la gueule sitôt sorti. Le problème, c'est qu'on l'ait laissé seul face à ses démons si longtemps avant d'intervenir. »

Le major évoque une autre hypothèse, souvent rencontrée chez les militaires psychiquement atteints : le manque de reconnaissance de l'armée. Avant, jusqu'en 2008, les troubles post-traumatiques n'étaient pas formellement identifiés et encore moins diagnostiqués.

« C'était la honte de l'avouer, une preuve de faiblesse et donc souvent une mise à l'écart provisoire ou définitive. Alors, la grande muette a bien porté son nom, jusqu'au jour où le chef d'état-major de l'armée de terre de l'époque, le général Irribaren, devant la recrudescence des cas, favorisa la reconnaissance de cette maladie qui existe depuis la nuit des temps mais que personne n'osait définir. » Ce haut gradé souhaitait éviter ce qui s'est passé aux États-Unis, après la guerre du Vietnam, avec ces nombreux militaires broyés dans leur tête qui se sont suicidés ou qui ont fini clochards sur les trottoirs du pays qu'ils ont défendu avec honneur et courage.

Gaudillière et Karten se sont vus chaque semaine, dans le secret de ce bureau, sans éveiller le moindre soupçon chez les autres, pendant quatre mois. Stanislas ne l'aurait pas supporté ; il veut conserver cette aura légitime, indispensable à sa reconstruction. Mettre ses maux sur la place publique reviendrait à scier la branche fragile sur laquelle il est déjà en équilibre instable.

La seule personne à être au courant de ces entretiens, c'est Marie. Il le lui a dit sans s'étendre, un jour qu'il essayait encore de recoller les morceaux, comme un gage d'effort pour s'en sortir et la reconquérir. Elle le comprend, et saisit l'occasion de l'aider, de partager cette initiative, en appelant le major pour solliciter une entrevue avec lui, ce que lui accorde volontiers le militaire.

À son tour, comme le père de son fils, Marie s'épanche devant cet homme qui absorbe tout ce qu'on lui dit comme un buvard. Elle rentre de plein fouet dans sa vie intime, expliquant l'enfer des retours de mission, l'agressivité quotidienne, et cette descente inexorable vers l'enfer, à laquelle elle assiste impuissante, de celui qu'elle aime.

Elle pleure beaucoup, parle sans relâche puis écoute la voix posée de Gaudillière lui apprendre que son homme a baissé la garde comme jamais pour tenter de repartir et de sauver sa vie qui se délite. Elle ne l'en croyait pas capable, donc l'entendre la rend heureuse. Elle entrevoit pour la première fois réellement une petite lueur d'espoir.

Marie et Stanislas ont joué cartes sur table sans mentir, ni rien cacher. Ils savent tous les deux ce que l'autre a dit à Gaudillière. Ils débriefent même leurs entretiens respectifs. Ils conversent, s'écoutent, se confient l'un à l'autre sans filtre, sans pudeur mal placée, pour recoller les morceaux éparpillés de cette relation amoureuse qu'ils continuent, chacun, d'idéaliser.

Ils partagent de nouveau de vrais moments de tendresse, même s'ils ne vivent plus sous le même toit le week-end. Karten dort dans un petit hôtel pour représentants de commerce dans la périphérie de Cholet lorsqu'il rend visite à Marie. Il passe du temps avec son fils qui grandit et qui lui fait du bien. Mattéo est le seul à ne pas le juger et à le considérer uniquement comme son héros qui gagne des guerres. Stanislas fait preuve de patience, il se pose, oublie ses tourments en jouant avec lui. Il éclate de rire en se roulant par terre, touché par l'épée en mousse de son adversaire de fils qui se jette sur lui pour un câlin-bagarre salvateur. La vraie vie en quelque sorte, celle dont il s'est éloigné, torturé par son cerveau embrumé, et qu'il chérit comme un cadeau inattendu lui procurant des joies simples mais essentielles. Il se considère enfin comme M. Tout-le-Monde, il savoure cette normalité qu'il fuit depuis toujours. Il n'a aucune autre pression que d'être heureux et en harmonie avec les siens, idée totalement abstraite il y a encore quelques semaines.

Le major demande au couple de les recevoir tous les deux ensemble, nouvelle étape de leur travail de reconstruction. La rencontre a lieu en terrain neutre, dans une salle attenante à un restaurant à la sortie de Poitiers, pour n'éveiller aucune rumeur au sein du régiment. Gaudillière sait que son action est précaire et que la moindre publicité faite à ces échanges pourrait tout foutre en l'air.

Autant de larmes que de mots pendant ce huis clos à trois. Ils se prennent souvent la main lorsqu'ils évoquent les turpitudes de leur vie amoureuse ; Karten s'excuse à intervalles réguliers pour se libérer du poids du mal qu'il lui a fait. Le major se souvient de ce rendez-vous terrible entre deux êtres fracassés par le remords et encore bouleversés par l'amour incroyable qui les unit malgré tout. Mais il analyse aussi encore un peu plus l'étendue du mal dont souffre Karten. Il perçoit à cet instant son caractère définitif, indélébile.

Le major se dit ce jour-là que Stanislas n'est sans doute plus apte à faire la guerre, à repartir en mission ; trop fragile, trop friable et cramé de l'intérieur. Il estime sans optimisme béat qu'il pourra sûrement se réinsérer dans la vie qu'il a construite avec Marie, ce qui serait déjà bien, car sa crainte, c'est la vraie sortie de route, celle qui vous emmène du côté obscur de l'existence. Il redoute que Karten ne gravisse encore des échelons dans la violence, dans l'automutilation de son corps. Sans le dire, il a peur que Karten ne se suicide, ne se mette une balle dans la tête, désœuvré au bout de l'impasse de son aventure.

Toujours inapte physiquement, en phase de reconstruction de son épaule, Stanislas passe plus de temps à Cholet qu'à Poitiers. Il retourne vivre avec Marie et Mattéo à la fin du premier trimestre 2012. Il dort mieux et ressent une vraie amélioration de son état mental. Il reçoit la visite de Rémy, son premier fils, venu pendant les vacances de Pâques, et savoure ces deux semaines hors du temps à quatre comme un papa normal, guide de ses enfants avec qui il crée une belle complicité. Ses deux petits mecs boivent ses paroles, le sollicitent pour des bagarres endiablées malgré son épaule bloquée par un imposant bandage et aussi des parties de jeu vidéo où il est question… de guerre évidemment, une guerre virtuelle avec lui en général et eux deux en fantassins.

Stanislas prend sur lui quand ses doutes l'assaillent de nouveau. Il les voit venir, ce qui est un réel progrès dans sa gestion du stress. Il s'isole alors, pour tempérer ses déséquilibres, expérimentant une technique de sophrologie basée sur la respiration que lui avait conseillée le psy à Percy. Et ça fonctionne. Il se protège ainsi de ses accès de colère inexpliqués. Il y a du mieux en apparence mais lui seul sait que l'évolution de son état est extrêmement lente. Pour le moment, il donne le change, notamment avec les enfants, qu'il veut préserver de ses blessures.

Lentement, sa vie professionnelle reprend un cours plus conforme à sa vocation. En septembre de cette même année 2012, il recouvre tous ses moyens physiques et redevient apte ; une délivrance qui lui permet de reprendre son bâton de chef de groupe de combat. Il noie son trop-plein d'énergie dans la pratique du sport à outrance, pendant des semaines, pour sculpter de nouveau son enveloppe corporelle qui s'était un peu ramollie, pour son bonheur personnel, mais aussi pour prouver à ses hommes qu'il est bien dans la place, sans séquelles. La valeur de l'exemple est revenue au galop. Il croule sous les haltères, il multiplie les footings et réinjecte dans les rangs cette rigueur dont il est coutumier et qui est sa marque de fabrique.

En parallèle, il poursuit cette période plutôt positive avec Marie, en continuant de tenir ses démons à distance. Il lui annonce même un après-midi, lors d'une balade bucolique en barque sur les canaux du marais poitevin, la Venise verte, qu'il a décidé de ne plus repartir en mission à l'étranger. Il poursuit en lui expliquant qu'il est temps de prendre en main sa vie personnelle trop souvent passée au second plan.

Impossible de savoir si Stanislas pense vraiment à ces paroles lourdes de sens au moment où il les prononce. Marie reste dubitative ; pourtant, elle n'aspire qu'à y croire, même si elle connaît son bonhomme et sait pertinemment que l'appel du large peut de nouveau le démanger.

Karten ne se projette jamais très loin ; il vit à court terme, quelques semaines tout au plus, et au moment où il annonce sa décision à Marie, aucune information sur une éventuelle opération extérieure ne lui est parvenue aux oreilles. Ça ne lui coûte donc rien de faire cette promesse.

Et Stanislas n'en est pas à une contradiction près.

Mi-octobre, toutes ces belles paroles volent en éclats : sa compagnie apprend qu'elle fait partie du futur contingent mobilisé sur l'opération Serval au Mali, avec un départ fin janvier 2013. La mission : repousser aux côtés de l'armée malienne les groupes armés islamistes du Sahel progressant ver la capitale Bamako.

Le sergent-chef s'y voit déjà en premier de cordée. Il va vraiment faire la guerre aux terroristes dans cet univers désertique qui lui plaît et lui rappelle son premier mandat en Somalie.

Mais ce n'est pas aussi simple que d'habitude : Stanislas n'est pas encore dans l'avion, loin de là, et il l'apprend de la bouche de son capitaine. Les conclusions des psychiatres militaires, faisant apparaître un syndrome post-traumatique, posent des questions sur son aptitude aux missions extérieures. Le colonel du régiment souhaite incorporer Karten, il a besoin de son expérience, mais il doit se prémunir de tout veto médical avec une nouvelle consultation à Lyon.

Entre-temps, Stanislas retourne sa veste de treillis avec Marie et lui annonce qu'il n'a pas le choix et qu'il va reprendre sa vie de guerrier pendant cinq mois au Mali. Elle ne tombe pas des nues car elle le connaît par cœur et elle était consciente qu'à la moindre opportunité il replongerait.

S'engage alors une passe d'armes étonnante entre deux camps qui s'opposent. D'un côté, le psychiatre qui l'a examiné fin octobre et de l'autre, le major

Gaudillière qui connaît son Karten sur le bout des doigts. Entre les deux, le patron du régiment.

La visite médicale se passe bien pour Stanislas, toujours à l'aise pour enjoliver la vérité et faire croire qu'il va mieux. C'est vrai dans les faits : il boit moins, ses résultats sanguins le prouvent, il est dans une forme physique très avantageuse et s'est assagi dans sa vie privée, ce qu'il souligne d'emblée. Les conclusions du psy sont favorables. Il autorise Karten à partir, ajoutant que le départ en mission sera bénéfique à sa reconstruction.

À l'inverse, Gaudillière exprime un refus catégorique, argumentant que le sergent-chef est touché très profondément et qu'il n'est plus en mesure d'assurer une mission d'encadrement dans un contexte aussi périlleux et compliqué. Il ne rentre pas dans les détails, pour respecter le secret des entretiens qu'il a mené avec Karten et sa femme, mais il met en avant la violence, l'instabilité et la grande fragilité psychologique du militaire. Le major aime profondément Stanislas et il veut le protéger, l'aider à se reconstruire. Et il est persuadé que de le laisser partir va finir de le détruire. Face au colonel Colin, il défend son point de vue avec force et autorité, faisant fi de la différence de grade. Il n'est pas question de hiérarchie dans le cas présent, mais de la vie d'un homme fragilisé par l'armée au cours de ses multiples missions. Le major appelle même le psychiatre pour inverser la tendance, au risque de mettre en péril sa propre carrière. Il en va de la responsabilité de l'institution, conclut-il face au chef de corps du régiment qui, lui, a sous les yeux le rapport favorable du psychiatre.

Karten se doute qu'il se trame quelque chose, d'autant que Gaudillière lui annonce sans détour qu'il s'oppose à son départ. Forcément, les rapports entre les deux hommes se crispent, leurs intérêts sont antinomiques. La bienveillance du major passe désormais au second plan derrière son jugement fermé et définitif.

Le numéro un de la garnison est face à un dilemme qui engage sa responsabilité et demande quelques jours de réflexion et de consultations avant de rendre sa décision.

Le colonel Colin reçoit finalement Karten, un lundi matin dans son bureau, pour lui annoncer son verdict : Stanislas est autorisé à partir avec sa compagnie dans le désert malien. Le rendez-vous a duré cinq minutes tout au plus et s'est conclu par un « Faites honneur au régiment là-bas » prononcé avec gravité par le patron devant un sergent-chef au garde-à-vous.

L'existence de Karten reprend là où elle s'était arrêtée au retour d'Afghanistan début mai 2011 : l'impatience à dominer après un an et demi loin de l'action, un statut de soldat à rapprivoiser avant le grand départ et une femme, une famille à convaincre après sa volte-face.

Marie n'est pas surprise, mais elle accuse le coup. Elle le connaît mieux que personne et elle est convaincue, comme Gaudillière, que cette mission peut être celle de trop, celle qui fera déborder la bouteille de stress et de traumatisme qu'il a commencé à remplir il y a plus de vingt ans en Somalie.

À aucun moment elle n'imagine que ce temps de combat au Mali puisse être salutaire et participer à une quelconque guérison. Elle pense déjà aux retrouvailles, gardant en tête les précédents retours, tous plus calamiteux les uns que les autres. Marie redoute aussi le pire dans cette zone très troublée où la mission n'aura rien à voir avec celles du passé : son homme va vraiment faire la guerre dans un univers hostile à un ennemi qui opère sur ses terres. Elle le sait, la mission prime sur tout le reste. Elle en a conscience, mais elle tente, en vain, de le dissuader d'accepter, en insistant sur les dysfonctionnements psychologiques qui lui pourrissent la vie et qui ne sont que les conséquences de ses diverses opérations à l'étranger. C'est peine perdue : elle a en face d'elle un mur. Stanislas, dans sa tête, est déjà au Mali.

Alors, comme souvent, elle s'incline, faute d'arguments recevables. Elle fait le même constat que Gaudillière, à qui elle confie son désarroi de le voir repartir. Le major exprime la même frustration et une inquiétude identique. Mais ni lui ni elle n'ont la main sur son destin. Et si les médecins ont donné leur aval, alors il n'y a malheureusement rien à espérer.

Mais le major refuse de se résigner, outrepasse ses responsabilités et ses prérogatives et rencontre les hommes de Karten avant le départ, en leur demandant de surveiller leur chef sur le terrain au Mali. C'est le monde à l'envers : pour protéger un homme, un gradé demande à des militaires du rang de prendre soin de leur supérieur en zone de guerre.

Le seul qui saute de joie, c'est le petit Mattéo, qui vénère son père combattant et qui comprend que son papa va accomplir en vrai ce qu'ils réalisent tous les deux sur des jeux vidéo. L'insouciance de cet enfant qui idéalise son papa est touchante, mais elle contrarie Marie, qui se garde bien de montrer le moindre signe de désapprobation.

Chapitre 11

Nous partons pour l'Afrique dans dix jours et ce mardi 15 janvier au matin, je lis dans *Le Figaro* le compte rendu de la conférence de presse donnée par le président François Hollande sur l'intervention française au Mali qui a débuté quarante-huit heures plus tôt.

Dans ma tête, je suis déjà là-bas, je vis sur un nuage. Il n'y a plus que cette mission qui compte. La séparation avec Marie est le cadet de mes soucis ; j'éprouve une forme de soulagement à m'envoler célibataire pour une zone où les moyens de communication avec la France seront presque inexistants.

La dernière soirée cohésion avec mes hommes à Poitiers restera dans les annales : une énorme foire toute la nuit, tous ensemble transcendés par notre départ. Je suis incapable de me souvenir des endroits où nous nous sommes arrêtés, je me rappelle juste un début de bagarre générale à l'entrée d'un café-concert. Je constate que mes hommes sont soudés comme jamais, lorsqu'ils viennent tous en aide à un caporal un peu bruyant et passablement éméché pris à partie par plusieurs types, crâne rasé, tout de noir vêtus.

À neuf, l'affaire est vite réglée, les adversaires capitulent sans faire de casse dans mes rangs. Tout le monde est bon pour le service.

Départ demain soir depuis l'aéroport de Lyon.

Je passe une heure au téléphone avec Mattéo qui pige que je vais faire la guerre avec mes copains contre des ennemis qui ressemblent à ceux qu'il combat dans les jeux vidéo. Il pense que ce sont des vacances pour moi, que je pars m'amuser. Je ne le contredis surtout pas. Je le laisse dans son monde, où la guerre est un jeu. Il aura tout le temps de se rendre compte plus tard. Je ne rentre pas dans les détails sauf pour lui dire que pendant au moins cinquante dodos je ne pourrai pas lui téléphoner car je dormirai sur une sorte de plage géante sans la mer.

Ma dernière communication avec mon aîné est plus laconique. À 8 ans, Rémy se contrefout de l'armée, contrairement à son petit frère. Je ne le vois pas souvent et cette absence de cinq mois ne bouleversera pas son quotidien.

Lors de mon ultime appel à Marie, je m'en suis tenu au strict minimum, avec un seul sujet de conversation : l'aspect matériel de mon départ, l'argent que je lui laisse chaque mois, comme le feraient deux parents divorcés ou séparés.

Dès mon arrivée à Bamako, au petit matin, sous un ciel bleu brumeux, des odeurs connues me remontent dans les narines, celles de cet air sec mélangé au sable qui vole et aux senteurs de quelques épineux résistants qui agrémentent le pourtour des pistes de l'aéroport. À chaque voyage en Afrique, je ressens les mêmes sensations. Il fait déjà chaud quand nous prenons possession des véhicules blindés qui vont nous conduire à Gao. 1 200 kilomètres à parcourir, trois jours de route direction le nord-est du pays, à la frontière avec le Niger.

La route, surtout de grandes lignes droites dans un paysage légèrement vallonné, est dans un piteux état et on aperçoit les stigmates de cette guerre entre islamistes et soldats de l'armée régulière malienne : des voitures carbonisées, des façades criblées de balles et des habitations sommaires détruites.

Mais dès la sortie de la capitale, nous sommes fêtés comme des sauveurs par une population qui a peur. Nous ne comptons plus les « Vive la France ! » et les habitants qui brandissent des drapeaux bleu, blanc, rouge. Mon regard est attiré par cette femme portant son bébé sur le dos qui arbore fièrement un tee-shirt à l'effigie de François Hollande.

Plus nous progressons vers le nord et moins l'accueil est chaleureux. Nous sentons que nous entrons dans une zone contrôlée par les terroristes d'Al-Qaïda au Maghreb islamique, qui cadenassent les villages et imposent dans bon nombre d'entre eux la charia.

Nous établissons notre camp de base, enfin notre bivouac permanent, sur l'aéroport de Gao, qui ressemble plus à un aérodrome modeste. Pas de toit, belle étoile pour tout le monde avec un lit picot et une moustiquaire. Et pour nous faire de l'ombre la journée, des grandes bâches qui servent habituellement à protéger nos véhicules.

Je ne me plains pas, j'ai l'habitude de vivre à la dure en mission, je me retrouve dans mon élément. Je suis un robuste et j'aime le démontrer. C'est beaucoup plus compliqué pour mes hommes, des gamins que je traite comme mes enfants. Ils entament, pour la plupart, leur première opération dans l'armée. Le choc est brutal. Ils n'attendaient pas un hôtel cinq étoiles luxe, mais de là à se retrouver dans un campement de fortune !

Un de mes jeunes m'interpelle pour savoir où il va pouvoir recharger son téléphone. J'éclate de rire. Il n'y a aucune prise électrique, et le groupe électrogène sert uniquement à notre dispositif militaire, pas à notre confort. Leur petit monde aseptisé et cossu s'effondre, la mission peut commencer. Nous ne disposons pas de frigos, donc ration de combat matin, midi et soir.

La première incursion dans Gao, ville posée aux portes du désert au bord du fleuve Niger, prouve la souffrance de tout un peuple : les maisons en torchis ont été éventrées par des missiles, d'autres brûlées. Le maire de la ville, Sadou Diallo, que nous rencontrons à notre arrivée, parle d'une cité en ruine ressemblant à un cimetière, après qu'elle a été libérée du joug des islamistes.

Notre rôle est maintenant d'anéantir ces terroristes qui se sont repliés vers le nord et qui sont bien décidés à provoquer la terreur partout où ils pourront se déployer de nouveau.

C'est une guerre de position qui s'installe ; nous devons les déloger, les mettre hors d'état de nuire, en les privant notamment de leurs armes et de leurs moyens de locomotion.

Jamais je ne me suis retrouvé dans une telle poudrière face à un ennemi aussi déterminé, souvent kamikaze, des islamistes prêts à mourir pour défendre leur cause radicale. Ils ont un avantage de poids : ils maîtrisent parfaitement la topographie des lieux et les moindres recoins de ce désert leur servent de cachette. Notre force à nous, ce sont nos armes, nos commandos au sol et surtout l'appui aérien, avec avions et hélicoptères de combat.

Le 8 février, nous quittons Gao en direction du nord. Nous roulons en convoi plus de huit heures en plein désert, pour stopper notre progression à quelques centaines de mètres d'un wadi, le lit d'une rivière asséchée qui ressemble à une oasis bordée par quelques acacias.

Nous sommes épaulés par des Touaregs qui vivent dans la zone et nous servent de guides. Ce jour-là, nous trouvons une importante cache d'armes enterrée à la lisière de ces arbustes. Les hommes du génie la détruisent, pendant que nous les protégeons à 360 degrés. Ensuite, nous organisons notre bivouac un peu plus loin selon un processus bien rodé : tous les véhicules en rond et nous au centre, un peu comme faisaient les cow-boys pour se protéger des Indiens. La vigilance est extrême, le danger peut venir de partout et à tout moment. Chaque groupe creuse des trous de combat pour se protéger en cas d'attaque. Moi, je dors sur la rampe arrière de mon blindé pour avoir accès directement à la radio. Je me suis fabriqué un système artisanal avec un élastique pour que mon pistolet 9 mm soit attaché à ma main, prêt à l'emploi.

Nous surveillons la zone en cette nuit claire avec des lunettes thermiques. Rien à signaler cette fois-ci, et nous repartons au petit matin afin de poursuivre notre mission de nettoyage de la zone. Mais rien ne va se passer comme c'était prévu. À peine avons-nous décollé de notre campement que nous sommes pris à partie par des tireurs embusqués dans le wadi contrôlé la veille. Les terroristes, revenus dans la nuit, surprennent les hommes qui sont aux avant-postes, à moins de cent mètres. Un soldat français posté sur la tourelle de son véhicule blindé léger est touché en pleine tête et décède sur le coup.

Cette offensive terroriste déclenche une réplique d'une violence incroyable de notre coalition franco-malienne. Je me trouve dans mon véhicule blindé de combat d'infanterie à un kilomètre du wadi. Nous sommes en protection des éclaireurs qui sont attaqués par l'ennemi.

Les ordres du commandement sont extrêmement clairs : « Préciser le contact et détruire. » Avec nos canons de 25, nous tirons des obus explosifs, tout ce qu'on a, un véritable déluge en direction des acacias pour que les éclats puissent atteindre les islamistes planqués dessous, dans des trous.

Le déchaînement est impressionnant ; jamais je n'avais été sous un feu aussi nourri en vingt-cinq ans de carrière. En appui, deux avions Rafale déversent chacun une bombe de 250 kilos et un hélicoptère d'attaque Tigre tire des roquettes sur cette oasis. Le souffle des déflagrations ébranle nos blindés. Nous sommes tous calfeutrés à l'intérieur.

J'avoue, pendant ces deux heures de combat, je prends mon pied. Le spectacle auquel j'assiste me transcende. Cet orage d'acier et de feu donne naissance à un incroyable « son et lumière » de guerre. C'est à ce moment-là que je passe du côté obscur de la force. Le soir même, je m'interroge sur cette jouissance ressentie et cette barrière de plus en plus fine entre plaisir et devoir.

Bien sûr, pendant toute cette opération, j'ai peur, mais je gère mon angoisse en chantant *La Marseillaise* assis dans mon blindé tout en identifiant l'ennemi à la lunette pour donner toutes les informations à mon tireur. J'entonne également *La Mort*, ce chant militaire qui résume la situation vécue.

> « La mort chevauche à travers le pays,
> frappant sans choix les héros, les bannis
> Fuyez ennemis sinon vous mourrez
> Nous autres face à elle n'avons de regrets… »

Quand le feu s'arrête et que la poussière retombe, le paysage a changé, on a l'impression de voir une zone qui se réveille après un séisme. Le silence est assourdissant, mes oreilles bourdonnent comme après un concert vécu tout près des enceintes.

Nous sortons de nos véhicules prudemment pour aller au résultat, comme on dit dans notre jargon, et constater l'étendue des dégâts chez l'ennemi. Personne n'en a réchappé : ils étaient dix, et ils sont tous morts, mutilés dans les trous de combat à l'intérieur desquels ils étaient postés. Impression de désolation, mais satisfaction du devoir accompli. Je me retrouve avec mes hommes et dans une jubilation non feinte je leur dis : « On les a bien pétés en deux, ces salopards. »

Nous observons entre nous une minute de silence en mémoire du frangin tombé au champ d'honneur. Ce caporal-chef avait 24 ans.

Dans la foulée nous regagnons Gao, rincés par cette mission. Encore dix heures de route et de piste. À l'entrée de l'aéroport, il est minuit, nous sommes applaudis par des habitants déjà mis au courant, par le téléphone arabe, de notre victoire ponctuelle sur l'ennemi.

Notre vie est rythmée par ces missions qui nous laissent assez peu de répit mais suffisamment pour améliorer notre ordinaire si spartiate et sommaire.

Un dimanche, avec trois de mes gars, nous partons au marché de Gao, sur les conseils d'un homologue malien, pour acheter une vache sur pied. On rêve déjà d'une énorme côte de bœuf. On l'achète une misère. Avec son aspect famélique, et ses côtes apparentes, elle nous regarde, l'œil triste et résigné. Le marchand la saigne devant nous et la découpe pendant que nous achetons des pommes de terre et de l'huile, pour faire cuire des frites dans une vieille gamelle une fois rentrés au camp.

Le système D est indispensable pour recharger les accus et se faire plaisir, une notion rare ici. Pour garder l'eau relativement fraîche par exemple, je creuse des trous assez profonds pour protéger les bouteilles du soleil.

Mais le plus dur, c'est l'éloignement et l'absence de nouvelles de ses proches. Enfin je parle pour les autres, car moi, je suis en autosuffisance, je me sens bien seul dans mon monde. Les communications téléphoniques coûtent une blinde ici, impossible pour nous d'appeler la famille régulièrement. On achète des puces locales que l'on place dans nos téléphones, mais c'est quand même encore très onéreux.

Notre existence est très spartiate, les consignes de sécurité même sur la base sont draconiennes, ce qui me convient très bien. J'ai besoin de cette rugosité pour m'accomplir, avoir l'impression de me faire mal pour la bonne cause, comme pour me purifier de ma vie dissolue. J'attends les opérations pour en découdre avec cet ennemi qui me sert de défouloir, alors que je me rends compte que mon ennemi le plus dangereux, c'est moi.

Nous poursuivons notre passage au peigne fin des zones cartographiées comme des repaires potentiels de djihadistes, bénéficiant parfois d'informations données par des indics locaux.

Pas très loin de Gao, un matin, nos blindés font office de bulldozers : ils arrachent toute la végétation, ces arbustes posés en plein désert qui forment un point vert au milieu de cette étendue de sable et de cailloux. Mes hommes et moi patrouillons à pied à côté, protégés au maximum par le blindage de nos véhicules. Le soleil est écrasant, la tension extrême, je sais que la situation peut dégénérer en très peu de temps. Un de mes caporaux est submergé par la peur. Je comprends qu'il devient un danger pour tous les autres. Il remonte dans le blindé et je redistribue les rôles aux autres. Moi, je prends la mitrailleuse Minimi, dévolue au départ à un de mes soldats. Elle est approvisionnée avec une bande de cent balles.

Nous faisons des sauts de puce, des bonds comme disent les Touaregs qui nous épaulent, pour progresser dans cet endroit hostile. Je suis griffé de partout par les épines d'acacia, mon équipement me pèse, mais je prends mon pied, j'ai la sensation d'être à ma place. Le temps s'arrête et mes problèmes s'envolent.

Tout à coup, nous repérons deux hommes dont la tête dépasse légèrement. Nous stoppons notre marche en avant un court instant. Personne ne sait combien ils sont au total.

Pour moi, c'est une aubaine, je bascule dans ce monde virtuel qui me plaît tant, me voilà héros de

Call of Duty. Comme si je vivais dans l'attente de ce moment, de ce jour où mon destin peut basculer en une fraction de seconde. Je n'ai plus de chef, je n'écoute plus personne, je suis seul au monde avec huit combattants à mes ordres, mes hommes dévoués, parfois trop sans doute. La règle d'usage en pareille circonstance, c'est de rester posté et de se protéger avant d'ouvrir le feu. Je le sais, je l'ai répété des centaines de fois cette situation en manœuvre, mais allez savoir pourquoi, je m'emballe et je prends l'initiative folle d'avancer vers l'ennemi. Je hurle à mon groupe de me suivre. Nous sommes à moins de quatre-vingts mètres de l'objectif. Ma démarche est suicidaire, sans concertation. Je prends des risques inconsidérés et surtout j'en fais prendre à mes jeunes soldats qui n'ont rien demandé. J'emporte tout le monde dans mon délire destructeur. Je vois la stupeur dans leurs yeux, la terreur pour certains. Je me sens invincible, j'éructe, et je me mets à tirer en direction des islamistes, qui tentent de se protéger plus que de contre-attaquer. C'est ma chance car nous avançons à découvert, nous sommes vulnérables, mais je m'en fous. Le danger, à cet instant, n'a pas de prise sur moi. Je me vois en héros, vivant ou mort. Ma vie ne m'appartient plus.

Par miracle, les balles de nos adversaires ne touchent personne et à huit on les rectifie tous les deux, presque à bout portant, tapis dans leurs trous de combat. Ils ont la tête éclatée, mais ça ne me suffit pas. La brute qui sommeille en moi jaillit de nulle part. Je deviens totalement fou, et je vide mon chargeur sur ces deux hommes déjà morts, une boucherie dont je me délecte, les yeux exorbités. J'entends le bruit sourd des impacts de balle à répétition. Mon esprit sort totalement de mon corps. La folie m'explose à la face sans prévenir. Ou peut-être est-ce la peur aussi, emmagasinée depuis des lustres, qui dégueule hors de moi dans un torrent de haine ? Je suis ce funambule, cette marionnette conditionnée, je ne me gère plus, je ne me reconnais plus. Mon treillis est maculé de projections de sang. Je suis hypnotisé par ces deux cadavres.

Je vois immédiatement l'angoisse et l'incompréhension dans les yeux de mes gars, interloqués et dépassés par cette violence gratuite. Moi, je savoure en recouvrant progressivement mon calme. À aucun moment, je ne mesure la portée de mon geste et les conséquences possibles. Autour de moi, c'est surtout le soulagement d'avoir mis hors d'état de nuire ces terroristes et de contrôler les environs tout proches.

Après cet épisode, je sens un changement de comportement notoire dans mon groupe de combat. Mes soldats me montrent une forme de défiance, pour ne pas dire une désapprobation après ce que je viens de leur donner comme commandement. Ils prennent conscience que c'est un miracle que tout le monde rentre sain et sauf au bivouac. Je me rends compte que je les ai emmenés dans mon délire, cette envie irrépressible d'aller au carton. Je leur ai fait prendre des risques inconsidérés, et pour la première fois de ma carrière, je vois mes hommes douter de moi et de mon intégrité psychologique et mentale. Ce sont eux qui me mettent une énorme claque dans la gueule. Ils deviennent distants, méfiants, même si aucun n'ira raconter la journée aux chefs, comme pour me laisser une nouvelle chance. Je suis incapable de réagir le soir lorsque nous mangeons nos rations à la va-vite. Je ne trouve pas les mots pour m'excuser. Mais en ai-je vraiment envie ?

Allongé sur mon lit de fortune, les yeux grands ouverts en direction des étoiles tellement limpides que j'ai l'impression que je pourrais les attraper avec les mains, je ressasse mon coup de folie. On m'a souvent demandé si j'avais déjà eu l'intention de me suicider, et j'ai toujours répondu non sans hésiter. Mais ça ne veut pas dire que je n'ai jamais eu des velléités, voire des envies de mourir. Aujourd'hui, j'ai rêvé de perdre la vie au champ d'honneur, une mort héroïque parachevant une carrière glorieuse et destructrice afin de finir avec panache. Je ne vois que cette explication pour justifier mon acte irresponsable. Avec un peu de recul, je suis pris de remords d'avoir impliqué mes hommes, qui jusqu'à aujourd'hui me faisaient une confiance aveugle. Je les ai déçus, ils m'en veulent et je les comprends. Ils sont arrivés ici à la sortie de l'adolescence, comme moi à l'époque en Somalie, et là, ils ont déjà pris vingt ans tellement ce qu'ils vivent est inhumain. Comment rester leur chef après une pareille partie de roulette russe ? Je ne mesure pas encore les effets de cette journée de combat sur mon mental. Je me nourris depuis tant d'années de l'admiration et de la considération de mes hommes, si je ne les ai plus, à quoi bon vivre ?

Finalement, j'y vois plus clair : je ne veux pas me foutre en l'air seul, mais j'aspire à ce que les autres, nos ennemis, le fassent à ma place pour pouvoir glorifier cette mort que j'attends comme un aboutissement.

Combien de fois je me suis imaginé rentrer de mission entre quatre planches de bois, recouvertes d'un drapeau bleu blanc rouge, mort pour la France, pour obtenir à titre posthume la reconnaissance que j'attends depuis tant de temps ? J'idéalise mes obsèques en présence au minimum du ministre de la Défense, en espérant le président de la République, le plus haut dignitaire me remettant la Légion d'honneur post-mortem pour services rendus à la nation et sacrifice ultime ayant entraîné ma mort.

C'est plus qu'un souhait, c'est une idée fixe qui a grandi au fil des années en parallèle de ce mal psychique qui me ronge.

J'en arrive à me convaincre que j'ai échoué cet après-midi, et qu'il eût été préférable que je sois descendu par l'un des deux Maliens que j'ai massacrés. Je m'assois en tailleur et reste prostré sur mon lit, hanté par cette mort qui se refuse à moi pendant que mes petits gars ronflent à pleins poumons. Je ne leur souhaite pas un destin identique au mien. Trop d'aigreurs et de déséquilibres multiples pour un bonheur éphémère et épisodique.

Le lendemain, après une nuit blanche, je suis sermonné par mon capitaine et mon lieutenant qui m'expliquent le caractère impardonnable de mon geste de folie. Je les entends sans les écouter et encore moins les comprendre. Je suis emmuré dans mes certitudes morbides. Je note que je n'aurai plus le droit à l'erreur sur cette mission qui doit encore durer un mois et demi.

Ma double rafale d'hier est déjà remontée jusqu'au régiment de Poitiers. Un caporal-chef a emprunté le téléphone satellite de la base pour appeler le major Gaudillière et lui relater les faits, comme ce dernier lui avait imploré de le faire en cas de problème grave. C'est le monde à l'envers, le subordonné qui balance son patron. Le conseiller facteur humain de la garnison n'est pas totalement surpris par cette escalade d'irresponsabilité. Mais il constate que, désormais, je suis aussi dangereux pour les autres que pour moi.

Gaudillière ne cherche pas à rentrer en contact avec moi, pas plus qu'avec le colonel, chef de corps avec qui les rapports sont très distants. Il prie simplement que je puisse terminer cette opération dans la dignité et l'honneur qu'imposent mon grade et ma fonction.

Alors pour évacuer, comme je le fais quand je sombre, je me raccroche à ma branche la plus solide, la seule aussi, j'appelle Marie au téléphone, il me reste une puce prépayée. Je n'ai pas de nouvelles d'elle depuis trois mois. Et je reviens comme une fleur, fidèle à mes principes égoïstes, quand j'en ai besoin. Et je ne suis pas déçu du voyage. Marie m'accueille avec une voix lointaine et neutre. D'habitude, je parviens à identifier son état d'esprit très vite ; pas cette fois. Avec une distance rare, elle m'avoue que je la dérange, qu'elle m'a rayé de son existence et qu'elle a entamé une relation avec Ludovic, le commencement d'une ère nouvelle. Mes jambes tremblent, je m'adosse à mon blindé pour encaisser. Je hurle dans la nuit naissante ma douleur, un cri qui déchire le camp et alerte des collègues arrivés à la rescousse. Ils pigent vite que c'est personnel, et s'éloignent. Qu'elle m'annonce vouloir refaire sa vie avec ce type, alors que je suis excentré de tout, avec un tel détachement, une telle froideur est un véritable électrochoc. Je me rends compte à quel point je l'aime. Elle prend la main sur un destin que je croyais maîtriser jusqu'à aujourd'hui. C'est sûrement cette perte de contrôle qui me fait le plus mal. Elle m'échappe sans que je puisse agir.

Je ne connais pas son mec. Mais je l'entends qui joue les souffleurs à l'autre bout du fil, et ça me met hors de moi. Je le traite de tous les noms et lui promets le pire à mon retour. Je sais qu'il m'écoute, Marie a mis le haut-parleur. C'est même lui qui parle désormais, pour me dire des horreurs. Il touche à ce que j'ai de plus cher, mon fils Mattéo : « C'est moi qui vais l'élever avec sa mère, tu ne le verras plus beaucoup. »

Marie tient enfin sa revanche à travers ce nouveau compagnon, exécuteur des basses œuvres. Notre relation connaît une nouvelle étape sur l'échelle des souffrances que nous nous infligeons mutuellement et que nous prenons plaisir à gravir.

Je raccroche avec l'envie de tout casser. C'est un supplice épouvantable d'être mis devant le fait accompli à des milliers de kilomètres. Je m'éloigne avec l'impression suffocante que désormais, je subis ma vie, sans retour possible. La fin du séjour s'annonce compliquée, je suis démoli à tous les niveaux. Et personne à qui en parler, ni sur place, ni ailleurs ; pas même à ma grande sœur, pourtant psychologue à Paris. Nous ne sommes pas assez proches. Je le regrette et je sais qu'elle aussi le déplore.

Pour ne pas trop penser à Marie dans les bras de cet homme, je me noie dans le travail. J'essaie tant bien que mal de lui écrire une lettre mais les mots ne sortent pas. Je n'arrive pas à trouver les tournures pour lui faire comprendre qu'elle commet une faute grave, sûrement car au fond de moi je sais que je suis le premier responsable de ce qui se passe. Je jurerais n'avoir jamais prononcé cette phrase ; pourtant je suis conscient que je récolte ce que j'ai semé. Ce qui me touche le plus, c'est que je ne la croyais pas capable de me remplacer dans son cœur, surtout quand je suis en mission. Mais je me dois d'être lucide : qu'est-ce que je lui apporte, à part des emmerdes et une vie accidentée, elle qui croit aux contes de fées et rêve de devenir la princesse d'un homme attentionné et fidèle, ce que je ne suis pas ? C'est juste bien fait pour moi. Cette autoflagellation me permet de ne pas sombrer et de mettre au point la meilleure façon de la reconquérir à mon retour : lui prouver qu'elle est la femme de ma vie. Y sera-t-elle sensible ? J'avoue ne pas avoir la réponse.

Heureusement, les opérations s'enchaînent autour de Gao. Notamment le 24 avril au soir, avant la tombée de la nuit, pas très loin de notre base, avec l'organisation d'une véritable chasse à l'homme. Des islamistes se sont volatilisés dans la ville après avoir égorgé des femmes, dont certaines enceintes, et des enfants. L'émotion et la colère des habitants sont immenses. Nous arrivons à soixante, deux sections, une française et une malienne, avec nos blindés. Et nous quadrillons cette partie de la ville, bien renseignés par des autochtones qui n'ont jamais vraiment perdu la trace de ces terroristes. Ils nous implorent de les mettre hors d'état de nuire. La traque dure toute la nuit. Et au petit matin, d'informations en indices, nous arrivons devant une mine de fer à ciel ouvert où nous comprenons vite que les djihadistes sont retranchés. Ils engagent le feu en nous tirant dessus avec des lance-roquettes russes. Pas de doute, ils sont là, et ils ne soupçonnent pas le déséquilibre du combat qui s'annonce. Nos cinq blindés forment une imposante ligne de frappe avec nos canons de 25 capables de tirer des obus explosifs en rafale. Nous sommes à environ cent mètres de l'objectif, avec des armes qui peuvent tuer à plus de trois kilomètres. Je vous laisse imaginer le carnage potentiel.

On ne fait aucun cadeau, on les pilonne, on ne sait pas combien ils sont exactement. La scène est lunaire, car derrière nous, à peine cachés, des habitants du coin assistent au spectacle, nous encourageant comme au stade en applaudissant.

Moi, en tant que chef, je désigne les objectifs à mon tireur qui exécute ensuite les consignes. Ce dernier, originaire des Comores, perd les pédales en plein assaut en m'expliquant qu'il va aller en enfer s'il tue des humains. Je le remplace au tir instantanément. Face à l'écran qui me reproduit la visée de la lunette grossissante × 60, je n'ai plus aucun discernement. Je m'amuse comme un dingue, je fais des vannes pourries à mes gars, qui n'adhèrent pas. Encore une fois, je montre mes limites et cette soif de violence qui m'habite. Je ne vis plus que pour ça.

Après cette pluie d'obus, le calme revient, il n'y a plus de frappes ennemies. Alors la section de soldats maliens qui nous accompagne s'approche pour fouiller la zone. Je suis aux premières loges avec ma lunette. J'aperçois un sergent malien soulever un cadavre et lui couper la tête avec un couteau avant de la brandir fièrement comme un trophée. Acte d'une grande barbarie qui ne me fait ni chaud ni froid ; pire, je kiffe le moment. L'image du soleil qui brille sur la lame de l'imposant poignard au moment du supplice restera gravée à tout jamais dans ma mémoire. J'ai besoin de ces instants effroyables pour étancher ma soif de cruauté. Ce n'est pas moi, ou plus exactement ce n'est plus moi, c'est mon double devenu fou.

À mes hommes, ayant l'impression de faire un bon mot, je dis dans un éclat de rire : « Le Seigneur l'a châtié, il a rejoint le paradis des hommes sans tête. »

Cette tirade, je la tiens du film *Doberman*, que j'adore, avec Vincent Cassel. Le pilote de mon blindé, un caporal fidèle parmi les fidèles, se retourne brutalement, me toise et me dit du tac au tac : « Chef, vous devenez malsain, vous vous rendez compte de ce que vous dites, et de ce que vous faites ? Je n'arrive plus à vous suivre, je ne cautionne plus votre comportement qui nous fait du tort à tous. » Je m'en contrefous, je ne l'écoute pas, trop à ma jubilation post-bataille. Le reste n'a aucune importance. Je suis devenu un guerrier solitaire entouré de gens qui ne me reconnaissent plus et que je ne guide plus vraiment. Mon traumatisme n'est désormais un secret pour personne, et, enveloppé dans ma folie, je m'enfonce dans les limbes de cette carrière que je m'évertue à détériorer avec un plaisir presque sadique.

Au final, ils étaient deux, réfugiés dans cette mine ; les autres ont été neutralisés ailleurs. En bons kamikazes, ils portaient des ceintures d'explosifs autour de la taille avec la volonté de se faire sauter à côté de nos véhicules.

Au retour au campement, je suis convoqué par mon capitaine, inquiet de la tournure des événements. « Ça va, Karten ? » me demande-t-il avec un regard préoccupé. J'ai la clope au bec et le sourire aux lèvres, encore tout ébouriffé, malgré un millimètre de cheveux sur les cailloux, par ce que nous venons de vivre. Je suis l'acteur principal de mon propre film et la scène de la nuit dernière figure en bonne place dans le top 10 de mes meilleurs moments de guerre.

« Oui, mon capitaine, on a fait du bon boulot, on va les buter un par un et ramener la paix dans ce pays. Je suis comme les scouts, toujours prêt à repartir. J'en veux tous les jours, des opérations comme celle-ci. »

Je pense que mon capitaine veut me féliciter, alors qu'il est soucieux et qu'il ne cautionne pas mon attitude. Je le sens néanmoins prévenant, comme quelqu'un qui veut protéger un collègue en difficulté. Il reste quinze jours à tenir, alors il ne prend aucune mesure officielle à mon encontre, mais il me fait fliquer en permanence pour anticiper tout dérapage potentiel. Sa finesse d'analyse et d'intervention me protège de mes propres démons et évite un esclandre au sein de la compagnie, où mon désordre psychique est à présent un secret de polichinelle. Mais jusqu'au retour, omerta totale, personne n'en parle, même si je constate une évolution dans le regard des autres.

L'admiration a laissé la place à la pitié et la tristesse.

Je continue à faire le fanfaron devant les troupes ; pourtant, la nuit, les combats me rattrapent, me hantent et m'empêchent de dormir. Des centaines de fois, cette tête détachée de son corps apparaît dans mes cauchemars. Je suis pris de terribles crises d'angoisse au cours desquelles je suis moi-même décapité. Le médecin de la base me donne un somnifère relativement léger pour me détendre et me permettre de recouvrer un sommeil réparateur.

Le retour approche, la relève est arrivée, on remballe tout. Nous sommes à l'aube d'un voyage qui s'annonce problématique tant nous avons souffert et vécu des situations insoutenables. Je parle pour moi, mais je ne suis pas le seul, j'en suis persuadé. L'homme n'est pas conçu pour endurer une telle violence sans conséquence, quels que soient son niveau de préparation et son degré d'acceptation de l'inacceptable.

Je ne me reconnais pas devant le vieux miroir qui tient brinquebalant devant le jerrican faisant office de salle de bains. Je me pèse dans le conteneur médical, le verdict est édifiant. J'ai perdu 18 kilos en cinq mois. Je n'en pèse plus que 78. Avec ma morphologie, je n'ai plus que la peau sur les os, je vois mes côtes, ce qui ne m'est plus arrivé depuis l'adolescence. Alors oui, mes abdos en forme de plaquette de chocolat sont mieux dessinés que jamais, mais je n'aime pas me voir comme ça, j'ai l'impression d'être malade. Je prévois déjà un cycle pâtes, nourriture protéinée et musculation à mon retour.

Mais ce n'est pas le plus important. Jamais je n'ai autant appréhendé une fin d'opération, la peur du vide, l'angoisse de l'après, le fait de me retrouver en tête à tête avec mon esprit dérangé, qui m'a joué tant de mauvais tours, ici, au Mali, même si je n'ai jamais failli à ma mission.

Je sens que je suis, que je le veuille ou non, à un tournant de ma vie. Avec une seule question : suis-je toujours apte à poursuivre mon aventure militaire, ma raison de vivre ?

La perspective de regagner la France et reprendre le cours de ma vraie vie me torture. Je me sens happé par des forces de plus en plus envahissantes qui ont pris le contrôle de mon cerveau blessé.

Je monte dans l'avion tel un zombie à qui on vient de retirer ses pouvoirs.

Je suis un homme nu.

Chapitre 12

Nous ne rentrons pas directement en France. Nous passons par ce que j'appelle un sas de décontamination psychologique à Chypre, sur la paradisiaque Coral Bay, un repaire pour touristes venus de l'Europe entière.

Le choc est extrêmement violent. Toute la compagnie quitte le désert et son austérité pour un hôtel club cinq étoiles au bord de la Méditerranée avec tout à profusion. Nous arrivons en treillis en rangs d'oignons au beau milieu de vacanciers qui s'ébattent dans l'immense piscine en contrebas.

J'ai déjà vécu cette scène surréaliste au retour d'Afghanistan : même hôtel, même décalage. Cette période de transition, ce n'est pas le début des vacances mais un moyen pour l'institution de contrôler notre état de santé mentale après une mission.

Je suis stressé comme jamais en débarquant dans ce coin de paradis. Je ne savoure rien, car je sais qu'on va me tirer les vers du nez, qu'on va me faire parler. Dès l'aéroport à Nicosie, j'ai vu le major Gaudillière venu récupérer ses ouailles de Poitiers. Je ne suis pas bien, j'appréhende tout : la cohabitation avec les autres dans cet univers qui m'est étranger, le retour dans trois jours en France, et surtout ma vie après.

Je comprends que je suis parvenu au bout du chemin et que c'est mon ultime mission qui s'achève. J'étais déjà en sursis avant de partir, et là je vais prendre perpète dans la vie civile !

Je me retrouve dans une piaule de milord, limite une suite, avec mon binôme. On se jette sur nos lits tout habillés, on en savoure la douceur et l'odeur, le confort du matelas et la fraîcheur de la climatisation, des sensations oubliées depuis des mois. Quel pied ! Une parenthèse irréelle qui se poursuit avec mon premier bain, l'extase, mieux que n'importe quelle pub pour un savon tournée avec une sublime nana dans un spa qui déchire tout.

Pendant tout notre séjour malien, je n'ai jamais pris une douche, toilette de chat obligatoire avec un rationnement des bouteilles d'eau. Sans doute le plus dur à supporter. Je reste une heure à tremper dans ce bain de jouvence. La peau de mes doigts est totalement fripée, je me souvenais à peine de cette sensation. Je me lave quatre ou cinq fois de suite. Même mes cheveux rasés semblent apprécier la mousse onctueuse du shampoing. Je me shoote aux effluves de tous ces produits de beauté qui envahissent la salle de bains. En sortant, l'eau est rouge bordeaux, couleur du sable qui s'est incrusté dans chacun des pores de ma peau. Même ma serviette prend cette couleur rouge.

Je replonge sur mon lit sans aucune envie de sortir de cette chambre. Je ne veux voir personne, laisser tranquilles mes hommes avec qui je suis devenu invivable et me retrouver seul face à moi-même. Je sens que j'ai besoin d'une aide extérieure pour gérer cette période de transition ; je n'en connais qu'une vraiment efficace, l'alcool. Je n'aspire qu'à siroter une bonne bouteille de Jack Daniel's. Le whisky, compagnon de route des mauvaises passes, m'a manqué au Mali, la bière que je buvais modérément le soir n'avait pas les mêmes vertus apaisantes ou euphorisantes. J'ai besoin de lâcher prise, de m'abandonner dans les bras de cet alcool de malt que j'aime boire sec.

Officiellement, nous n'avons pas l'autorisation de sortir de l'enceinte de l'hôtel, pour éviter les débordements, mais officiellement seulement. Pendant que certains vont à la pêche aux filles tarifées, moi je franchis une porte dérobée au sous-sol, réservée au personnel, pour rejoindre la petite supérette attenante au palace. J'avais déjà emprunté ce chemin à mon retour d'Afghanistan ! Je dévalise le rayon whisky, bourbon, pour mes potes et moi. Je remonte dans ma chambre à pas de velours, un peu comme lors d'une marche d'approche tactique en mission. Et je commence à me détruire. En quelques minutes, après seulement trois verres, je suis par terre, cuit. Mon accoutumance passée a disparu. Ça fait du bien, j'oublie mes troubles, mes angoisses, passant avec difficulté de mon lit au transat qui m'attend sur le balcon face à la mer.

Ma tête qui tourne me lâche un peu la grappe, mon cerveau se met sur off, et mes nerfs recroquevillés et sclérosés par tant de stress se détendent artificiellement, jusqu'à ce que quelqu'un, sans ménagement, frappe à la porte.

Je me lève avec difficulté et ouvre en titubant, vêtu d'un unique caleçon. Face à moi, le major Gaudillière, en tenue, tient à me parler. Je ne suis pas prêt, mais il ne me donne pas le choix. On s'installe dans le coin salon, je le vois double et flou, et j'ai des difficultés à le comprendre, encore plus à lui répondre. Alors que je suis parti loin de la mission et de mes souffrances, il me replonge la tête dedans en me confirmant ce dont je me doutais : il a été informé de mes frasques au Mali. Je garde en mémoire son regard, mélange de pitié et de colère. Il me sait au fond du trou, ce qui confirme selon lui l'erreur commise par ceux qui ont décidé de m'envoyer sur cette mission africaine contre ses recommandations.

Il ne reste guère plus de cinq minutes, juste le temps de m'imposer une convocation individuelle avec l'un des psychiatres militaires présents ici à Chypre. Normalement ces consultations sont organisées à la demande des soldats, pas de leur hiérarchie. Mais mes antécédents avec Gaudillière l'autorisent à prendre la main sur moi, surtout dans mon état d'ébriété. Je ne conteste pas sa décision. Rendez-vous est pris le lendemain matin.

Avant de sortir, il me prend par le cou avec tendresse. Je sens qu'il est choqué de me voir aussi décharné, le visage cireux, sans la moindre expression. Il veut m'aider encore une fois.

Après son départ, je dessaoule juste ce qu'il faut pour descendre dîner au restaurant. Nouvelle jouissance : le buffet pantagruélique, à se faire péter le bide. J'hallucine tellement il y a à manger. J'ai envie de tout dévorer pour me venger de ces cent cinquante jours de rations de survie. Mais je ne sais pas par quoi commencer. Les couleurs, les odeurs, les plateaux, le service, les tables bien dressées, tout m'explose à la gueule, comme un mirage de chaleur au milieu du désert.

Nous avons un endroit réservé, on nous reconnaît aisément car nous sommes comme les Schtroumpfs, tous habillés pareil, en tenue de sport, tee-shirt kaki et pantalon de survêtement bleu, pas l'idéal en ce début d'été méditerranéen, et pas très glamour comparé aux parures sexy et colorées des touristes pour beaucoup venus de Russie. Voir des nanas en bikini, ça pique les yeux, le contraste est brutal, mais je ne suis pas moi-même. En pareille circonstance, avant, j'aurais multiplié les approches pas forcément fines pour rentrer en contact et plus si affinités, mais là, j'observe le ballet des jolies filles comme si je feuilletais un magazine de mode, sans émotion particulière. Je suis éteint, j'ai besoin de recharger mes batteries mais j'ai perdu le fil, le fil de cette vie qui m'échappe. Et le plus dur, c'est que j'en suis pleinement conscient, comme si mon double en pleine forme me regardait de haut pour appuyer là où ça fait mal.

Je me bâfre sans retenue ; tout y passe : charcuterie, crudités, poulet, bœuf, agneau, agrémentés de frites bien épaisses, de pâtes recouvertes de fromage, et même la farandole des desserts comme on dit ! Je fais une véritable orgie, avec un point d'honneur à torpiller le saladier d'îles flottantes.

Je n'ose imaginer ce qui se passe dans mon ventre, cet embouteillage de calories, ce mélange indigeste. Je suis présent sans l'être, je ne parle pas, le nez dans mon assiette. Je réponds à peine par oui ou par non aux rares questions qui me sont posées, mais la source se tarit vite vu l'entrain et l'énergie de mes réponses.

Mon ventre est au bord de l'implosion, de profil on dirait une femme enceinte de six mois. Je suis à la limite de la nausée.

Je remonte dans ma chambre en emportant un café, on ne me retient pas. Normal, je ne suis pas un bon compagnon de virée, taciturne, imprévisible. Personne ne sait comment me prendre, tous marchent sur des œufs et redoutent mes réactions épidermiques.

Ma bouteille de scotch descend vite ; je sombre dans une léthargie reposante avec en bruit de fond le « boum boum » de la sono de la piscine qui fait se trémousser ce mélange improbable de militaires en transit et de vacanciers en relâche totale.

Je suis à quatre grammes au moins quand je m'endors comme une souche. C'est le meilleur somnifère que je connaisse. Demain est un autre jour, peut-être le premier du reste de ma vie, celle d'après. Car même si je suis annihilé par l'alcool, je ne me fais plus d'illusions, je sais que c'est ma dernière mission, et ça me ronge de l'intérieur. Je pense aux champions sportifs qui parlent de petite mort quand ils prennent leur retraite, eh bien je connais le même sort, mais en pire car je subis, je ne choisis rien. Des blouses blanches et des gradés qui pour la plupart n'ont jamais foutu le cul dans un blindé en temps de guerre vont décider pour moi.

Le lendemain à 9 heures pétantes, je suis devant la chambre du psy, transformée en cabinet de consultation. Je suis dans un état de nervosité rarement atteint, je tremble, j'ai du mal à déglutir et je suis encore bourré de la veille. J'essaie de faire bonne figure devant un homme dont les yeux m'ont jugé avant de m'entendre. De toute façon, je n'ai pas grand-chose à dire et je ne suis pas réceptif non plus, donc notre entrevue promet d'être peu prolixe.

Une fois posées les questions d'usage sur mon état général après une opération aussi difficile, il m'interroge sur mes égarements au combat – c'est le mot qu'il utilise. Je ne peux plus me débiner comme je le faisais d'habitude, je suis pris entre ses griffes, une vraie fatwa au-dessus de la tête. Il alterne la compassion, la compréhension et des jugements factuels qui me font mal et me laissent entrevoir des jours sombres.

Pour ma défense, je n'ai aucun argument, j'ai été pris en faute dans l'exercice de mon métier, de ma vocation. Avant, j'étais répréhensible dans mon cercle privé, mais toujours nickel en treillis ; là, ce n'est plus le cas. Je n'arrive plus à faire illusion. Je compare mon cas à un cancer. Avant, j'étais localement touché, désormais mon trouble psychique s'est généralisé à toute ma vie. Et dans mon état apathique, je me contente d'encaisser sans me débattre.

De longs silences ponctuent notre conversation décousue. Jamais je ne fais mouche avec mes explications à deux balles.

Le psychiatre abrège ce supplice en me donnant d'abord des cachets pour dormir et des antidépresseurs pour m'aider à passer le cap de ce retour le plus sereinement possible. Puis il me parle de la suite. Il m'octroie avec bonté une semaine de permission au retour avant de m'ordonner une consultation avec un autre psy à l'hôpital militaire Desgenettes à Lyon. Il n'est pas radical sur mon avenir, pour me préserver ; néanmoins, il me dit à demi-mot qu'il faudra sûrement prévoir une hospitalisation. J'entends en subliminal internement, ce qui m'effraie. C'est comme me mettre en prison avec une camisole de force.

Je ne peux retenir mes larmes, je m'effondre comme un môme puni. Une honte incommensurable m'inonde, moi qui jusqu'alors ai toujours réussi à contenir mes émotions devant des inconnus, quelle que soit leur fonction.

Je remonte les deux étages qui me séparent de ma chambre par l'escalier, dans le noir. Je me traîne comme un petit vieux. Je dois me presser, on part tous en excursion visiter des ruines proches de l'hôtel avant de profiter d'un quartier libre dans la petite cité balnéaire qui entoure notre hôtel. J'ai vraiment l'impression d'être en colonie de vacances, chapeauté par des gardes-chiourmes.

Je ne profite d'aucun paysage, le bruit potache de mes collègues dans le bus irrite mes oreilles. Mon plus grand souhait serait de m'enfuir, loin de ce tumulte et de leur joie qui n'est pas communicative – elle a même plutôt tendance à m'enfoncer dans mon mal-être. Je ne parviens plus à faire semblant, je fais clairement la gueule, mais chacun en a pris son parti et je suis comme transparent pour les autres.

J'échafaude les plans de mon retour à Poitiers, avec un premier impératif, histoire de me soulager : défoncer la gueule de ce Ludovic qui a osé prendre le contrôle sur mon fils cadet sous prétexte qu'il baise Marie depuis quelques semaines. Je vais lui faire passer l'envie, à cet enfoiré. Les conséquences si ça tourne mal ? Au point où j'en suis, je m'en balance.

Je continue de me défoncer au whisky, alors qu'arrive l'heure d'un rendez-vous obligatoire surréaliste : une séance de sophrologie collective. On se retrouve par groupes de quinze, allongés sur le toit terrasse de l'hôtel, à écouter un mec qui tente d'extraire les tensions incrustées en nous. Je dors à moitié, avec une attention proche du néant. À la fin, en voyant mes hommes, je ne peux m'empêcher de penser que nous ressemblons à une bande de prisonniers récemment libérés. Et ce ne sont pas ces trois jours qui vont nous rendre nos figures humaines, même si beaucoup reconnaissent les bienfaits d'un tel séjour, au moins pour prendre du bon temps aux frais de la princesse loin de la vraie vie qui nous attend au retour. Car la plupart d'entre nous sont mariés, pères, et les épouses ne sont pas prêtes, après cinq mois d'absence, à accueillir des zombies inertes. Elles sont demandeuses de tendresse, d'aide et d'attention là où nous aspirons à du calme, du repos et une tranquillité salvatrice après avoir connu la dureté de la guerre. Par expérience, je sais que le retour est une source d'incompréhension et de conflit au sein de la famille.

Le dernier soir, je retrouve Gaudillière en tête à tête. J'aime ce major et je sens qu'il me le rend bien. Son attachement en cette période où seule la solitude m'apaise me bouleverse. Il est le seul à trouver grâce à mes yeux. Il n'a rien à gagner à me prendre sous son aile, si ce n'est m'empêcher de m'enfoncer plus, dans des profondeurs d'où l'on ne revient pas.

Ses mots m'attaquent comme de l'acide.

« C'est miraculeux que tu sois encore en vie, Stanislas. » Il m'appelle par mon prénom pour la première fois, ce n'est pas innocent. Il continue : « Tu es l'un des mecs les plus attachants que je connaisse, les plus barrés et les plus piqués aussi. Le jour où tu partiras, où tu quitteras ce bas monde, ton autopsie révélera que ton cœur et ton cerveau sont couleur camouflage. Et tu seras allongé sur ton lit de mort au garde-à-vous. »

Je craque devant ce compliment et m'affaisse comme une guimauve, liquéfié, car le major l'a parfaitement analysé : l'armée, c'est toute mon existence, me l'enlever signifie me tuer à petit feu sans possibilité de remonter la pente. Je n'ai qu'elle, je me considère comme son fils unique.

La suite de notre conversation se transforme en monologue de sa part. Il mesure ses déclarations pour ne pas faire trop de dégâts tout en me parlant avec la plus grande franchise. « Tu le sais, Stanislas, l'armée, c'est fini pour toi. Tu es en sursis déjà depuis des années, tu n'aurais jamais dû repartir au Mali, tu es trop fragile psychologiquement. Tu as cru que cette mission opérerait sur toi comme un médicament pouvant soigner tes maux, quelle erreur ! En même temps, on t'a laissé partir, tu aurais eu tort de t'en priver. Mais aujourd'hui, écoute-moi bien, tu dois de toute urgence te faire soigner et ouvrir une nouvelle page de ta vie, s'il est encore temps, te découvrir d'autres passions et des horizons inexplorés. Tu es un super mec. J'ai rarement rencontré des hommes aussi courageux que toi, aussi dévoués, alors sers-toi de tes atouts pour t'extirper du fond de l'abysse dans laquelle tu végètes et te relancer. On va t'aider, on ne te laissera jamais tomber, fais-moi confiance. Tu es un héros, tes faits d'armes le prouvent, un fabuleux soldat, mais tu peux te transformer en zéro quand les fils se touchent dans ta tête. Ils se sont dénudés au fil du temps et te font souvent disjoncter. Tu es en train de gâcher cette carrière exemplaire. Tu as besoin de faire un reset profond de ton disque dur interne. Des virus te pourrissent l'existence depuis trop longtemps. Et malheureusement, je crois que tu es parti trop loin pour espérer t'en sortir tout seul. Tu as besoin d'une vraie thérapie avec des gens aguerris à ce type de troubles post-traumatiques. Tu ne deviens pas pour autant un pestiféré ; en revanche, si tu ne fais pas le nécessaire, alors tu te placeras très vite en marge de cette société et de notre institution, qui n'attendent pas ceux qui se sont écartés du droit chemin. Stanislas, tu es malade, touché au plus profond. »

Nous partons tous les deux pour une balade sur la plage. Je respire à pleins poumons pour essayer de me dégriser. Mettre les pieds dans l'eau me fait un bien fou, la première éclaircie de cette transition. Je me sens mieux, je souris à celui qui me tend la main presque comme un frère. C'est si rare que j'accorde ma confiance sans arrière-pensée. Il vaut tous les psychiatres de la terre. Personne ne m'a jamais aussi bien cerné que lui et donné autant de tendresse, même si ça ne se dit pas entre militaires.

Ce moment partagé me raccroche à la réalité et me permet de profiter, apaisé, de la dernière soirée de ce séjour chypriote avec mes hommes, émus de me découvrir sous cet autre jour, calme et vulnérable aussi. J'enlève ma panoplie de guerrier troublé et je prends le temps d'écouter ceux à qui je n'ai cessé de donner des ordres parfois totalement incohérents, mais toujours en me plaçant en tête de colonne.

Par des regards et quelques confidences, ils me rendent au centuple l'affection que je leur porte. Je n'ai pas tout perdu au Mali, tout n'est pas à jeter. Je garde en mémoire ces instants privilégiés autour de ce barbecue pour les jours qui arrivent et qui seront forcément compliqués à supporter.

Je suis entouré, ça fait du bien. Et surtout je n'éprouve pas le besoin de fuir. Je me surprends à être heureux et détendu, avec l'impression de contrôler mes émotions, sensation rare et reposante, loin de l'inquiétude permanente de me voir péter un câble à la moindre contrariété.

Mes gars me serrent dans leurs bras et m'embrassent comme du bon pain ; un moment de partage d'une force incroyable pour se dire droit dans les yeux qu'on est bien vivants et que personne ne nous enlèvera ce que nous venons d'accomplir. Cette fierté d'avoir servi ensemble pour la France nous lie à jamais.

La boule au ventre me reprend quand je me couche une dernière fois dans ce maxi-lit pour deux petites heures. Le jour se lève déjà.

Ce jour de retour à la maison que je redoute tant.

Chapitre 13

Stanislas est stupéfait quand il franchit les portes du régiment à bord d'un des bus qui ramènent toute sa compagnie. Il aperçoit Marie et Mattéo parmi les familles qui attendent le retour des leurs. Il est déstabilisé, il ne sait comment réagir. Cela fait presque deux mois qu'ils ne se sont pas donné de nouvelles, et pourtant, elle est là pour l'accueillir. Elle est belle, bronzée, porte une petite robe d'été dessinant à merveille ses courbes généreuses. Mattéo, lui, suce son pouce, intimidé, blotti entre les jambes de sa maman. Ils ont fait le déplacement depuis Cholet pour lui réserver la surprise. Il ne s'y attendait absolument pas. Mais avec elle, enfin avec eux, tout est possible.

C'est l'effervescence des grands jours sur la place d'armes de la caserne, même la télé a fait le déplacement : France 3 filme le retour des soldats.

Stanislas laisse descendre ses hommes par politesse mais aussi parce qu'il est tétanisé par l'appréhension des retrouvailles. Il a envie de sauter au cou de Marie, de la serrer contre lui, de l'embrasser comme au premier jour, mais a-t-elle les mêmes désirs ? Il l'espère. Sa seule assurance, la réaction de son petit mec qui lui fait des signes de la main et lui envoie des baisers. Le chef Karten est au moins le héros de son fils.

Il descend lentement les quelques marches. Marie se trouve face à lui, à trois mètres du car. Elle est en larmes, bouleversée de le voir si maigre, déformé par la guerre. Elle ne le reconnaît pas. Alors elle se précipite pour l'étreindre, Mattéo saute dans les bras de son papa, un câlin intense immortalisé par le cameraman qui tourne autour d'eux pour ne rien rater. Ils ne font plus qu'un. Stanislas s'abandonne à cette tendresse miraculeuse, oubliant sa pudeur et ces mois de silence.

Jamais il ne s'est senti aussi transporté en retour d'opération, il en a les jambes coupées. Marie le voit, elle aime le sentir désarmé, au sens propre comme au sens figuré, dépassé par l'instant, lui qui aime tout prévoir.

Une bulle d'amour se crée autour d'eux. Marie lui déclare sa flamme comme une adolescente maladroite : « Je t'aime, mon chéri, je te demande déjà pardon pour ce que j'ai fait pendant ton absence, lui susurre-t-elle dans l'oreille à l'abri de celles de Mattéo, à l'affût de tout. J'ai encore plus pris conscience que tu étais l'homme de ma vie, le seul qui me transporte si loin dans le bonheur quand il est accessible. Je rêve d'un monde idéal où nous pourrions partager cet amour dans une grande maison. Et puis, là maintenant, j'ai envie de toi, j'en crève. »

Mattéo trépigne en attendant son tour. Il a mille questions à poser à son dieu vivant, ce papa qu'il adule et qu'il adore. Il en perd ses mots, il bégaye d'émotion en projetant ses yeux vers le ciel. Stanislas emmagasine tout cet amour, l'embrasse puis le jette en l'air dans un éclat de rire. Tous les deux se retrouvent comme s'ils ne s'étaient jamais quittés.

« Papa, tu as tiré avec ton pistolet ? Et avec ton fusil qui tire plein de balles à la fois ? Et dans ton gros camion qui arrête les missiles des autres, tu as pu viser avec le canon qui se trouve sur le toit ? » Les questions arrivent en rafales de mitraillette ; Mattéo a été trop longtemps séparé de son papa, il se rattrape alors que tous les trois gagnent le mess des officiers, qui accueille la foule des grands jours pour le pot de retour.

« On n'attendait plus que vous, Karten », chambre le colonel Colin, tout à sa joie de voir rentrer ses troupes saines et sauves, en tout cas en apparence. Dans cette assemblée bigarrée de civils et de militaires, chacun donne le change pour honorer ce retour solennel.

Personne n'écoute les discours qui s'enchaînent ; le maire, la députée, un général, puis le colonel s'expriment dans un style convenu. C'est interminable.

« Le champagne va être chaud », ose un soldat caché au fond de la grande salle de restaurant. Ça a le mérite de dérider l'atmosphère, et d'accélérer un peu le mouvement.

Stanislas s'écarte quelques instants, prétextant un coup de téléphone à passer à sa mère. En fait, il n'avait pas prévu cette arrivée, il doit s'organiser pour être à la hauteur de la surprise de Marie. Il cherche en urgence un bel hôtel pouvant les accueillir tous les trois ce soir dans le coin. Il opte pour le château du Clos de la Ribaudière, à huit kilomètres de Poitiers, établissement quatre étoiles avec piscine, spa et restaurant gastronomique. Il choisit la suite la plus spacieuse, avec deux chambres, et il réserve une table pour le dîner.

En revenant dans le groupe, Stanislas se garde bien de dire quoi que ce soit. Il sait juste que Marie n'est pas de garde aujourd'hui et demain au commissariat de Cholet, ça suffit à son bonheur.

La fin d'après-midi est splendide. Ils se promènent tous les trois sur les sentiers autour du parc de l'hôtel, dans le calme de la campagne, main dans la main, comme une famille classique. Cette normalité, Stanislas la traque pour l'apprivoiser, la caresser et en faire son quotidien. L'ordinaire doit devenir l'extraordinaire pour eux ; plus qu'un objectif, c'est un impératif de survie de leur couple et de lui-même dans cette nouvelle existence qui s'annonce.

Ils s'expriment peu, avec les yeux et en souriant. Mattéo fait le pitre, électrisé par la présence de son idole, ce papa fascinant mais aussi trop souvent absent. Marie se serre tout contre son amoureux, à lui faire mal, comme pour ne jamais le lâcher. Lui la dévore du regard avec la timidité et le manque d'assurance d'un adolescent. Cela fait si longtemps qu'il n'a pas été aussi bien dans sa peau qu'il a du mal à réaliser, mais il savoure.

La découverte de la suite reste un moment incroyable. Que de luxe, de dorures, d'espace et de hauteur sous plafond ! Le lit est immense dans la chambre principale, ils n'ont jamais vu un truc pareil, aussi long que large. C'est le directeur de l'hôtel qui les accueille. Il félicite Karten pour cette mission réussie ; il a été mis au courant et il leur annonce qu'ils sont surclassés. Pour eux, la suite nuptiale, le top, il n'y a pas mieux, et au prix d'une chambre classique. Le conte de fées se poursuit.

La famille n'a qu'un impératif ce soir : regarder le journal régional vers 19 heures pour voir le sujet tourné à l'arrivée de la compagnie au régiment ce midi. Mattéo fait du trampoline sur le lit de ses parents, imité rapidement par son papa. Tous les deux s'amusent comme des fous, pendant que Marie prend un bain de diva, avec une mousse onctueuse et débordante dans cette baignoire jacuzzi de la taille d'une petite piscine. Elle n'a pas assez de tous les produits mis à sa disposition. Elle prend un pied terrible, « vis ma vie de star » pour une journée unique et mémorable.

Le journal commence, plus personne ne parle, le retour du Mali fait l'ouverture. Rien que le lancement du présentateur met dans l'ambiance : « Les fantassins de Poitiers sont rentrés ce midi après cinq mois de mission au nord du Mali. Leurs familles les attendaient, femmes et enfants presque au garde-à-vous avant une effusion d'émotions, de larmes et de câlins… »

Dès le début du reportage, on voit Karten enlacer Marie et Mattéo. On l'entend murmurer des « je t'aime » étranglés de sanglots. Mattéo ne tient pas en place. Trois gros plans à la suite, les mains emmêlées, un baiser langoureux et enfin des éclats de rire, rien que pour eux. Ils sont le fil rouge de ce document. Stanislas exprime face caméra sa joie de rentrer après un séjour aussi dur que périlleux, Marie lui offre un sourire béat qui en dit long sur son amour et le soulagement de le retrouver. Dans le canapé de leur suite, ils se collent tous les trois, un peu gênés de se voir à la télé, ils n'ont pas l'habitude.

Soudain Marie se fige. Elle prend conscience des conséquences de ces images. Et si Ludovic, son amant encombrant, les voit, comment réagira-t-il ? Officiellement, ils n'ont pas rompu, même si les liens se sont distendus. Et surtout, elle ne lui a jamais dit qu'elle tenterait de recoller les morceaux avec Stanislas ; au contraire. Elle redoute les conséquences. Elle choisit de crever l'abcès tout de suite et d'en parler à Stanislas, d'autant que Ludovic lui laisse un message assassin dès la fin du reportage – il était devant sa télé au moment des retrouvailles de sa maîtresse et de celui qu'il croyait être à tout jamais son ex.

Stanislas était à mille lieues de penser à ce connard, son sang ne fait qu'un tour. Tous les souvenirs, et notamment ce coup de téléphone en plein désert, lorsque Ludovic lui a annoncé qu'il allait désormais s'occuper au quotidien de son fils Mattéo, rejaillissent.

Un peu plus, il prendrait la voiture direction Cholet pour aller lui casser la gueule. Mais il se calme assez vite, aidé par Marie qui lui jure que cette histoire est du passé, qu'elle s'est mise avec ce type surtout pour lui faire mal, encore une vengeance, comme d'habitude. En tout cas ce Ludovic ne paie rien pour attendre. Son compte sera réglé sous peu, mais ce n'est ni l'heure ni l'endroit. Karten se surprend lui-même à faire preuve de tant de discernement et de patience.

Leurs téléphones à tous les deux croulent sous les messages. Ah ! La caisse de résonance de la télévision… Des amis, des collègues policiers, des militaires, de la famille, beaucoup sont émus de les voir réunis. La plupart sont au courant qu'ils sont passés par des phases critiques et certains ignoraient même qu'ils étaient encore, ou de nouveau, ensemble.

Le dîner est divin. D'abord à trois, puis rapidement à deux lorsque Mattéo termine son plat de nuggets avec des frites et qu'il file regarder un dessin animé dans une salle toute proche du restaurant. Ils sont seuls au monde dans cette petite alcôve face à un bow-window qui donne sur le jardin à la française parfaitement entretenu. Ils ne peuvent pas être mieux placés. Le serveur leur explique que Michèle Morgan a déjeuné à cette table et que le général de Gaulle y a bu un thé dans les années 50. Le moment est irréel ; il y a moins de quarante-huit heures, Karten cuvait son whisky sans aucune perspective d'avenir.

Tout n'est pas résolu, loin de là, mais Stanislas et Marie savourent cette parenthèse sans se poser de questions, en profitant de l'instant présent. Ce n'est pas tous les jours qu'elle peut se considérer comme une princesse en son château, un rêve de petite fille jamais assouvi, et qu'il se place dans la peau du chevalier galant et généreux, relayant au second plan ses troubles, mis en sommeil ponctuellement.

Le menu gastronomique est somptueux et trop copieux, « l'équivalent de dix rations de survie sur le terrain », rigole Karten en dégustant un brie de Meaux revisité avec de l'abricot. Des tomates anciennes à la crème de burrata, de la seiche, du cabillaud aux petits pois frais, en passant par une boule de veau aux herbes, tout est parfait jusqu'au dessert, une pavlova à la cerise relevée par une glace au basilic, le tout dégusté en buvant un excellent bourgogne, un givry premier cru de chez Joblot, le vin préféré du roi Henri IV.

Le champagne, un Ruinart millésimé, est offert par la maison. Que d'égards pour ce héros que le maître d'hôtel en personne vient saluer et remercier pour services rendus à la nation. Stanislas ne boude pas son plaisir ; il adore ces marques de reconnaissance, surtout en ce moment où il est contesté, bousculé et affaibli par l'institution qui lui a tout donné.

Pour la nuit de retrouvailles, on reste dans le même tempo, elle est volcanique. Marie n'a jamais cessé de lui dire et de le confier à ses copines, Stanislas est le meilleur coup qu'elle ait rencontré, il l'enivre à la première caresse, il le sait, en joue, en abuse parfois aussi !

Mattéo s'est déjà envolé pour un songe de héros de guerre depuis longtemps, les mains prises par ses deux doudous qu'il tient solidement.

Malgré la fatigue, Marie et Stanislas ne trouvent pas le sommeil, ils ne veulent pas que s'achève cette journée enchanteresse. Ils font sauter le bouchon de la demi-bouteille de champagne du minibar et refont l'amour pour rattraper le temps perdu. Leurs corps imbriqués ne se lâchent pas, l'osmose est totale.

« Une vie d'acteurs de cinéma, de stars de Hollywood, c'est exceptionnel ! » s'exclame Marie dans un élan d'excitation, un de plus en cette nuit fiévreuse.

L'horizon s'éclaircit doucement, le matin s'installe, dernier souvenir avant de fermer les yeux sur ce délice à deux, lovés en chiens de fusil, l'un contre l'autre, en position fœtale. À les regarder, on se dit que ce lit king size est beaucoup trop grand pour ces amoureux.

Au réveil, le carrosse se transforme en citrouille, la parenthèse merveilleuse se referme après un dernier privilège, petit déjeuner au lit à trois. Stanislas montre déjà quelques signes de nervosité, il est impatient, irascible, renfermé. Marie s'en rend compte tout de suite, elle le connaît par cœur, elle sait qu'il est en stress, qu'il ne parvient pas à se canaliser.

Le retour à Cholet est morose, Stanislas broie du noir dans la voiture. Seul son petit Mattéo lui met un peu de baume au cœur en le bombardant de questions.

Pour Marie, le retour à la réalité est compliqué.

Elle n'ose plus rien dire de peur de le contrarier.

Il est en boucle sur Ludovic, veut savoir s'il est venu vivre chez eux, enfin chez elle, et si Mattéo l'a rencontré. Si Marie est évasive sur sa présence dans l'appartement, elle est catégorique, leur fils n'a pas croisé Ludovic. Il la croit, mais la prévient : il va le voir. Dans son langage, ça veut dire lui casser la gueule et lui passer toute envie de s'approcher de nouveau d'elle. Son visage se transforme, ses yeux s'enfoncent dans leurs orbites, ses maxillaires tendent ses joues creusées, même sa peau rosit de rage contenue. Elle n'essaie même pas de contrecarrer ses intentions, c'est inutile, d'autant qu'après le reportage d'hier, Ludovic doit être dans le même état d'esprit, prêt à en découdre, d'abord avec elle, ensuite avec lui.

Karten va le devancer. Il s'est renseigné, il sait que c'est un biker et qu'il participe ce soir à un rassemblement dans un bar de Cholet. Il lui reste juste à l'identifier sur Google pour ne pas le louper.

Plus les heures passent et plus Stanislas monte en pression. Il est en boucle, éprouve une forme de jubilation à l'idée de se faire justice lui-même. Depuis cinq mois, il ne s'est plus battu et ça le démange, surtout que pour une fois il a une bonne raison d'aller au carton.

Stanislas a récupéré son vieux pick-up Ford, il y est très attaché. Ensemble ils grimpent aux arbres sur les chemins forestiers de la région. Karten se gare devant le bar et reste en observation. Il scrute les motards qui arrivent jusqu'au moment où il distingue Ludovic enlevant son casque en descendant de son destrier, une Harley-Davidson Road Glide Special bien préparée, reconnaissable à sa peinture feu.

Comme au combat, il faut agir vite et surprendre l'ennemi. Karten le cueille au pied de sa moto, dans une zone suffisamment éloignée de l'entrée du bar pour n'éveiller aucun soupçon. Les présentations sont rapides, Stanislas lui assène d'abord une énorme claque en guise de bienvenue. Il ne prend pas le temps de parler, ou si peu. Deux beaux bébés face à face, deux hommes faits du même bois, aucun n'ayant l'intention de se coucher devant l'autre. Un corps à corps s'engage, les coups pleuvent de part et d'autre. Karten, touché à l'arcade sourcilière, trouve un second souffle pour mettre définitivement Ludovic hors d'état de nuire. Il le laisse le visage en sang, le souffle coupé, vautré sur le trottoir. Règlement de comptes entre hommes, ils sont tous les deux amochés. Karten repart comme il était arrivé, sans beaucoup parler, proférant juste une menace : « Que je ne te voie plus jamais approcher Marie, et surtout mon fils Mattéo, sinon la sanction sera beaucoup plus sévère qu'aujourd'hui. Tu t'es pris pour un autre, tu as cru me sortir du jeu en mon absence, mais tu as perdu sur toute la ligne. Regarde dans quel état tu es, et surtout, Marie t'a jeté comme un malpropre. »

Stanislas regagne l'appartement de Marie, lui fait un rapport circonstancié et surtout explique à son fils qu'il s'est fait mal lors d'un exercice à la caserne pour justifier l'entaille et le coquard au-dessus de son œil droit.

Fin de l'histoire, enfin c'est ce que pense Stanislas à ce moment-là. Car tous les deux se reverront plusieurs fois, autour d'une bonne bière, l'animosité ayant disparu.

La semaine de vacances ne tient pas ses promesses, sans qu'elle soit horrible. Stanislas connaît son traditionnel coup de mou post-opération où tout lui paraît fade. Physiquement, il a besoin de récupérer, il dort beaucoup, surtout la journée car la nuit, il est toujours sujet à de longues insomnies au cours desquelles il s'enfonce dans un cafard épouvantable.

Au bout de trois jours, il repart dans cette spirale destructrice avec du whisky et du gin comme remède dès la tombée de la nuit, pour faire redescendre le curseur de sa nervosité et de ses angoisses. Il n'a le goût à rien. Il se traîne comme une âme en peine, passant du canapé au balcon, grillant les cigarettes les unes après les autres. Il n'est d'aucune utilité dans le quotidien de la maison, plongé dans cet état où les extrêmes se succèdent sans prévenir. Il prend énormément sur lui pour ne pas s'emporter contre Marie et Mattéo : lorsqu'il monte en température, il prend le large pour se retrouver seul, unique solution pour ne pas perdre pied.

Ces crises d'angoisse vont crescendo au fur et à mesure que son rendez-vous avec un psychiatre de l'hôpital militaire Desgenettes à Lyon approche. Il sent le piège, Gaudillière et le personnel médical à Chypre ont été clairs : sa vie de soldat est à un tournant – voilà qui est poliment dit.

Le 3 septembre 2013, un général deux étoiles, médecin-chef, psychiatre, le reçoit solennellement, avec devant lui sur son bureau un épais dossier, l'histoire complexe de Karten. La présence de ce haut gradé, chef de service, l'inquiète.

Stanislas est dans un sale état ; il n'a pas fermé l'œil de la nuit, il a ressassé toutes ses missions, s'est remémoré toutes ses errances sans trouver de raisons valables à opposer à celui qui soulignera sa santé mentale chancelante.

Le contact est distant, même si le général Pelard l'observe avec une forme de compassion, presque de pitié. Il est face à un malade qui s'ignore de moins en moins. Karten et lui s'observent dans un silence pesant. Ces quelques secondes où ils se reniflent paraissent interminables. Il n'est en aucun cas question de hiérarchie, de protocole. Stanislas baisse le regard lorsque le général lui adresse un léger sourire bienveillant. Ça n'augure rien de bon. Comme d'habitude, Karten va essayer de se faufiler entre les mailles du filet tendu en maniant le mensonge, racontant une vie qui n'est plus la sienne depuis longtemps.

Le médecin écoute d'abord son patient lui raconter sa fatigue physique et psychique après cette mission au Sahel. Il raconte son propre film, enfin celui qu'il aurait aimé vivre ; il se met en scène dans le rôle du sergent-chef sans peur et sans reproche, courageux, leader charismatique qu'il est souvent, en omettant de parler des sorties de route et des comportements inquiétants. L'opération de sauvetage a commencé, mais elle ne va pas durer, car le général se redresse, regarde Stanislas fixement et prend la parole avec une voix grave, posée.

« Karten, votre dossier est copieux, j'en ai pris connaissance ces derniers jours. Vous êtes effectivement depuis près de vingt ans un soldat d'élite avec des faits d'armes glorieux qui vous honorent et qui sont reconnus par l'institution et vos pairs. Néanmoins, votre comportement, et ça ne date pas d'hier, est parfois inquiétant, pour ne pas dire dangereux, en opération comme dans votre vie personnelle. Je ne vous juge pas, je constate froidement à la lecture des rapports de vos supérieurs, des médecins qui vous ont ausculté avant moi, des témoignages aussi des militaires qui partagent votre quotidien, que vous êtes de plus en plus imprévisible et sujet à des accès de colère dangereux pour vous et pour les autres. Et je ne vous parle même pas de vos problèmes avec la justice dans votre vie de tous les jours. »

Karten reçoit comme une déflagration les mots de cet homme qui le met devant ses propres tourments, preuves à l'appui.

Le général Pelard continue de dérouler son propos.

« Au Mali, vous avez encore franchi une étape dans ce déséquilibre soudain qui vous caractérise. Vous avez basculé du mauvais côté, là où le courage valeureux laisse place à une inconscience suicidaire et incontrôlée. Auparavant, mes collègues ont estimé que vous aviez la capacité à gérer ces moments de stress surtout dans l'exercice de votre métier. Force est de constater qu'ils se sont trompés, mais c'est facile de faire cette analyse a posteriori. J'aurais probablement émis le même avis favorable à leur place, lorsqu'on a validé votre départ pour cette mission en Afrique. Aujourd'hui, la situation a évolué parce que vous avez montré des tourments beaucoup plus sévères que ce que nous imaginions. L'humain n'est pas une science exacte, la médecine et la psychiatrie en particulier. »

Karten n'en peut plus de ces belles phrases. Il se retient de lui couper la parole pour connaître ses conclusions. Il a compris qu'il ne s'en sortira pas cette fois-ci. Il sait que sa vie est à un tournant. Son sang bout, ses mains moites tremblent, il les serre fort pour masquer son courroux et sa déstabilisation. Ce n'est pas le moment d'en rajouter même si ça ne changera rien.

« Karten, je suis au regret de vous annoncer que vous n'êtes plus opérationnel. Je l'ai décidé en étroite collaboration avec vos chefs au régiment, et avec les médecins qui m'entourent, ceux qui vous connaissent. Je sais que c'est une décision lourde de conséquences, mais c'est la seule raisonnable et responsable qui vous protège. »

Stanislas reste bouche bée, comme abattu par ce scud qu'il pressentait pourtant. Il tombe à genoux, aux pieds du médecin.

« Je vous en supplie, mon général, ne faites pas cela, vous allez me tuer ! Si vous m'enlevez ma condition de soldat et de guerrier, je n'ai plus aucune raison de vivre ! Soignez-moi pour que je puisse repartir, je suis encore jeune, je n'ai jamais démérité... Qu'est-ce que je vais devenir ? Y avez-vous pensé ? Je suis en train de tout perdre ! »

Le psychiatre n'avait pas anticipé une réaction aussi forte. Il aide Stanislas à se rasseoir tout en restant ferme sur son diagnostic, répétant qu'il arrive déjà trop tard. Et ça, Karten en est conscient, même s'il ne l'avouera jamais en public et encore moins devant un médecin. Le reconnaître, c'est s'affaiblir.

« Vous devez dès aujourd'hui vous soigner pour réguler vos troubles. Et nous allons vous aider, faites-moi confiance. Vous souffrez comme de nombreux soldats d'un syndrome post-traumatique évident qui s'est déclenché lors de vos premières missions et qui n'a cessé de s'accroître au fil des années et des opérations compliquées auxquelles vous avez pris part. Vous êtes une victime collatérale des conflits que vous avez vécus. »

Le rendez-vous touche à sa fin, Stanislas en a assez entendu, il sait qu'il ne pourra pas faire machine arrière, mais il a encore la possibilité de refuser l'hospitalisation que lui propose le général. Karten est toujours dans le déni et considère déjà que son éviction de l'armée des guerriers est une injustice, il ne va pas en plus lui donner raison en acceptant, appelons les choses par leur nom, un internement.

En revanche, il ne peut rien contre l'arrêt maladie qu'on lui impose : un mois de repos complet pour commencer. Un supplice quand on ne vit que dans et pour l'action, et une humiliation vis-à-vis de ses hommes, qui forcément vont apprendre la raison de son absence. Stanislas doit se résoudre à admettre qu'il n'est plus infaillible, et pire encore que tout ce monde qui gravite autour de lui est informé de la dégradation de son état et de ses conséquences.

Les hommes de son groupe de combat ne sont pas surpris quand leur capitaine leur annonce que Karten ne reprendra pas son poste après sa convalescence. C'est la suite logique des choses. Ils sont partagés : d'un côté, ils sont soulagés de ne plus obéir à ses ordres et, de l'autre, tristes de perdre un meneur hors norme, un soutien de tous les instants qui a marqué leur histoire militaire.

L'annonce de son retrait forcé fait l'effet d'une bombe à fragmentation dans la vie de Karten, qui reprend son processus d'autodestruction, le trio infernal alcool, violence et instabilité sentimentale, pour parler poliment. Il redevient odieux avec Marie, passant d'un sentiment extrême à un autre en une seconde, parfois sanguin et survolté puis éteint, envahi par le spleen. Bref, ingérable.

Il n'a plus aucune patience pour supporter Mattéo, gamin triste et perdu dans l'incompréhension totale, en demande permanente d'une tendresse qui ne vient plus. Le petit bonhomme traîne une forme de culpabilité, comme s'il était à l'origine de la situation, mais sans en comprendre les raisons. À 5 ans, il subit en silence. Sa maman a beau le réconforter et le dédouaner de toute responsabilité, Mattéo cherche chaque jour ce héros de papa qui s'éteint à petit feu et qui crie de plus en plus souvent sur sa maman.

Karten est aussi aux abonnés absents avec Rémy, dont la mère ne fait rien pour arranger la situation, trop contente de voir ce père défaillant s'enfoncer et se décrédibiliser aux yeux de son fils, qui va avoir 10 ans et qui a pris l'habitude de vivre avec un papa inexistant.

Karten remet son treillis pour la première fois depuis des semaines un mardi matin. Des jours à tourner en rond, faute de perspectives et d'envies, et aussi parce que sortir de la maison lui est de plus en plus difficile. Il redoute le monde, le bruit, la promiscuité, premiers effets néfastes d'une hypervigilance développée au combat. Sa capacité d'adaptation est altérée, ses réflexes de soldat exacerbés au point d'être à l'affût même au supermarché. Prémices d'une camisole kaki.

Ce retour parmi les siens, Stanislas le redoute, d'autant qu'il réintègre l'armée comme troufion de base, lampiste au milieu des guerriers. Il est muté en interne gestionnaire des véhicules du régiment, avec notamment la responsabilité de l'aire de lavage. Une humiliation suprême pour un homme d'action, une voie de garage, c'est le cas de le dire, qui précipite la descente redoutée. Karten n'a jamais considéré les bureaucrates de l'institution comme des soldats, ce n'est pas pour accepter ce poste en bois sorti du chapeau d'une DRH en mal d'imagination et surtout de solutions. Mais il n'a pas le choix, il faut bien bouffer, il n'a aucune autre corde à son arc de vie.

Au fur et à mesure que les journées s'enchaînent, sans but ni intérêt, les frustrations augmentent, l'aigreur l'envahit et la clairvoyance l'abandonne complètement. Un jour qu'un militaire du rang de ses adjoints lui parle mal, lui manque de respect, Stanislas lui saute à la gorge avec une fureur bestiale. Des semaines de mal-être s'abattent sur ce malheureux qui paie pour tous les autres. Karten, sans retenue ni discernement, faute dans l'enceinte même de la caserne et s'offre en spectacle à ses homologues, qui tardent à réagir devant la soudaineté et la violence de la charge.

Stanislas assène un premier uppercut au malheureux, qui s'effondre de tout son long sur le bitume. La suite dépasse l'entendement. Il lui écrase le visage avec ses rangers et le roue de coups de pied avant d'être ceinturé difficilement par des camarades venus à la rescousse.

Karten hurle de rage, se débat comme un animal pris au piège, menace la terre entière de représailles dans un discours décousu. Ses lèvres sont blanches de bave, son front luisant de transpiration et ses artères temporales sont gonflées comme si elles allaient exploser. Rien ne le calme, si ce n'est cette clé de bras réalisée par un sergent de permanence qui le maintient immobile, le visage collé contre le mur rugueux du garage.

Le médecin intervient, d'abord avec des mots bien dérisoires puis avec une piqûre, qui le tranquillise. Stanislas baisse la garde puis se recroqueville dans un coin de la pièce, pour s'isoler des regards d'une assemblée alertée et regroupée devant lui. Ils sont plusieurs, accroupis face à lui à tenter de le ramener à la raison. Il les regarde comme des inconnus avec ses yeux étrangement vides, comme si son esprit avait quitté son corps.

Il est emmené à l'infirmerie, soutenu par deux types ; il ne tient plus sur ses jambes.

Déchéance d'un homme qui ne s'appartient plus et qui s'engage dans un tunnel d'où l'on n'aperçoit aucune lueur d'espoir. Cette affectation par défaut n'aura duré que quelques semaines. Et un malheur en entraînant un autre, Marie le fout dehors une nouvelle fois.

Stanislas est plus seul que jamais quand il aborde ce virage majeur de son existence. Il a 40 ans.

Chapitre 14

Une chambre désespérément blanche, sans le moindre meuble, un néon qui éclaire d'une lumière froide et blafarde, un lit médicalisé fixé au sol, avec des barreaux qui peuvent le transformer en prison, et une fenêtre définitivement condamnée, miroir d'une vie enfermée.

Je vis comme un mort-vivant entre quatre murs dans cet hôpital psychiatrique à Nantes, véritable cour des miracles pour hommes désespérés. Je ne connais les autres que par leurs crises, leurs hurlements et les rares mots que j'arrache aux infirmières pour étancher ma curiosité. Cet établissement n'est pas réservé aux militaires, il est le carrefour des laissés pour compte de la vie. Les rares malades que je croise lors de ma promenade quotidienne ou que j'entraperçois dans les couloirs me renvoient une image effrayante. Les maladies psychiatriques détruisent l'âme, mais ils déforment aussi notre carapace.

Je suis harassé de fatigue ; je n'ose plus me regarder dans le petit miroir scellé dans le mur, je ne suis plus moi-même, c'est horrible, ma tête et mon corps m'ont abandonné. Ce n'est pas faute d'avoir été alerté depuis bien longtemps. Mais je suis resté sourd à toutes ces mises en garde de mon disque dur physiologique, je les ai même combattues, persuadé d'être un autre, un gladiateur indestructible. En fait, je suis comme une prune gâtée, flétrie de l'extérieur, et rongée de l'intérieur par ce ver fourbe et pernicieux qui creuse son sillon de déséquilibres dans les profondeurs de mon cerveau. Je voudrais disparaître, mais je n'aurai jamais le courage de passer à l'acte, sûrement parce que je me débats toujours pour ne pas accepter mon état, seul contre tous, convaincu que je suis surtout un incompris.

En entrant dans cet asile, j'ai tout perdu, je suis comme lobotomisé par des médicaments qui m'assomment, par des échanges qui m'infantilisent. Pourtant, je reste fier et aveuglé par mes certitudes de guérison rapide. Je ne crois aucun de mes interlocuteurs, je les écoute à peine ; ils ne savent pas, ils ne me comprennent pas. Je les envoie balader avec un dédain proportionnel au peu de crédit que je porte à leurs diagnostics. Je reste insupportable, même si la chimie a raison de mon énergie.

Ici, je n'ai pas le choix, je suis obligé de prendre mes médicaments, un bataillon de cachets matin et soir qui m'attaquent sans que je puisse me défendre. Je hais l'infirmière de service qui attend devant moi que j'avale ces pilules de poison, telle une maman qui oblige son enfant à terminer son assiette. Elle n'a aucune humanité, son regard est creux. On m'infantilise avec une posologie de tranquillisants qui m'éloignent de ce que je suis vraiment sans me laisser la moindre chance de me battre. Je m'enfonce dans un état semi-végétatif comme si j'avais été piqué par une mouche tsé-tsé. Ah, c'est sûr, je ne suis plus du tout gênant, j'agis comme un robot, téléguidé par ces blouses blanches qui se succèdent à mon chevet. Je passe mes journées seul à communier avec la télévision, mon unique passe-temps. Je m'éteins à petit feu, n'ai plus goût à rien. Je n'arrive même pas à appeler mes enfants, j'ai honte de moi et je veux qu'ils gardent l'image du guerrier. Le héros, pour un enfant, ne peut se transformer en zéro ! Je compte sur Marie et Magali pour trouver les mots afin de préserver Mattéo et Rémy de ce moment où leur papa plonge dans les abysses de son existence.

Je suis complètement assisté dans mon quotidien, je n'ai plus aucune autonomie, plus de libre arbitre. Et le pire, c'est que je m'en rends à peine compte. Je suis comme un animal blessé qui n'a plus que ses yeux pour appeler au secours. Je ne blâme personne, je souffre dès que les médicaments ne m'enveloppent pas. Je me sens horriblement seul ; mes parents, avec qui les contacts sont sporadiques, ne savent pas que je suis interné, ma sœur et mes amis non plus. Ils sont habitués à mes nombreuses absences et à mes silences de longue durée. Et moi, je ne veux alerter personne pour ne pas m'afficher dans cet état de délabrement.

À partir de la deuxième semaine, une ergothérapeute me rend visite le matin et me parle au départ comme à un enfant en crèche. Elle me propose de faire des cendriers en pâte à sel, de la poterie en guise de rééducation. J'hallucine, me révolte mollement contre cette forme de régression dans laquelle je ne perçois aucun bienfait, au contraire. J'ai mal à ma fierté, je lui parle avec brutalité quand je desserre la mâchoire, et je refuse en bloc toute collaboration, malgré sa patience et sa grande humanité.

Voyant ma détresse, cette femme range ses ustensiles de Mako moulage et s'assoit sur mon lit. Elle a cette attention que je n'espérais plus, cette qualité d'écoute qui me redonne un semblant de confiance. Elle me déride et parvient à instaurer une relation de proximité qui me fait du bien. Elle me comprend, ou tout du moins me le laisse croire. Sa voix douce m'apaise, elle est une des rares à ne jamais me juger, et à m'offrir de la tendresse dans le regard.

Je me détends un peu plus chaque matin, je l'attends comme un sauveur, et suis en situation de manque lorsqu'elle est en repos. J'ai besoin de cet échange, je l'écoute toujours beaucoup plus que je ne parle dans les premières minutes de chacune de nos rencontres, puis je me libère et je commence à vider mon sac, qui déborde. Son empathie agit comme une éponge. Elle joue un rôle majeur dans mon début de reconstruction. Elle s'avère être mon meilleur médicament, ses mots servent de pansement à mon âme. Elle est la seule avec qui je me comporte sans filtre, sans jouer de rôle, elle me capte tout de suite et sert de lien très fort entre moi et les médecins.

Rien que pour cette rencontre, mon hospitalisation n'est pas inutile.

Je suis autorisé à rentrer chez moi, cinq semaines après mon arrivée, à l'issue d'un ultime tête-à-tête avec le psy, qui m'indique vouloir me revoir tous les quinze jours. Il reste vague sur l'évolution de mes troubles et sur l'effet de mon internement, m'indiquant laconiquement que je remplis les critères qui lui permettent de me laisser partir. Il me parle comme un surveillant général au collège qui m'aurait convoqué pour lever une punition. Son analyse ne me fait ni chaud ni froid.

Je ne suis pas en état de prendre du recul, encore moins de me projeter dans l'avenir, même immédiat. Ça peut paraître bête, mais ma seule préoccupation, c'est de savoir comment je vais rentrer chez moi, dans ma chambre de sous-officier, dernier lien pour moi avec l'armée, car je suis en congé maladie de longue durée et en attente d'une probable révocation. Quand ? Je n'en sais absolument rien. Je n'ai pas ma voiture, je ne veux appeler personne pour venir me chercher, je vais donc devoir prendre le bus pour la première fois depuis longtemps. J'ai peur, j'appréhende de me retrouver lâché seul en pleine nature, ou plutôt en ville, dans un contexte que je ne maîtrise pas. J'ai un besoin impératif de mes calmants pour déguerpir.

Même les choses les plus simples, comme donner ma carte vitale pour régler mon séjour, me paraissent insurmontables. Je prends sur moi, je garde mon calme avec difficulté, mais mon cœur s'emballe comme si je venais de terminer un sprint.

Me voilà sur le perron de l'hôpital, officiellement libre. Pourtant je me sens prisonnier de mon corps et surtout de ma tête. Je reste un long moment immobile, les yeux dans le vide, comme bloqué par une force mystérieuse qui m'interdit de réaliser les gestes les plus élémentaires.

Je m'oblige à bouger, de peur d'attirer l'attention ; je marche à deux à l'heure comme un automate dont on n'aurait pas remonté le mécanisme depuis des lustres. Un coup de klaxon dans la rue me fait bondir, je me cache derrière un pylône électrique, comme face à l'ennemi en mission. J'imagine les gens qui me regardent. Ils doivent me prendre pour un fou. Je reprends mon mouvement, évite soigneusement les personnes que je croise en changeant fréquemment de trottoir. Et en arrivant à l'arrêt de bus, je me fige, pris d'une épouvantable crise d'angoisse. Il y a une dizaine de badauds qui attendent le bus 36. C'est trop pour moi, c'est comme si on m'avait lâché au milieu de la foule, je panique, recule et m'éloigne, par peur de ne pas réussir à gérer mes émotions. Je laisse passer le premier bus, incapable de me mêler aux autres voyageurs, espérant que le suivant sera moins bondé. Je me trompe, un nouvel attroupement se forme. Je me parle à moi-même, je me persuade d'y aller malgré tout. Je suis dans un état second, je sue à grosses gouttes, je cligne des yeux comme si j'avais un tic, et je me frotte le visage de manière convulsive.

J'arrive enfin après un effort surhumain à monter dans le bus suivant. À l'intérieur, je me mets en face de la sortie, j'agrippe la barre de maintien comme si ma vie en dépendait et fixe mes pompes pour ne pas avoir à croiser le regard des autres passagers. Néanmoins, du coin de l'œil, je perçois une sorte de malaise. Les gens m'observent avec inquiétude. Je suis au bord du malaise, ma tête tourne, mes jambes sont ankylosées et me portent à peine. Il me reste deux arrêts avant de descendre quand une femme d'un certain âge s'approche de moi et me demande si j'ai besoin d'aide. La pire des humiliations, je voudrais disparaître, sa proposition accentue encore mon angoisse. Sans la regarder, je décline poliment, la voix cassée et les mots hésitants, alors qu'au fond de moi, je hurle « laissez-moi tranquille ! » pour me donner du courage. Je suis devenu complètement agoraphobe – le médecin m'avait prévenu que c'était un des symptômes fréquents du choc post-traumatique.

Je sors tant bien que mal du bus, je saute comme si j'étais poursuivi, je me retourne et m'écroule sur le trottoir. Mes cuisses flageolent, je ne peux retenir mes larmes. Heureusement, il n'y a personne autour de moi. Je me concentre pour me relever et gagner ma chambre, située à deux pâtés de maisons de là.

Je comprends que, dans cet état, ma vie va devenir un enfer, que je ne suis plus autonome. Ce n'est pas moi. Et je ne m'accepterai jamais comme ça.

La première soirée du reste de ma vie est cauchemardesque. J'ai un cafard de dingue. Alors pour oublier, je reprends mes bonnes vieilles habitudes ou plutôt ma béquille, le whisky. À la manière d'une batte de base-ball, le Jack Daniel's m'assomme et me laisse dans un piteux état. Au milieu de la nuit, je suis réveillé par l'odeur de mon propre vomi, qui s'étale autour de mon visage. Je me suis endormi tout habillé, la musique braille toujours. Je rampe jusqu'aux toilettes, m'arrête devant le lavabo pour me débarbouiller et me rafraîchir. L'odeur est pestilentielle. Je me regarde dans la glace, je ne me reconnais pas. Ce n'est pas moi.

Les jours suivants, je sors le moins possible, juste pour faire quelques courses aux heures creuses chez les petits commerçants du quartier, et voir quelques anciens collègues qui vivent eux aussi sur place. Les sentiments sont partagés, je suis heureux de les croiser mais ça me fait mal de comprendre que nos chemins se séparent définitivement. On a vécu tellement de belles choses ensemble, nous avons combattu côte à côte. Ce n'est pas vieux, et pourtant j'ai l'impression que c'était il y a un siècle. Leurs regards m'interpellent, je les sens gênés de me savoir en dehors du circuit. Pourtant je masque au maximum mes faiblesses, je joue le rôle du sergent-chef Karten, même si ça me coûte.

Mais peu à peu, nos rendez-vous s'espacent, ni eux ni moi ne prenons vraiment du plaisir à nous retrouver. Le train militaire est reparti sans moi. Ils partent en manœuvre, puis de nouveau en mission. Je l'apprends et ça me fait mal. Alors je m'isole encore plus, je me renferme sur moi-même, m'abrutissant en jouant jour et nuit à *Call of Duty*, ce jeu vidéo qui me permet de continuer à faire la guerre virtuellement. Je suis devenu un soldat de console de jeux.

Et puis un mardi, je décide de revenir à la caserne pour récupérer des affaires dans mon casier. Là, je prends une claque phénoménale quand je constate que le cadenas a été forcé, mes effets personnels enlevés, et mon armoire métallique donnée à un autre militaire. On m'a très vite effacé des listes, c'est terrible. J'en chiale tout seul, assis sur le banc de la douche collective où j'aperçois encore en revanche mon shampoing. Quel manque de respect et de savoir-vivre ! Je n'avais pas besoin de ça pour plonger encore plus bas. Je n'ose en parler à personne, tellement je suis abasourdi par cette inélégance crasse. J'apprends juste entre deux portes par une secrétaire civile qu'un sac plastique avec mes affaires a été déposé au bureau des sous-officiers de mon ancienne compagnie. Elle se propose d'aller le chercher, j'accepte, je ne veux voir aucun de mes anciens collègues. De toute façon, ils sont partis pour une séance de tir.

Je suis encore officiellement militaire, mais tout me montre qu'on m'a rayé de la carte et qu'on ne croit pas à mon retour, en tout cas pas ici dans cette unité. Je n'ai plus ma place, on me le fait bien sentir. La soirée qui suit est l'une des plus difficiles que j'ai vécue pendant cette période entre deux eaux. Je me tape la tête contre les murs, je brise le miroir de mon cabinet de toilette en le massacrant à coups de poing. Je n'existe plus, ni pour l'armée, ni pour ma famille. J'ai disparu des écrans radar, moi qui vivais avec le besoin permanent d'avoir la lumière braquée sur moi.

Je me dégoûte. J'ai dû prendre près de 30 kilos en quatre mois. Lors d'une de mes visites de routine devant le psy, il me demande de monter sur la balance et là, stupeur, je constate que je pèse 115 kilos. Jamais je n'avais dépassé le quintal. Un hippopotame : je suis gras du bide, mes pectoraux tombent, mes cuisses ne sont plus dessinées et je vois naître un double menton sous mon visage boursouflé.

Tout fout le camp, même mon physique m'abandonne, délaissé, comme tout le reste.

Cette visite à la caserne est salutaire, elle me sert d'électrochoc. Je n'ai plus le choix, je dois réagir sous peine de m'enfoncer dans un monde d'où on ne revient pas. Je décide de partir seul à l'aventure, loin de mes bases, dans un endroit que j'avais découvert plus jeune, les monts de la Madeleine, entre Roanne et Vichy, à cheval sur l'Allier et la Loire. Et je ne préviens personne. Je prends le strict minimum pour vivre en autonomie, sans avoir à croiser qui que ce soit, et rêve d'une vie d'ermite pour me prouver que je vaux encore quelque chose. Je m'en vais pour me reconstruire et cet objectif me transcende. Et je ne choisis pas la facilité, comme toujours.

Personne ne se rend compte que je suis parti, puisque je ne donne plus de nouvelles depuis longtemps. Je gare ma voiture pas très loin de Vichy, dans un renfoncement où se dessine un chemin entre les arbres, et je pars avec mon sac à dos militaire, vestige de cette vie qui me manque tant. La liberté, aucun impératif, pas de comptes à rendre, je peux aller où je veux et aussi longtemps que ça me chante. Je m'enfonce dans cette forêt primaire, sans forcément emprunter les sentiers, de crainte de croiser des randonneurs.

Je retrouve mes réflexes de guerrier, cette hypervigilance qui m'habitait en mission. Je marche 20 kilomètres par jour. Cela fait longtemps que je ne me suis pas senti aussi bien. Maître de mon quotidien. Je traite l'eau pour la boire, je pêche, je pose des collets et des pièges pour subvenir à mes besoins. J'ai toujours été passionné par les trappeurs américains qui survivent en autosuffisance. Et depuis des années, je m'entraîne à les imiter. Je ne compte plus les mécanismes fabriqués et les rats pris au piège depuis mon adolescence.

Les résultats sont tout de suite au rendez-vous. Le premier soir, je déguste un gros lièvre que je fais cuire et griller au feu de bois. Il sera suivi par une bonne truite de ruisseau. Le bonheur. Même s'il y a aussi des soirs plus austères avec un simple corned-beef. Mais je suis maître de mon monde, sans interférences. J'installe chaque fin d'après-midi un bivouac certes rudimentaire, mais agréable, le plus souvent au bord de l'eau dans un endroit escarpé loin de tout passage. Il m'arrive, à la nuit tombée, de chanter à tue-tête, de me libérer du poids de mes propres barrières. Je me parle aussi beaucoup assis en tailleur près du feu, pour chercher un rebond, un élan à cette seconde vie qui débute. Même sous ma bâche de fortune, quand il pleut, j'éprouve un sentiment de bien-être. Je me sens en sécurité, protégé de tous mes démons. Il y a des années qu'une telle sérénité ne m'a pas enveloppé à ce point, me permettant de dormir chaque nuit paisiblement.

Cette solitude salvatrice opère comme une thérapie. Je me camoufle au maximum, comme dans les films, pour ne surtout pas être repéré. C'est ma seule angoisse, rencontrer des gens, devoir parler ou, pire, me justifier. Mon téléphone reste éteint, je ne consulte pas mes messages. De toute façon, dans cette zone, le réseau est très capricieux, ce qui m'arrange.

Un matin, j'entends deux marcheurs qui s'approchent, je me sauve un peu en contrebas, n'hésitant pas à me couvrir de quelques branches feuillues pour me dissimuler, souvenir des jours d'observation et de renseignement passés dans le désert malien. Et je recommence chaque fois que je perçois une présence humaine. Je veux laver totalement mon esprit, m'éloigner de ces humains que je crois responsables des maux qui me rongent. Un sevrage complet.

Ainsi, pendant trois semaines, je vais errer sans but précis, sans destination établie, guidé par mon instinct, en essayant de faire le tri entre les différentes personnes qui cohabitent dans ma tête. Je me challenge, je m'engueule, je m'énerve contre certains personnages que je tente de chasser de mon esprit, j'en adoube d'autres comme étant ceux qui doivent me permettre de sortir de ce précipice dans lequel je suis tombé. Je mentirais si je disais que je suis parvenu à faire un vrai tri parmi tous les Stanislas qui sommeillent en moi. Mais cette introspection solitaire me fait du bien, même si je me doute que les bénéfices sont éphémères. Je prends tout ce qui peut me donner un peu de baume au cœur. Je ne m'ennuie jamais. Physiquement, je constate que je n'ai pas tout perdu, et cette vie frugale me permet de recouvrer un poids presque conforme à ce que je suis. Je me sens mieux dans mon corps et plus serein dans les limbes de mon cerveau. C'était le but. En rallumant mon portable au bout de presque trois semaines, je suis surpris d'avoir si peu de messages et aucun ne montrant d'inquiétude. Aucune envie d'y répondre. Pour dire quoi ?

Chaque jour, je m'oriente avec ma boussole et ma carte IGN, à l'ancienne. De toute façon, je ne possède pas de GPS. Je suis griffé de partout, j'accumule pas mal de dénivelé et des centaines de kilomètres en me rapprochant de mon point de départ, avec une idée bien établie derrière la tête. Contacter Jean-Pierre, un vieux compagnon de route qui demeure dans un petit village des alentours de Vichy et qui, comme moi, a dû quitter l'armée il y a quelques années, victime de soucis psychologiques. À l'époque, on ne parlait pas encore ouvertement de syndrome post-traumatique. C'est comme mon grand frère. Je décide de l'appeler à l'aide.

Sa réaction est à la hauteur de mes espérances. En bon ancien adjudant qu'il reste, il m'ordonne de le rejoindre chez lui pour y rester autant de jours que je le souhaite. Cette hospitalité me bouleverse, elle est rare. Il m'accueille comme un membre de sa famille. Je comprends vite qu'il a, lui, fait son deuil de l'armée et qu'il est prêt à m'offrir les clés pour l'imiter.

Le premier soir se transforme en beuverie, retrouvailles après des années d'éloignement. On s'est côtoyés à Poitiers, avant sa fin de carrière, et je reconnais que je n'avais pas vraiment pris la mesure de la gravité de ses troubles, trop accaparé par ma propre existence. Je me suis comporté finalement comme mes hommes l'ont fait avec moi quand je suis parti. Si cette prise de conscience atténue mon aigreur vis-à-vis de ceux qui m'ont peu soutenu, en revanche, elle me donne des regrets quant à mon attitude au moment où Jean-Pierre est parti.

Avant que nous ne soyons totalement ivres, j'ai beaucoup pleuré dans ses bras, et il m'a réconforté comme un père. Nous avons douze ans de différence. Gonflé par mes trois semaines de vieux loup solitaire en forêt, je vide mon sac et dis des choses que je n'ai jamais exposées auparavant, à personne, sur ma vie intime.

Et je vais continuer les jours suivants.

Je me souviens très bien de cette phrase prononcée par Jean-Pierre tandis qu'il me serrait très fort contre lui : « On va s'occuper l'un de l'autre, on va se faire du bien, et tu repartiras différent, je te le jure. »

Il m'a surtout dit de me débarrasser du soldat qui phagocyte l'homme et l'empêche d'exister au plus profond de mon être. « Comme moi, tu es né et tu mourras soldat ; pourtant, tu dois t'éloigner de ta condition de sergent-chef qui commande ses hommes pour prendre les commandes de ta vie d'homme. Accepte tes fragilités, elles font partie intégrante de toi, Karten, crache tout ce que tu as sur le cœur et dans la tête qui te gêne. »

Il lit en moi avec une clairvoyance étonnante, comme s'il était un cobaye qui avait expérimenté ce qui m'attendait. Un guide, un frangin, tel qu'il aime à se définir avec moi.

Nous partons marcher quotidiennement tous les deux, presque main dans la main. Plus aucun filtre n'altère nos échanges. Je verbalise avec précision ce que je ressens et me nourris de son expérience et de sa générosité. Il me confie, pour me réconforter et me faire comprendre que nous ne sommes pas deux cas isolés, que son grand-père a vécu les mêmes troubles au retour de la Première Guerre mondiale. Son pépé était haché par ce qu'il avait vécu dans les tranchées, mais à l'époque, c'était tabou, on n'en parlait pas, sous peine de passer pour un faible. « J'avais 4 ans, et je me souviens avoir vu mon grand-père pleurer en cachette. Ça m'a choqué de voir ce vieux monsieur digne exprimer sa détresse. Plus d'un demi-siècle après, je comprends. Mais lui n'avait personne à qui se confier, pas même sa femme. En ces temps-là, monsieur, on ne pleurait pas ! »

Les anciens combattants d'hier, aujourd'hui c'est nous !

Je repars de ces quatre jours conforté dans mon envie de m'en sortir comme lui, conscient qu'il peut y avoir un avenir après l'armée. Il en est la preuve vivante, même s'il n'a jamais retrouvé un emploi dans le civil. Il vit de sa retraite et de sa prime d'invalidité.

Il n'en reste pas moins que le chemin de la rédemption sera long et surtout très sinueux. Je ne me fais aucune illusion.

Quand nous nous quittons, les yeux inondés de larmes, il me confie cette réflexion si juste : « Tu sais, Stanislas, il est plus facile de vivre avec une jambe arrachée par une grenade, car aujourd'hui, on fabrique des prothèses de grande qualité. En revanche, il n'existe pas encore de prothèse du cerveau, même pour ceux qui, comme nous, ont perdu une partie de leur âme au front. Frangin, une jambe en moins ça se voit, nous, notre mal, ça ne se voit pas. »

Il me conforte dans l'idée que nous sommes autant des héros que les blessés physiques et que nous devons revendiquer les mêmes droits.

Chapitre 15

Stanislas apprécie cette parenthèse de presque un mois qui lui a fait du bien mais qui ne règle rien. Le retour dans sa turne du centre de Poitiers est difficile, le choc est rude. Ses problèmes et ses doutes rejaillissent. La rechute est sévère. Il est dans l'incapacité de gérer seul cette phase intermédiaire entre la fin de sa vie militaire et ce grand saut dans le vide vers une existence civile dont il ignore tout et qu'il redoute viscéralement.

Ses médicaments sont indispensables ; sans eux, il deviendrait fou. Stanislas craque dans le secret de cette alcôve, prison qu'il n'arrive plus à quitter, figé, bloqué par ce stress post-traumatique qui gagne du terrain. Sa tête bourdonne, il est pris de vertiges et tout devient problématique. Personne n'a de nouvelles, il ne sort que très rarement pour acheter une baguette, du whisky, un peu de fromage et descendre sa poubelle.

Lui qui avait l'alcool mondain et festif se renferme. Assis seul devant son miroir, en larmes, il constate la décrépitude de sa vie sans avoir la force d'inverser la tendance. Il ne prend même plus la peine de répondre au téléphone aux rares amis qui l'appellent. Rien à dire, honte de lui, l'impasse. Même s'il est toujours en arrêt maladie longue durée, et ça peut durer encore des mois, dans sa tête, il a fait son deuil d'une carrière qu'il idéalise plus que jamais mais qui s'achève sans panache, dans l'anonymat qu'il a toujours combattu.

Il n'est plus personne. Il est en manque de reconnaissance ; le regard des autres, c'est une drogue pour lui. Il a toujours fonctionné au relationnel, aux bons points et aux messages de félicitation. Il n'a plus que ses médailles pour refaire le match de vingt ans d'épopées. Son placard de médailles multicolores, souvenir de batailles héroïques, ferait la fierté de son grand-père, qui n'est plus de ce monde depuis des années. Lui, peut-être, aurait pu trouver des arguments réconfortants, il était le seul à le comprendre vraiment, à lui montrer de l'empathie et de la fierté.

Marie, comme souvent dans les moments difficiles, revient sur le devant de la scène. Leur amour est éternel, et malheureusement impossible. Pourtant, elle va une nouvelle fois tendre la main à son héros, parce qu'elle, elle sait par quelles phases il est passé pour en arriver à cette déchéance morbide. Elle veut le sauver d'une issue qu'elle redoute. En une conversation téléphonique, elle capte que la vie de son homme ne tient plus à grand-chose et qu'elle doit intervenir pour assistance à personne en danger. Marie n'hésite pas un instant, mieux, elle lui redonne sa confiance et lui offre comme cadeau de la dernière chance son amour, qui malgré les vicissitudes de la vie est intact ou presque. En éternelle utopiste, elle rêve d'une résurrection et d'un nouveau départ pour ce Stanislas qu'elle a dans la peau.

Elle va le chercher à Poitiers, le trouve dans un état de délabrement avancé, prostré devant la télé, incapable de réagir. À ce moment-là, elle n'est plus son amoureuse, mais un mélange d'infirmière, d'aide-soignante et de confidente. Stanislas, compte tenu du nombre de médicaments qu'il avale, a interdiction formelle de conduire. Il respecte les consignes, de toute façon, il n'a pas le choix, il est plus proche du légume que du sémillant quadra en reconversion.

Marie s'occupe de lui, l'entoure de toute son affection avec une angoisse qui la tenaille : comment va réagir Mattéo en découvrant l'ombre de son papa ? Car elle a bien conscience qu'il ne pourra pas faire semblant cette fois-ci, pas dans son état.

Stanislas prend les devants. Il explique à son fils, qui le regarde avec une immense tendresse, que les combats en Afrique l'ont rendu malade et qu'il se soigne avant d'entamer une nouvelle vie. Ces trois derniers mots font l'effet d'une bombe chez Mattéo qui comprend que son père ne partira plus à la guerre. Un vrai traumatisme pour ce gamin qui ne vit qu'au travers des aventures de son héros et qui n'a qu'une envie, prendre la même voie. Il n'insiste pas, il ne comprend pas tout mais il a saisi que son papa n'était pas disposé à en dire plus.

Durant plusieurs semaines, l'ambiance est pesante. Stanislas est amorphe, il ne vit pas avec Marie et son fils, mais à côté, et parfois même loin d'eux, comme un étranger. Sa libido est inexistante, son implication idem, il se dégoûte et a le sentiment qu'il ne sert plus à rien. Il remet même en cause sa condition d'homme. La seule avancée, c'est sa capacité à mieux maîtriser ses nerfs, bien aidé par les médicaments qui l'assomment et lui donnent aussi un peu plus de clairvoyance. Quand il sent que la rage monte en lui, Stanislas est capable de s'éloigner pour ne pas monter dans les tours.

Marie apprécie tout en sachant que le mal est profond et qu'à tout moment la violence peut reprendre le dessus. Il est à l'heure actuelle inapte au bonheur, même le plus simple d'une vie de famille harmonieuse. Elle aimerait tellement pouvoir profiter de moments complices et tendres, comme toutes ses copines, qu'elle envie. Mais elle ne se fait plus d'illusions, elle sait qu'à long terme, sauf miracle, leur histoire est vouée à l'échec.

Le plus difficile, c'est de ne rien montrer, de ne pas stigmatiser ses troubles et d'assumer néanmoins toutes les charges du foyer. Car pendant que Stanislas végète, Marie travaille, prend ses gardes et continue d'assurer comme lorsque son homme était en mission. Cela provoque évidemment des tensions. Elle se refuse à le considérer comme malade, elle a du mal à le voir totalement inutile, et ne trouve pas les mots, les occasions pour tenter de le remettre dans le droit chemin.

Il ne parle pas, n'exprime aucune émotion et éprouve régulièrement le besoin de se retrouver seul. Alors il repart à Poitiers de longues semaines sans donner signe de vie, avant de revenir à Cholet. Aucune logique, aucune règle, Stanislas est ingérable.

Heureusement, avec la plus grande discrétion, Jean-Pierre, son ami de Vichy, œuvre pour l'aider. Il contacte la cellule d'aide aux blessés de l'armée de terre et alerte son chef, le colonel Bienfait, de la situation de Stanislas, qui ne s'est jamais manifesté auprès de cette institution. Trop de fierté mal placée pour évoquer ses angoisses, ses carences et ses dérives auprès de gens dont c'est la spécialité.

Ce coup de fil va changer le cours de son existence. Il va permettre enfin d'entamer un chemin constructif vers une rédemption et une acceptation de son état. Cette structure dédiée aux blessés quels qu'ils soient, physiques ou psychiques, va trouver des solutions là où la médecine et les médicaments n'ont servi qu'à diminuer les symptômes sans véritablement traiter le mal.

Stanislas sait qu'il n'a pas trente-six solutions pour s'en sortir, alors il écoute Jean-Pierre qui l'implore de se laisser faire, avant de lui imposer de participer à la première édition d'un stage réservé aux blessés psychiques organisé dans le parc du Mercantour. Les Alpes du Sud, un paysage à couper le souffle, un chalet perdu au milieu de nulle part, et une dizaine de soldats malades d'avoir trop vu d'horreurs au front entourés, choyés et mis en valeur par d'autres militaires qui n'ont pour but que de les soulager et les aider à recouvrer la confiance et un sens à leur vie. En théorie, l'initiative est louable ; en pratique, c'est beaucoup plus compliqué.

Stanislas est confronté à un premier problème qui peut tout faire capoter : le voyage jusqu'à Fréjus, où le groupe a rendez-vous. Il a déjà des difficultés à sortir de chez lui, alors un voyage seul en train avec plusieurs changements… Mais ça fait partie du processus de reconstruction, c'est la première étape, un écueil pour tous ces cabossés en treillis, mais aussi un passage obligé qui doit traduire leur volonté de s'en sortir en étant actifs et maîtres de leur destin. Plus facile à dire qu'à faire. Sans l'intervention de Marie et de Jean-Pierre, Stanislas aurait renoncé avant même d'avoir commencé.

Il se mure d'abord dans le silence, fermé à toute explication rationnelle, pris de panique à l'idée de perdre le contrôle dans le TGV. Le monde, la promiscuité, les déambulations dans le couloir, les discussions, aller aux toilettes, sont autant de barrières qu'il croit infranchissables. Rien que d'y penser, il est atteint d'une espèce de crise d'asthme. Face à Marie, avec un regard de chien battu, sans aucune défense, un râle en guise de respiration, il fond en sanglots comme un gamin victime d'un gros chagrin. Elle l'entoure, le rassure en lui susurrant des mots apaisants au creux de l'oreille et lui propose d'appeler Jean-

Pierre qui sera d'un vrai secours pour le convaincre de se faire violence.

Il opine du chef, sans grande conviction. A-t-il vraiment le choix ? Il a bien compris que ce stage, c'était l'opération de la dernière chance. Toutes les autres, il les a laissées passer. Là, Stanislas se retrouve dans la position du petit garçon qui doit impérativement attraper le pompon du manège s'il veut un tour gratuit, autrement c'est terminé. Jean-Pierre utilise cette métaphore pour amadouer son ami, lui mettre les cartes en main. Une discussion s'instaure, Marie sert de relais tendresse, traduisant par des mots d'amour les arguments de Jean-Pierre expliquant qu'il aurait rêvé pouvoir bénéficier de pareilles infrastructures pour s'en sortir. « Je me suis démerdé tout seul, moi. Personne ne m'a tendu la main, tu m'entends, personne. On nous prenait pour des pleutres, des déserteurs, on nous cataloguait inaptes. Tu imagines ce que j'ai vécu, mec ? Alors, je t'en supplie, fais un effort, sors-toi les doigts du cul, et prends ce train, direction la guérison, ou tout du moins la rémission. »

Stanislas se redresse, bredouille quelques mots incompréhensibles, mais rien qu'au timbre de sa voix on sent qu'il a changé d'état d'esprit. Son œil s'illumine, Marie le détecte instantanément et le dit à Jean-Pierre. Le sergent-chef Karten ne refuse pas l'obstacle, et d'un « Oui j'y vais » timide, il prend la décision de partir vivre ces deux semaines de reconstruction et de partage avec des collègues aussi mal en point que lui.

« À plusieurs, vous allez pouvoir vous serrer les coudes, confronter vos expériences et trouver ensemble les clés du renouveau. Tu vas t'en sortir, mon amour, crois-moi, ne perds pas espoir. Et surtout compte sur moi, sur nous avec Mattéo pour te donner la force de redevenir le Stanislas lumineux et fort que j'ai connu. » Marie mériterait presque un diplôme de psychologie tant elle a trouvé depuis des années les arguments pour le sortir de cette galère. Elle n'a pas perdu espoir de le récupérer entier dans son corps et dans sa tête.

Jean-Pierre conclut avec son phrasé et son sens de la parabole. Il sait que Stanislas a une totale confiance en lui. « Karten, là quand je t'entends et t'imagine face à Marie, tu es comme un puzzle où les mille pièces sont en vrac dans la boîte, sens dessus dessous, c'est un bordel noir. Ça ne peut pas être plus désordonné, mais je te jure que tu vas revenir de ton stage avec au moins un tiers des pièces à leur place. Ensuite, force à toi de compléter ce puzzle en t'appuyant sur ceux qui t'aiment et que tu aimes. Et tu sais, le puzzle terminé, il te représente, toi, ta belle gueule, tes yeux bleus qui accrocheraient la lune, et ton port de tête altier, le gars séduisant et fort qui fait l'unanimité quand il va bien. »

Ils ont gagné, Stanislas part faire son sac, il prend le train demain matin à la première heure.

Ce voyage n'a rien d'une sinécure. Le bruit résonne dans les oreilles de Stanislas, qui fait penser à un garde du corps en train de surveiller une personnalité. Il ne tient pas en place, passe son temps à scruter les gens et à arpenter les couloirs comme pour voir le temps défiler plus vite. Il est aussi en manque de cigarette et attend l'arrêt à Lyon avec changement de train pour prendre sa dose de nicotine. Il est de toute façon shooté pour atténuer les effets du stress. Mais il éprouve une vraie satisfaction à se débrouiller seul. Il s'en croyait incapable il y a encore quelques jours. C'est un premier pas formidable dans ce processus de réhabilitation qui s'annonce long et complexe. Dans son cas, le moindre progrès devient un événement que l'on salue à sa juste valeur.

Son arrivée à Fréjus le réconforte, l'accueil est à la hauteur de son attente, chaleureux et personnalisé. Ses interlocuteurs militaires sont parfaitement au courant de ce qu'il endure.

Tout de suite, Stanislas est saisi par le regard d'un homme qui vient d'arriver et qui attend comme lui que le groupe soit au complet. Devant le caporal-chef Marceau, il a l'impression de voir son double, il se voit presque dans un miroir. C'est dingue comme les similitudes sont nombreuses entre eux. Et le plus étonnant, c'est que tous les deux ont la même réaction en se découvrant. Le courant passe très vite, un petit sourire à la fois complice et gêné brise la glace et la timidité qui entoure ces deux gros caractères blessés dans leur âme.

Stanislas a besoin de repères pour avancer et prendre confiance, Marceau en est un. Et il n'est pas le seul, même si la ressemblance avec les autres s'avère moins flagrante de prime abord.

Suite du périple : autocar jusqu'à Beuil, petite bourgade de six cents âmes au beau milieu du Mercantour. Terminus, tout le monde descend. Le chalet ne peut être plus isolé, plus rustique. Il appartient à un régiment du coin et il regroupe tous les avantages pour accueillir des gens fragiles qui aspirent au calme et à la sérénité. Presque une retraite spirituelle.

Comme en caserne, quatre par piaule. Stanislas partage sa chambre notamment avec Marceau, ce qui n'est pas pour lui déplaire. Mais il est tout de suite stupéfait de voir que tous les quatre ont le même réflexe, choisir le lit en face de la porte pour pouvoir contrôler les mouvements. Par ordre d'ancienneté, de grade et d'âge, Karten regroupe toutes les caractéristiques pour choisir son lit. Les premières minutes sont silencieuses, chacun fait son couchage au carré. Pas un millimètre de drap et de couverture qui dépasse, des années d'expérience. Ils sont tous heureux de replonger pour ce stage dans cet univers de soldats qui leur manque tant. Les réflexes sont immuables et la rigueur partagée sans avoir besoin de se parler.

Ce n'est pas une semaine de vacances, ils l'ont bien compris, ils attendent beaucoup de ce stage et du programme copieux qui leur est proposé.

Le premier soir est consacré aux présentations et à l'annonce des réjouissances. Solennité et respect lorsque le colonel Bienfait prend la parole et se présente. Ce type porte bien son nom, c'est un bienfaiteur de l'humanité. Il met son intelligence, sa sensibilité et ses cinq barrettes au service des blessés de guerre. Tous les blessés, sans exception, lui vouent une immense admiration. Il parle d'une voix douce qui fédère immédiatement.

« Il vous mettrait à l'aise un type plongé dans le coma », résume Marceau dès ce premier dîner.

Son discours est clair.

« Ici, pas de grade, pas de hiérarchie, on n'est pas là pour ça. On ne s'appellera que par nos prénoms. Tous ceux qui encadrent ce moment de partage sont là pour vous écouter, vous parler et vous aider à extérioriser ce qui vous pourrit la vie. Nous voulons vous aider, ne l'oubliez jamais. C'est notre seul but pour ce premier stage réservé aux blessés psychiques, qui j'espère en entraînera beaucoup d'autres. Pensez bien que c'est une chance pour vous d'être là, et pour nous aussi car vous êtes des héros de guerre, des soldats valeureux à qui j'ai d'abord envie de dire merci au nom de l'institution militaire pour services rendus à la nation. Vous avez aussi beaucoup à nous apporter. Je vous le dis avec émotion, je suis fier de partager ces instants avec vous, je crois beaucoup aux vertus d'un tel rassemblement. J'ai mis des années à le mettre en place, on y est, et on va vivre des journées denses et formidables. »

Les applaudissements sont à la hauteur du discours et de la grandeur de ce monsieur, qui passe la soirée à s'entretenir quelques minutes avec chaque blessé. Il les connaît comme s'il les avait commandés en opération. Stanislas boit ses paroles, il est sous le charme de cet homme qui mène sa mission au sein de la cellule des blessés de l'armée de terre comme un sacerdoce, une vocation. Il est habité par l'enjeu. Et il a vite compris que son énergie et ses convictions étaient ses meilleures armes pour faire triompher ce projet pour lequel il s'est battu et qu'il a fait aboutir.

L'équilibre de chacun est précaire, un rien peut venir gripper la machine si complexe du cerveau, a fortiori quand celui-ci a été déformé même si ça ne se voit pas de l'extérieur.

Le silence profond et les quelques bruits de la nature viennent perturber la première nuit de Stanislas qui fait les cent pas dans le couloir, de peur de réveiller ses compagnons de chambrée.

Encore et toujours sur le qui-vive, aucun lâcher-prise.

Le premier jour, c'est randonnée pour installer une vraie cohésion entre les stagiaires et aussi avec les encadrants. Rien de mieux pour faire connaissance et commencer à ouvrir son cœur. Sur le papier, belle initiative, mais dans les faits, c'est plus compliqué. Stanislas se raidit comme un piquet dès lors que le chemin commence à s'élever. La nature est relativement pauvre, un mélange de garrigue et d'arbustes qui lui évoque dans un flash une végétation et un relief similaires à ceux rencontrés en Afghanistan. Sa mémoire travaille, les souvenirs remontent à la surface, notamment ce jour où l'un de ses camarades est mort en sautant sur une mine avec son véhicule blindé. Ils sont plusieurs à ressentir la même chose. Il faudra plus d'une heure de marche hésitante pour les calmer, les ramener à la raison en trouvant les arguments pour qu'ils s'éloignent psychologiquement de cette terre synonyme de drames.

Tout prend des proportions considérables avec ces hommes fragilisés, d'autant qu'ils souffrent tous de pathologies sensiblement différentes qui demandent des approches individuelles. Tous mettent cependant un point d'honneur à marcher vaillamment, certains presque au pas ; vingt ans de service ça ne s'oublie pas et ça provoque des gestes réflexes conditionnés.

Peu à peu, les langues se délient, les zygomatiques se dérident, et les conversations s'installent. On entend même des rires et des moqueries potaches, preuve que le groupe vit bien et que chacun entraîne l'autre vers un univers peu ou pas exploré depuis l'arrivée sournoise de ces troubles psychologiques.

Les repas sont aussi l'objet de moments d'échanges précieux, où chacun est invité à s'exprimer en public pour exposer son cas. Pour certains, c'est impossible, du moins les premiers jours, pour d'autres, c'est vécu comme une libération. Stanislas se situe entre les deux. Il se fait violence pour aborder sa vie, en disant bien ce qu'il veut, s'éloignant parfois volontairement de la réalité, par pudeur, par fierté et aussi à cause d'un sentiment de honte.

Il reste sur la défensive face à aux accompagnateurs, qu'il trouve trop gentils, un comble. C'est louche, c'est tellement inhabituel pour lui, pour eux, d'être encadrés avec autant de prévenance et de considération.

Le stage lui rappelle des bons souvenirs d'enfance, lorsqu'il partait en colonie, l'été, loin de ses parents, découvrant un espace de liberté jamais exploré jusqu'alors. Les moniteurs d'antan sont devenus ces militaires aux épaules solides et à l'écoute généreuse. Ils ne sont pas là pour soigner, mais pour soulager, c'est le credo de ce stage.

Comme en colo, les activités s'enchaînent, le but recherché étant avant tout le plaisir, et retrouver confiance en soi en s'appuyant sur le groupe pour y parvenir.

Stanislas se régale dans les eaux froides de ce torrent de montagne où il découvre le canyoning. Le temps de la descente, il redevient le compétiteur et l'homme de défis qu'il aurait rêvé ne jamais cesser d'être. Il saute d'un rocher à plus de dix mètres dans une vasque d'eau minuscule, il fait état de ses compétences en rappel et s'éclate comme un gamin.

Et le soir, à la veillée, Stanislas s'ouvre, lui qui habituellement est fermé comme une huître. Il exprime son bonheur de participer à ce rassemblement, allant jusqu'à expliquer avec des mots simples qu'il n'a jamais été aussi heureux et serein en dehors des périodes de mission depuis le Kosovo, c'est-à-dire plus de dix ans.

Le colonel Bienfait lui répond du tac au tac que ça se voit. « Tu n'as déjà plus le même visage que lorsque tu es arrivé. Tu t'es détendu, tu es plus souriant, plus affable. Tu me diras, ce n'était pas difficile car dans les premières heures tu étais raide comme un bout de bois et muet comme une carpe. »

Tout le monde rit de bon cœur aux boutades du chef, ou plus exactement de l'organisateur, car Bienfait a horreur qu'on le qualifie de chef. Ici, pas de patron, pas de leader, chacun doit l'être au moment opportun.

Les choses se compliquent un peu pour Stanislas à la fin de la première semaine, lors de l'après-midi consacré à l'escalade. Il a le vertige et n'a jamais pratiqué cette activité qu'il a toujours détestée. Justement, fort de ces infos, les moniteurs l'exhortent à participer, ils ne lui donnent pas le choix. Il se laisse porter, relâche toutes les tensions qui le ligotent et se retrouve en équilibre instable sur une falaise à plusieurs dizaines de mètres du sol. Il effectue un effort immense en surmontant sa phobie du vide et en se montrant en situation de faiblesse. Dans un autre contexte, il aurait refusé l'obstacle, se serait braqué et il n'y aurait plus rien eu à tirer de lui.

Ce stage a le mérite de remettre de l'ordre dans la tête en chantier de chacun, de ranger les émotions, les frustrations et les plaies dans des cases, là où avant tout se mélangeait.

Lors des deux derniers jours de la première partie du stage, le colonel reçoit tous les participants individuellement, comme un potentiel recruteur, et tente de trouver des axes d'avenir pour ces hommes persuadés d'être finis, sans aucune perspective de reconversion.

Lors de ce tête-à-tête, et pour la première fois, le colonel Bienfait confirme ce que chacun redoute depuis longtemps : leur carrière militaire est définitivement terminée.

C'est avec tact qu'il demande à Karten, lors de leur entrevue, d'entamer le deuil de cette vie qui l'a mené sur tant de théâtres d'opérations. Il lui confirme qu'on lui laissera du temps, plusieurs années au cours desquelles il sera en arrêt maladie longue durée.

Stanislas se charge lors de cet entretien de bien fermer toutes les portes, de se dévaloriser pour noircir encore un peu plus un tableau loin d'être idyllique. À part mener un groupe de combat et tirer avec les armes qu'on lui a mises entre les mains, il ne se reconnaît aucune autre compétence susceptible de favoriser sa reconversion dans le monde civil. Mais Bienfait ne se laisse pas berner par la tirade alarmiste de Stanislas et, au détour de la conversation, insiste sur une de ses spécialités : il est instructeur véhicule blindé de combat d'infanterie, une qualification recherchée par les fabricants civils de ces engins si particuliers, notamment pour gérer la maintenance. Cette piste ne tombe pas dans l'oreille d'un sourd, même si la mise en pratique de cette compétence reste très floue à ce stade. C'est tellement gratifiant de voir un colonel s'intéresser à un sergent-chef en perdition avec tendresse et conviction.

La première partie de stage s'achève dans une allégresse qui jure avec l'ambiance de l'arrivée une semaine plus tôt. Le colonel Bienfait se livre encore plus devant ces hommes qu'il aime comme des frères d'armes : « J'aurais vraiment apprécié de diriger un groupe de combat composé de mecs comme vous tous, sans exception. Vos qualités, votre courage, votre force et votre rage pour venger ceux qui sont morts au combat sous vos yeux sont précieux. Vous pourriez former ensemble une section d'excellence. Vous avez entretenu une passion amoureuse extraordinaire avec l'armée. Malheureusement elle s'achève, mais soyez fiers de vous, ne regrettez rien, nourrissez-vous de toutes ces expériences quand vous aurez tourné la page. Croyez-moi, des CV comme les vôtres vont intéresser du monde dans votre seconde vie. »

Tous se redressent, se lèvent, émus aux larmes pour certains d'entendre pareil discours.

Bienfait poursuit : « Personne n'est préparé à tuer ou à voir des camarades tomber. Vous avez tous connu ces traumatismes fort jeunes et vous en payez le prix fort aujourd'hui. Voilà pourquoi j'irai au bout du monde avec vous et je vous soutiendrai avec la plus grande énergie possible. »

À ce moment-là, Stanislas s'évade. Il n'est plus complètement là. Il regarde son bras gauche, entièrement tatoué comme une grande partie de son corps. Des dessins sur la peau qui racontent son histoire. Sur l'intérieur de son bras, le tatouage fait écho aux propos du colonel : une faux imposante, représentant le trépas, une tête de mort et juste en dessous dix-huit petits traits, tous identiques, un pour chaque ennemi qu'il est certain d'avoir tué personnellement en mission. Dix-huit morts, sans compter ceux qu'il n'a pas identifiés, conséquence de combats nourris au canon à plusieurs centaines de mètres de l'objectif. Et sur les dix-huit, souvenez-vous, il y en a dix qui ont été abattus en Somalie, lors de sa première opération, il avait à peine 19 ans.

Karten est bouleversé, tout remonte à la surface. Bienfait vient de le toucher en plein cœur. Définitivement, cet officier supérieur s'affirme comme leur plus proche allié dans cette période si sensible.

Il conclut plus légèrement mais avec une phrase néanmoins lourde de sens : « Je crois pouvoir dire que vous êtes tous des voyous au sens noble du terme, sinon vous n'auriez pas pu endurer ce que vous avez vécu, vous avez des valeurs et un code de l'honneur, et je vous le répète, avec des soldats comme vous, on va au bout du monde. »

Bienfait lâche prise lui aussi, les yeux embués, mélange d'émotion et de joie d'assister à la mue de ces hommes concassés par la passion qui les anime depuis l'adolescence.

Fin du premier acte, tout le monde migre vers un camp de vacances à Fréjus au bord de la mer pour la seconde phase.

Changement de cadre, changement d'ambiance. C'est beaucoup plus festif, mais toujours aussi intense. Avec un invité supplémentaire, le bar, qui leur permet d'en prendre une ou deux belles, histoire de sceller définitivement cette cohésion. Avec en point d'orgue, avant le dernier week-end, un parcours du combattant, réminiscence d'un univers qui s'éloigne. Les gaillards ont de beaux restes, c'est ce que se dit le général Dard, challengé sur les obstacles avec humour par un Karten joueur, rigolard et affûté.

Ils ont ça dans le sang, ça se voit au premier coup d'œil.

Au retour, en arrivant à l'hôtel club, les ex-soldats vont vivre un magnifique moment, une surprise. Tous leurs proches ont été invités pour les deux derniers jours. L'ambiance est étonnante dans le hall. Ça grouille de gamins et de mamans qui tentent désespérément de les canaliser. Et en face, vous avez une brochette de guerriers émus qui n'en reviennent pas. Ils ne s'y attendaient pas du tout. On dirait qu'ils se sont quittés il y a plusieurs mois, tant les effusions des retrouvailles sont intenses.

Stanislas attrape Mattéo qui sprinte vers lui avant de serrer Marie avec une fougue qui lui rappelle son ultime retour de mission au Mali. Il passe du rire aux larmes en une fraction de seconde, catapulté par un bonheur si rare.

Marie comprend immédiatement qu'il s'est passé quelque chose de positif depuis une semaine et demie. Le visage de son homme est apaisé, elle ne se souvient pas de l'avoir vu avec des traits aussi détendus par le passé.

Un week-end de rêve, une communion entre tous, un temps de joie pour des familles qui en ont tellement besoin, bateau, plage, piscine, bons gueuletons, un groupe de potes en vacances. Les femmes ne mettent pas longtemps à faire connaissance. Madame Marceau et Marie deviennent inséparables, comme leurs hommes.

Ce n'est pas la vraie vie, loin de là, mais tous ont appris à savourer l'instant présent en faisant abstraction du lendemain, pour l'instant en tout cas.

Ce premier stage se termine en apothéose avec une soirée pleine d'allégresse qui permet de dire qu'il y aura l'année prochaine une deuxième édition.

Au cours de la nuit, le colonel Bienfait prend Karten à part et lui fait une promesse : s'il continue à se reconstruire et à entamer sa vie d'après à bras-le-corps, alors il l'invitera au deuxième stage en tant que grand témoin qui a fait un pas important vers une réhabilitation, preuve qu'il existe des perspectives passionnantes après l'armée. Cette invitation est conditionnée à sa réussite, et ça, Stanislas le sait très bien.

Motivation et perspectives supplémentaires.

Chapitre 16

Ma vie est faite de hauts et de bas, et pour être franc de plus de bas que de hauts. Le spleen me gagne souvent sans prévenir, sans raison apparente. Je panique, je perds mes moyens et le contrôle de mes nerfs. C'est pénible pour Marie et Mattéo qui ne savent jamais sur quel pied danser, toujours à la merci de mes humeurs.

Je passe le temps en agissant comme si j'étais encore militaire.

Je fais du tir sportif, je m'abrutis toujours devant mes écrans en me battant virtuellement en réseau et je découvre une activité qui va me donner une nouvelle légitimité tout en me calmant, l'airsoft, un jeu grandeur nature où l'on fait la guerre avec des répliques d'armes qui tirent des billes en plastique. Je retrouve mes réflexes de soldat, je m'autoproclame souvent chef d'équipe et mets tout en œuvre, parfois avec autorité, pour décimer mes adversaires. Ah ! l'adrénaline du combat, l'anticipation, l'avancement, la stratégie, la visée, tout y est pour assouvir mon manque viscéral de missions et de manœuvres qui rythmaient mon quotidien.

Lors de ces batailles d'airsoft, je rencontre celui qui va devenir mon meilleur ami, Christophe. Il veille sur moi, sans jamais me juger. Lui, à force de me côtoyer, il sait me canaliser, il connaît toute mon histoire, mieux que personne. Il a toujours pris le temps de m'écouter, il est un réconfort de tous les instants. On s'appelle dix fois par jour.

« Ce qu'il a vécu m'a touché, explique Christophe, ancien gendarme aujourd'hui agent commercial. Il correspond à l'idéal que je me fais de l'amitié. Stanislas est franc, carré et fiable. Je l'épaule, mais lui aussi m'est régulièrement d'une grande aide. Je me confie à lui aveuglément et la réciproque est vraie. »

On se voit très souvent. Je passe plus de temps avec lui qu'avec Marie, ce qui provoque des tensions dans notre couple, une fois de plus. Mais à ce moment-là, où je commence à sortir la tête de l'eau, j'avoue que je suis encore plus égoïste que d'habitude. J'entame une nouvelle vie sociale qui me redonne une dimension que je croyais envolée à tout jamais et une reconnaissance vis-à-vis des autres, un besoin viscéral. Même si cet équilibre est encore très fragile, il conditionne mes progrès et me permet de diminuer les doses d'anxiolytiques qui altèrent ma personnalité tout en tempérant mes ardeurs.

Et puis, je me suis totalement repris en main physiquement. J'ai arrêté de faire le yoyo entre prise de poids inconsidérée et amaigrissement maladif. Finis les écarts de 75 à 120 kilos. Je me suis tellement dégoûté depuis des années… Ma reconstruction passe par un état conforme à mes aspirations, je dois voir mes abdos, sentir mes pectoraux et pouvoir m'appuyer sur des jambes solides. Dès que la motivation est là, je ne suis jamais avare d'efforts et d'entraînements en tous genres, d'autant que l'armée, qui ne m'abandonne pas, m'offre une perspective fabuleuse, les Jeux mondiaux des blessés de guerre, une sorte de Jeux olympiques pour nous, qui physiquement ou psychiquement avons vu notre carrière mise entre parenthèses. Je revis, je respire de nouveau à pleins poumons, enfin un objectif concret, palpable, un après séduisant avec comme avant une mission, une préparation, des objectifs à atteindre et une stratégie pour y parvenir. Tout ce que j'aime, moi l'esprit cartésien par excellence qui a besoin de se projeter pour vivre et non survivre.

Je suis déjà parti à San Diego en Californie dans ma tête.

Pourtant, tout va se bousculer en ce début d'année 2015. Un soir en rentrant de la salle de sport, éreinté, alors que je m'affale dans le canapé, transpirant, Marie m'accueille en larmes sans que je comprenne instantanément pourquoi. Elle se jette dans mes bras comme elle ne l'a plus fait depuis des lustres et m'annonce sans préambule qu'elle est enceinte. J'ai honte, mais la semaine dernière, j'ai encore une fois levé la main sur elle, pris par mes démons et mon incapacité à gérer mes émotions en pleine contrariété. On s'était une nouvelle fois juré de nous séparer, enfin surtout Marie, ne voyant aucune issue à cette relation toxique. Et puis cette annonce qui me laisse presque sans réaction tant ma surprise est grande. Certes, Marie ne prend plus la pilule depuis des années, mais de là à être enceinte, il y a un monde, d'autant que notre vie sexuelle est famélique.

Elle me montre le test de grossesse comme un trophée, et me dit avec l'aplomb qui la caractérise : « Je le garde quoi qu'il arrive, quel que soit ton choix. »

Et elle poursuit dans un monologue qu'on jurerait préparé, ce qui n'est pas le cas.

« Je t'ai toujours dit que je voulais offrir un petit frère ou une petite sœur à Mattéo, et avec le même père. Je sais, je suis vieux jeu, mais c'est comme ça. Je suis heureuse, tu ne peux même pas savoir comment. Je n'y croyais plus. »

Je suis K-O assis, j'encaisse en silence, incapable de réfléchir et encore moins d'exprimer un quelconque sentiment, c'est trop brutal. Tout se bouscule dans ma tête. De toute façon, je n'ai pas d'autre choix que d'accepter sa décision de garder cet enfant.

Alors, j'essaie d'être tendre, de partager cette belle nouvelle, même si une angoisse légitime me tenaille. Je suis en pleine précarité sociale, professionnelle et médicale, et on me demande de me projeter dans un avenir à quatre, avec deux enfants à la maison, plus Rémy mon fils aîné à l'autre bout de la France chez sa mère, sachant que je ne parviens pas encore à me gérer, à m'assumer seul dans ce monde où le commun me paraît hostile. Marie le sait parfaitement et elle n'attend rien de moi ce soir. Elle redoute simplement ma réaction et un possible veto à son exigence de garder ce bébé qui n'est encore qu'un minuscule embryon, qui n'aurait comme unique conséquence que de nous éloigner un peu plus.

Néanmoins, dos au mur, après quelques dizaines de minutes, je lui donne raison, j'accepte à mon tour de voir vivre cet enfant même si je ne mesure aucune conséquence de cette décision. Je n'en ai pas la capacité, j'ai encore moins le recul nécessaire.

Mais je suis conscient que Marie, quoi qu'il arrive, est capable de gérer seule. Elle n'est dupe de rien et ne croit pas au bébé-pansement qui pourrait recoller les morceaux et permettre à notre histoire de repartir sur de bonnes bases. Il n'y a que dans les films que ça se produit. En revanche, moi, je l'espère secrètement, comme chaque fois que j'ai cru qu'on pourrait repartir dans une relation amoureuse identique à celle de nos premiers jours.

Car ce qui est terrible, c'est ce constat d'échec alors que nous nous aimons. Elle est l'amour de ma vie et je suis convaincu que la réciproque est vraie, elle me le dit souvent. Je l'ai dans la peau.

Ma vie, morne et terne depuis mon retour du Mali il y a un an et demi, s'emballe de nouveau. San Diego, un deuxième enfant avec Marie, le troisième pour moi, et cette reconversion professionnelle qui commence à se dessiner.

J'ai rendez-vous à Paris avec le colonel Thomas, retraité de la Légion qui travaille pour Nexter, groupe industriel français qui fabrique et entretient du matériel militaire, notamment les blindés sur lesquels j'ai servi pendant toute ma carrière.

Le colonel Bienfait me l'avait laissé entrevoir, il y a une opportunité de reconversion pour moi dans le cadre du projet Oméga, chargé de favoriser la reconstruction et surtout le reclassement des blessés de guerre. Rien que cette rencontre me rend fier, pouvoir me vendre pour un poste de technicien avec de belles perspectives d'évolution me valorise. Sentir la confiance en face et la reconnaissance de mes compétences me fait chaud au cœur, me remet sur des rails que je croyais à tout jamais disparus.

Rien n'est conclu à l'issue de ce premier entretien, mais j'ai enfin un pied dans la vraie vie, la vie active. On ne me parle pas comme à un malade ; ça fait si longtemps que ça ne m'est plus arrivé, une relation d'égal à égal. À aucun moment le colonel Thomas n'évoque mes troubles, il est là pour jauger ma motivation, il connaît mes états de service.

Notre discussion est cordiale, aucune défiance ; au contraire, je me surprends à converser calmement, à oublier toutes les adhérences qui me pénalisent, à avoir une vraie capacité d'écoute. Je ne suis envahi d'aucun stress ; quels progrès par rapport à cette période où j'étais un zombie déboussolé !

En sortant, et avant même mon rendez-vous avec le patron de la boîte, je m'y vois déjà. Je téléphone sur-le-champ au colonel Bienfait pour lui exprimer une nouvelle fois toute ma reconnaissance. Il est en train de me sauver. Je n'avais plus aucune perspective, aucune envie de vivre et là, la lumière m'éclaire de nouveau, me réchauffe le cœur et la tête.

Me voilà à Roissy, aérogare 2E, avec d'autres blessés français, en partance pour San Diego, mon premier voyage aux États-Unis. À nous la Californie ! Vol Delta Airlines direct, tous avec notre survêtement bleu marine floqué France, quelle fierté. Une nouvelle aventure. Je m'y suis préparé presque professionnellement, je me suis entraîné comme un damné pour être prêt les jours J, car je suis engagé dans trois disciplines, le tir – mon sport de prédilection –, la natation et, plus étonnant, le basket fauteuil où je côtoie les blessés physiques sur le parquet.

La cérémonie d'ouverture est un vrai choc pour moi : la cour des miracles, des blessés du monde entier, des gars mutilés pour la plupart. Et une ambiance incroyable, un optimisme de tous les instants chez ces militaires en recherche d'un second souffle. Jamais je n'ai senti une telle énergie, une aussi belle fraternité entre nous, malgré la barrière de la langue. En un regard on se comprend, on s'accepte, on s'entraide.

Il faut nous voir entonner à tue-tête *La Marseillaise*, devant une assemblée silencieuse et immobile. Et que dire de mon émotion lorsque les Américains ont repris en chœur leur hymne… j'en chiale, j'ai des frissons qui me parcourent le corps. Nous sommes tous patriotes, avec un même code d'honneur et un respect immense.

Franchement, le sport et les compétions sont annexes, la priorité, ce sont les rencontres.

Je n'oublierai jamais Brian, marine US, qui n'a plus de jambes – il les a perdues en sautant sur une mine en Afghanistan. Il baragouine deux mots de français et moi j'ai de bons restes d'anglais. On se lie très vite, au bord du bassin de la piscine olympique d'abord, et on se retrouve ensuite au basket handisport. Il me met une immense claque psychologique quand je constate sa joie de vivre et son côté positif en toutes circonstances, malgré ses mutilations. Il transpire le bonheur, un bonheur communicatif, et il me booste en m'écoutant lui décrire mes problèmes psychiques. Il me fait faire un grand pas en avant. Moi, j'ai tous mes membres, je peux marcher, courir, et je me plains, je m'écoute plus que lui. Après cette belle rencontre, je ne serai plus jamais le même homme. Il est un révélateur d'énergie, il distille sa power attitude à profusion, mais sans réciter son texte, en s'adaptant à son interlocuteur. Il dégage une aura et un charisme incroyables. Il mérite toutes les médailles de ce rassemblement de militaires sportifs et blessés. Et il fait passer au second plan mes résultats, en deçà de mes espérances. Mais ça n'a pas beaucoup d'importance, ces échanges ne sont organisés que pour nous reconstruire : objectif atteint.

Je ne me défends pas trop mal au tir même si j'espérais mieux – je n'ai pas bien géré la pression, sentant l'ombre de mes adversaires, notamment cet Anglais à côté de moi, incroyablement fort, qui me faisait perdre mes moyens. Je suis sur les bases de mes temps à l'entraînement en natation, ce sport si ingrat nécessitant des heures de perfectionnement pour gagner quelques dixièmes de seconde. Mais c'est une activité qui me permet de me défouler et d'évacuer le mauvais stress, si tant est qu'il y en ait un bon. C'est décidé, je vais poursuivre la natation à mon retour.

Et je me régale en basket fauteuil, découvrant la dextérité qu'il faut avoir pour faire preuve d'adresse assis, sans pouvoir se servir de ses jambes. Cette discipline me permet de partager avec des blessés brisés dans leur chair et de comprendre qu'au fond nous souffrons du même mal, celui de voir notre existence trépidante nous abandonner. Mes progrès sont fulgurants ; à chaque match je conduis de mieux en mieux mon fauteuil, et je l'oublie presque pour me concentrer sur le maniement de la balle et le shoot face au panier. Enfin, rien à voir avec ceux qui n'ont pas le choix et qui vivent en fauteuil. Ils font preuve d'une dextérité incroyable. Je me contente d'être un remplaçant obéissant, rôle qui me convient à merveille. Avec ces trois sports, je n'ai pas arrêté une minute de la semaine, dopé au sens noble du terme par les endomorphines, ces hormones que le corps secrète en pratiquant une activité sportive d'endurance.

Avant de rentrer en France, à la boutique du régiment de marines qui nous accueille, j'achète un body de nouveau-né estampillé US Army, petit souvenir mixte pour mon futur bébé, symbole du retour en grâce de son papa.

Le temps s'est arrêté en Californie. Et le retour est d'autant plus compliqué : je suis revenu avec cette famille de cœur internationale dans la tête et j'ai du mal à me réinsérer dans mon existence d'avant. Le choc est brutal, je replonge dans un monde où j'ai l'impression que l'on ne me comprend pas.

Marie a le ventre qui s'arrondit, elle sort à peine des nausées qui l'ont mise par terre, elle a besoin d'attention et n'est pas en condition pour me porter à bout de bras. Je suis un homme imprévisible et triste depuis que j'ai remis les pieds à Cholet. Cette période s'avère délicate, personne ne fait un pas vers l'autre, les crises s'installent et Marie, pour se préserver, me demande encore une fois de débarrasser le plancher et de regagner ma chambre militaire. J'y ai toujours droit.

Encore aux abonnés absents, je m'enfuis comme un voleur, alors que ma présence aurait été précieuse pour Marie et Mattéo. La liste des occasions manquées s'allonge. Je suis décidément irrécupérable, voilà ce que j'imagine que Marie pense de moi. Mais je n'arrive pas à me raisonner, envahi par cette soif de liberté puérile et stérile. Ce n'est pas comme cela que je vais construire cet avenir serein auquel j'aspire. La dimension familiale est capitale, c'est le ciment de tout le reste. Il n'est peut-être pas encore trop tard, mais il y a urgence.

Alors, je cherche à occuper autant ma tête que mon corps, pour ne pas sombrer de nouveau. Je reste debout, même si je vis au jour le jour. Je me rends compte avec tristesse que je n'ai plus de rêves, c'est terrible. Sans treillis, je n'enfile plus chaque matin mon costume de super-héros, celui que je suis pour mes fils Rémy et Mattéo, en attendant la troisième, car oui, après deux garçons, Marie attend une fille, son souhait absolu. Elle l'a su lors de sa deuxième échographie (qu'elle a passée seule), son gynécologue est formel.

J'accueille la nouvelle sans grand émoi ; pourtant je suis heureux au fond de moi d'accueillir une nana, ça peut arrondir les angles, c'est ce que je me dis.

Je ne cesse de me répéter que mon seul objectif pour ma seconde partie de vie sur cette terre, c'est que mes enfants ne manquent de rien. Je parle avant tout de les écarter de tout souci matériel, comme si mon rôle se réduisait à celui de protecteur financier. Mais à mon stade de rééducation, je ne parviens pas à me positionner en exemple ou modèle pour mes enfants, surtout pas pour Mattéo qui veut, plus que jamais, suivre les traces de son père dans l'armée. S'il savait, le pauvre, il choisirait une autre voie. Peut-être d'ailleurs sait-il. On n'en a jamais parlé ensemble. Je n'ose pas, et lui non plus. Il m'a vu, entendu crier contre sa mère, peut-être même aperçu donner des coups, il m'a senti en perdition avachi dans le fauteuil face à la télévision, et il se rend compte aussi que je vais mieux, que je remonte la pente. Je l'espère ardemment en tout cas.

En parallèle de cette vie brinquebalante à faire perdre le nord à une boussole, je poursuis mon processus de recrutement chez Nexter. C'est bien parti. Ma rencontre avec le boss est dans la lignée des précédentes avec ses adjoints. Il me dit droit dans les yeux qu'il veut m'embaucher, qu'il a besoin de quelqu'un comme moi, pour mes compétences et mes connaissances, mais aussi et surtout, et il insiste, pour mon parcours de vie et mes expériences qui remplacent des années de métier. Je tombe de l'armoire quand il proclame que je suis unique et que c'est une grande richesse de pouvoir compter sur moi.

Que d'éloges pour ma petite personne, pour ce type que je suis et qui ne s'aime plus ou pas suffisamment après sans doute s'être trop aimé. Je signe mon premier contrat civil le 5 février 2015 et ouvre une brèche pour tous les blessés psychiques, plus de six cents que compte l'institution militaire. Oui, le futur existe après un reset cérébral tel que je l'ai vécu. Enfin, je le souhaite de tout mon cœur, car encore faut-il que je fasse honneur à la confiance que m'accordent ces hommes de Nexter.

Il me reste une zone floue qui me turlupine pendant tout le trajet retour entre Paris et Cholet. Et si on me prenait comme un exemple, juste pour la photo, pour dire que l'on réinsère les blessés psy ? Un peu comme s'il y avait des quotas. Ah, cette sale manie de voir le verre à moitié vide, de toujours être tourmenté par des pensées négatives…

Je commence dans un mois, juste avant la naissance de ma fille dont je suis l'évolution dans le ventre de sa mère à distance. Nous ne sommes pas totalement en froid, mais nous ne partageons pas le quotidien.

Marie profite de cette période pour voir un psychologue tous les quinze jours, pour essayer de comprendre comment sa situation peut s'améliorer, comment cette relation toxique – ce sont les termes du thérapeute – peut déboucher sur quelque chose de pérenne et d'agréable. Autant demander l'impossible à un magicien…

Elle se sent responsable aussi de ce qu'elle vit, faute de ne pas avoir su mettre un terme à cet amour qu'elle juge de plus en plus nocif.

Marie, qui adore Jean-Jacques Goldman, reprend à son compte l'un de ses titres phares, *Elle a fait un bébé toute seule*, tant mes absences lui pèsent au quotidien. Ce bébé ne change rien dans notre vie de famille saccadée.

Avant de basculer dans un nouveau monde, je suis officiellement réformé. Ma vie de soldat prend fin sans que je puisse interférer, car si on m'avait demandé de repartir au combat, j'aurais fait mon sac en moins de temps qu'il n'en faut pour le dire. C'est la page majeure de mon existence qui se tourne, et je sais que, quoi qu'il puisse m'arriver, je ne revivrai pas des décharges d'adrénaline aussi fortes, des rencontres aussi belles, des commandements aussi importants et des peurs aussi intenses.

Ce rendez-vous a beau être formel et prévu de longue date, il n'en est pas moins émouvant, une petite mort pour moi qui ai souhaité une mort au combat, un décès héroïque. Devant le colonel qui entérine mon départ, je m'effondre, ne retenant aucune de mes émotions. J'ai bien compris que ça ne servait plus à rien de jouer la comédie du mec costaud que je ne suis plus. Mais l'ai-je vraiment été ? Depuis que je souffre de troubles neurologiques, je me suis souvent posé la question, sans trouver de réponse définitive. C'est sûrement cette incertitude qui m'anéantit le plus.

Mes pensées, à cet instant, vont à Piotr, mon grand-père, en espérant que du ciel, il est fier de moi et de mon parcours, même s'il s'achève trop tôt. Il sera temps quand je le rejoindrai de faire le bilan et de confronter nos expériences.

Le roi est mort, vive le roi ! La vie continue, je n'ai pas le choix.

En ce matin froid de février, me voilà dans les ateliers Nexter à Roanne, où je prends mes fonctions de technicien de maintenance sur les blindés de l'armée de terre. Je les connais tous comme ma poche, je pourrais en dessiner les moindres recoins. Mon arrivée ne bouleverse pas les foules ; au contraire, je sens de la méfiance chez certains, qui me voient comme l'ancien militaire pistonné qui sait tout. Je dois me canaliser pour ne pas endosser ce rôle. Je suis arrivé avec deux millimètres sur le caillou, tenue impeccable, un bleu de travail flambant neuf. Je suis parano donc j'imagine tout de suite le pire, pensant que tous me détestent et veulent ma peau. Je me montre exemplaire dans le travail, mais peu coopératif dans les relations avec le reste de l'équipe. Ce n'est pas un calcul de ma part, mais mon incapacité chronique à partager. Je vais petit à petit me détendre, me faire accepter et prouver les compétences qui vont me permettre assez rapidement de devenir chef de groupe, comme à l'armée, c'est-à-dire leader d'une équipe de dix techniciens. Mais l'analogie s'arrête là, car je ne dirige pas ces hommes comme mes soldats d'antan, nous n'avons que des relations de travail qui ne mettent jamais en jeu notre intégrité.

Voilà pourquoi je me considère au ralenti par rapport à avant, même si je gagne beaucoup mieux ma vie. Là est le paradoxe. En tant que sergent-chef, je n'arrivais pas à joindre les deux bouts, j'étais régulièrement à découvert avec ma solde de 1 500 euros, doublée lorsque je partais en opération. Aujourd'hui, je suis à 2 800 euros net de salaire plus 800 euros de pension d'invalidité et près de 1 000 euros de retraite militaire, soit 4 600 euros chaque mois, vous vous rendez compte ! Je suis passé, presque malgré moi, dans une autre dimension qui me permet de voir ma vie différemment. Je gâte plus mes enfants, Marie, et je me fais plaisir. Je passe mon permis moto et réalise un rêve que j'ai longtemps cru inaccessible, m'acheter une Harley-Davidson, une Road King customisée par mes soins pour la rendre unique, mon compagnon de route qui m'obéit au doigt et à l'œil, ce qui facilite les relations. À moi les grandes virées au son si caractéristique de ma belle américaine !

Je me fais même confectionner un blouson en cuir où trône dans le dos, en lettres majuscules, Karten, mon nom de soldat, au-dessus d'un aigle royal, censé m'apporter protection et liberté. Ça m'offre la possibilité aussi de m'intégrer à un groupe de bikers, de faire de nouvelles rencontres et de reconstituer un univers de bande comme avant, avec un sentiment de puissance, d'invincibilité, et aussi de défiance envers ceux qui pourraient se placer en travers de notre route. Je ne suis jamais contre une bonne castagne de temps en temps, ça fait circuler le sang et me prouve que je suis encore bien vivant. On ne se refait pas.

Pourtant, ma vie reste étrange, loin de l'idéal judéo-chrétien de la famille classique. Je vis séparé de la mère de mon second fils qui m'appelle le 20 septembre 2015 pour m'apprendre que la naissance de notre fille est imminente et que je dois me tenir prêt car, cette fois-ci, je veux et je peux assister à l'accouchement.

Finalement, le 23, on annonce à Marie qu'on va la déclencher le lendemain matin à 8 heures, terme barbare pour dire que le bébé est un peu en retard et que ce sont les médicaments qui vont ouvrir le col de l'utérus et entamer le travail de l'accouchement. Mais ce ne sera pas nécessaire car au petit matin de ce 24 septembre, elle perd les eaux et m'appelle. Nous partons à la maternité, dans une ambiance forcément étrange. Je suis étonnamment détendu, transporté par ce bonheur d'être de nouveau papa ; je vois que Marie est sereine devant l'imminence de l'arrivée de cette fille dont elle rêve depuis si longtemps.

Personne ne soupçonne parmi le personnel médical par où nous sommes passés pour en arriver là, les méandres de notre vie, et tant mieux. C'est bon d'être incognito, de ne pas se sentir jugé.

L'accouchement se déroule à merveille, et notre petite beauté se retrouve blottie dans mes bras dès les premières secondes de son existence ; impression bizarre de voir ce petit être minuscule de trois kilos à peine pleurer si fort. Je suis hésitant, je me tourne vers la sage-femme qui me la prend pour lui prodiguer les premiers soins. Elle est si fragile ! En me retournant vers Marie, je constate qu'elle pleure, des larmes de joie et de libération. Je la prends dans mes bras, en m'asseyant sur le lit, geste réflexe si rare depuis neuf mois. Nous sommes bien, heureux d'être ensemble devant notre petite princesse qui vient d'atterrir maintenant sur le ventre de sa maman avec un adorable bonnet et des petites chaussettes.

Je m'éclipse un instant pour aller fumer une clope et appeler tour à tour Mattéo, Rémy, ma mère et ma belle-mère pour leur annoncer la bonne nouvelle. Je ne m'éternise pas, déclaration circonstanciée, comme un compte rendu militaire, surtout pour ne pas me laisser submerger par mes émotions qui sont à fleur de peau. Je continue à me protéger comme si mon futur en dépendait, même avec la famille. J'aspire tellement à me libérer mais je n'y arrive pas.

Je ne me souviens pas de la dernière fois où, comme ce matin, j'ai fait abstraction de tout le reste pour attraper à bras-le-corps cette sensation étrange de vivre un instant de plénitude, qui me place en lévitation, loin de mes soucis du quotidien.

Je pars acheter un bouquet de fleurs à Marie, et on se retrouve tous les trois dans cette petite chambre, dans une contemplation quasi mystique de ce bébé qui dort en cherchant déjà à trouver son pouce. Je me découvre une patience jamais éprouvée, une tendresse que j'apprivoise en même temps que j'appréhende ce statut de père de famille nombreuse.

Je sais déjà que cette petite fille ne changera pas ma vie amoureuse, je ne me fais plus aucune illusion depuis bien longtemps, la cohabitation avec Marie est devenue impossible, de mon fait surtout, sans que j'aie trouvé les solutions pour y remédier. Sa patience s'est tarie, et pourtant elle était immense. Elle se contente à présent de cet amour impossible qui pollue sa vie et qui l'empêche de se reconstruire car elle ne se sent jamais complètement libre de ses mouvements, comme si elle m'était encore un peu redevable de quelque chose.

Il est temps d'aller à la mairie pour déclarer ce petit trésor, l'inscrire sur la route sinueuse de l'existence, lui donner un pedigree et surtout un prénom. Là encore, nos idées divergent avec la maman, elle pousse pour Rebecca quand mon patriotisme me fait pencher vers France, prénom magnifique et rare. J'imagine déjà ma fille épeler son prénom à l'étranger, là où notre pays fait rêver des centaines de millions de gens.

Je suis têtu, je n'en démords pas, et je la baptise France à l'état civil de l'hôtel de ville de Cholet, conforté dans mon choix par le sourire approbateur de la préposée de mairie qui en voit passer, des papas à la mine fatiguée et réjouie venant déclarer leur enfant.

Je savoure cette petite victoire qui s'inscrit dans la droite lignée de mes succès militaires pour ce pays qui m'a fait et à qui j'ai tout donné, y compris ma santé, à défaut d'avoir pu lui offrir ma vie.

Je ne mourrai jamais pour la France, mais je suis le papa d'une sublime France. J'ai du mal à réaliser en descendant les marches du perron de la mairie, mes jambes ne supportent plus totalement le poids de mon corps. Il est urgent de me ressaisir pour aller annoncer la nouvelle à la maman et à mes deux fils. Marie, jusqu'au moment où je lui donne le prénom d'usage de notre bébé, a espéré secrètement que je me plie à ses desiderata, mais c'était impossible. Elle s'appelle officiellement France Rebecca.

Cette enfant, elle ne le comprendra que bien plus tard, ne vivra jamais avec ses deux parents réunis.

Je n'ai pas le temps de pouponner. Marie et France sont à peine rentrées à la maison que je m'envole vers Djeddah en Arabie saoudite où m'attend ma première mission auprès de l'armée saoudienne pour Nexter. Je hume de nouveau l'air des grands départs. Avec mon équipe de techniciens, nous devons rester sur place trois mois pour former les soldats et les familiariser au maniement des blindés qu'ils viennent d'acquérir.

Ce n'est ni le Mali ni l'Afghanistan, néanmoins l'excitation de l'inconnu me transporte vers des sensations qui resurgissent de ma vie d'avant, la démerde, la liberté, une vie bien rodée sans temps mort…

Je n'ai plus l'aptitude à être heureux, j'en suis persuadé, mais j'éprouve quand même une espèce de bien-être, je me noie dans le travail, et la responsabilité qui est la mienne de transmettre mon expérience et guider mes hommes m'envahit.

Notre vie sur place est monacale, mais heureusement, conseillé par un ami travaillant pour l'ambassade de France à Riyad, j'ai emporté avec moi tout le nécessaire pour fabriquer ma propre bière : une brasserie et du houblon dans ma chambre ! Car évidemment, dans ce pays, l'alcool est totalement prohibé.

France pousse, je suis ça à distance. Marie assure comme d'habitude seule, avec courage. Mattéo, lui, commence à apprendre à lire et à écrire ; il m'envoie un petit mot craquant sur lequel il m'écrit « je t'aime » avec un gros cœur rouge. Et Rémy a le droit de me téléphoner quelques minutes chaque semaine. La vie, la vraie, celle que j'aime, à la fois loin et si proche de ceux qui comptent. Ils savent que ma raison de vivre, c'est eux, que ma fierté, c'est eux, et que sans eux, je ne serais sans doute plus de ce monde. Marie est et restera quoi qu'il arrive la courroie de transmission de cet équilibre précaire, la femme de ma vie, celle grâce ou à cause de qui je m'interdis de retrouver l'amour. C'est plus fort que moi.

Aujourd'hui, je peux dire que j'ai commencé ma seconde vie, il n'y en aura pas de troisième, j'en suis certain. Je ne survis plus et mes blessures ont été en partie pansées. Une étincelle brille de nouveau dans mes yeux, voilà la plus belle victoire de ma vie, personne ne pourra me la prendre. Mais je suis conscient que cette lueur, je dois l'entretenir, la faire grandir pour que ce qui est précaire devienne pérenne, car mes démons ne sont jamais très loin et ils ne demandent qu'à rejaillir.

Je crois pouvoir dire que je m'en suis sorti, même si les neurones qui ont grillé sur l'autel de la guerre ne se régénéreront jamais.

Épilogue

Stanislas est un rescapé, un miraculé de la vie, un héros qui a cru tout perdre avant de rebondir.

Comment aurait-il pu imaginer un jour être le personnage principal d'un récit, d'une fresque aux multiples aventures, lui, le gamin solitaire, épris du monde militaire, qui est allé au bout de son rêve – mais à quel prix ?

S'il devait repartir à zéro, il ne changerait rien, il le dit sans hésiter. Car aucune des souffrances qui polluent son existence ne rivalise aujourd'hui avec le sentiment de plénitude de ses faits d'armes.

Quand il se tourne vers son passé, Stanislas a l'impression de regarder le parcours sinueux d'un autre homme, aujourd'hui disparu. Il admire celui qui a combattu pour la France avec force et honneur, il l'idéalise, ayant un mal fou à prendre conscience que c'est lui, le sergent-chef Karten, respecté, cité en exemple, craint avant d'être éjecté de ce train militaire qui ne s'arrête jamais et dans lequel aucune place n'est réservée à ceux qui faiblissent, flanchent et n'arrivent plus à évacuer le trop-plein de stress accumulé.

Car au départ, Stanislas, c'est un môme, pas très bien dans ses baskets, pas très heureux chez lui, pas fait pour les études, un ado dans toute sa splendeur qui se cherche. Rien ne le prédisposait à embrasser cette vie trépidante. Elle est là, la force de notre armée, offrir du rêve et des perspectives à des jeunes un peu en rupture, les projeter rapidement dans un monde d'adultes dont ils n'ont pas encore tous les codes, profitant de leur côté malléable. À leurs risques et périls ! Karten est bien placé pour en parler.

L'histoire aurait pu se terminer de façon dramatique, le précipice était tout proche, il l'a frôlé avec une forme de délectation mais sans se jeter au fond. Il s'est rattrapé de justesse sur les bords, relevé par quelques bons samaritains se trouvant au moment opportun sur son passage. Seul, il n'aurait jamais survécu à son histoire ; seul, il aurait pu causer sa perte et surtout celle d'autres, des victimes collatérales qui n'ont rien demandé de plus que de croiser la route de cet homme, patriote viscéral dont le code d'honneur s'arrêtait régulièrement à la porte de sa maison. Marie en est l'exemple parfait.

Ils s'aiment encore, tous les deux l'affirment, mais ils se sont consumés, abîmés, faute de ne pas avoir compris assez vite que leur amour était impossible. Alors cet amour s'est transformé en respect, en tendresse à distance, mais il reste suffisamment tenace pour les empêcher tous les deux d'envisager, pour l'instant, une nouvelle idylle. Le regard de l'autre, l'acceptation de l'autre après tout ce qu'ils ont vécu, serait trop pénible à regarder.

Stanislas ne remerciera jamais assez Marie de lui avoir pardonné autant de turpitudes et de malaises, causes de tellement de bleus à l'âme et au corps.

Aujourd'hui, ils se souhaitent le bonheur, sans vraiment croire qu'il est possible à atteindre, chacun étant harassé par le poids d'un sac rempli de souvenirs sombres tatoués à l'encre noire.

Ils résident à cinq cents mètres l'un de l'autre ; Stanislas vit avec son fils aîné Rémy, venu le rejoindre pour poursuivre ses études. Ils apprennent à se connaître, eux qui ont eu si peu l'occasion de se voir. Mattéo et France passent plus de temps avec leur maman, comme beaucoup d'enfants de parents séparés, mais à défaut d'avoir réussi leur vie de couple, Marie et Stanislas sont parvenus à harmoniser leurs relations post-séparation. Il n'est jamais aussi heureux que quand il leur prépare des cookies au petit déjeuner.

Il lui reste désormais un assaut à gagner pour dégager encore un peu plus l'horizon des méandres toujours emmêlés de son cerveau. Depuis des années, il demande l'obtention d'un port d'arme B, délivré par la préfecture, qui permet de posséder une arme à feu, requête pour l'instant restée sans réponse, signe de la complexité du dossier. Il en a besoin pour assouvir sa passion du tir sportif longue distance. Mais, comme souvent, son passé le rattrape, son instabilité, son casier judiciaire, son impétuosité et cette violence qu'il parvient à mieux canaliser sans qu'elle ait totalement disparu.

Et, ironie du sort, c'est au commissariat de Cholet, là où Marie sert depuis des années, que la décision doit être prise.

Une de ses collègues est en charge du dossier. Elle sait qu'il s'agit de Karten, le père des enfants de Marie, elle a connaissance aussi du passé de cet homme qui a séjourné dans ces bureaux il y a quelques années, la terrible nuit de Noël 2008 où sa vie a basculé dans la page des faits divers. Elle n'ignore rien, surtout pas sa carrière militaire qui l'a emmené sur les théâtres d'opérations les plus périlleux, son statut de tireur d'élite, sa parfaite maîtrise des armes à feu. Imaginez sa posture délicate lorsqu'elle demande son avis à Marie. Il n'est pas un demandeur comme les autres.

Ce serait si simple si Marie pouvait donner une réponse tranchée, binaire, oui ou non. Mais c'est impossible, trop de souvenirs se bousculent dans sa tête. Ce dilemme est terrible, il la fait paniquer, car elle a conscience que son avis peut être lourd de conséquences.

Un jour, elle est persuadée qu'il en fera bon usage et qu'il mérite ce port d'arme, le lendemain, changement de cap radical, elle pense le contraire, le trouvant trop instable encore pour posséder une arme à feu au quotidien, potentiellement dangereuse pour lui et pour les autres. Alors, elle n'est pas d'une grande aide pour la policière chargée du dossier. Sa position est intenable, tant elle est indécise et tant la responsabilité de son avis est grande. Elle ne veut pas être celle qui lève ou baisse le pouce, comme dans l'arène, car elle sait combien cette autorisation est importante pour Stanislas, psychologiquement surtout. Un refus pourrait le faire replonger dans les entrailles de ses doutes.

Les enjeux sont majeurs, et personne aujourd'hui n'ose statuer, pas même le commissaire, et on peut le comprendre en ces temps où les risques non calculés figent les élans. La décision est en suspens. Jusqu'à quand ? Personne ne le sait.

Remerciements

Merci à mes premiers lecteurs indulgents et prévenants :

Patrice Dard,
Thomas Hervé,
Guillaume Robert,
Ma femme Hortense.

Merci à Stanislas et Marie qui m'ont accordé leur confiance et ouvert en grand leur vie ainsi qu'à tous ceux qui ont croisé leur route et m'ont apporté un précieux éclairage.

Cet ouvrage a été mis en page par IGS-CP
à L'Isle-d'Espagnac (16)

CET OUVRAGE
A ÉTÉ ACHEVÉ D'IMPRIMER
SUR ROTO-PAGE
PAR L'IMPRIMERIE FLOCH
À MAYENNE EN FÉVRIER 2021

N° d'édition : L.01ELKN000855.N001. N° d'impression : 97630
Dépôt légal : mars 2021
Imprimé en France